소릿고

소릿고

최혜인 장편소설

도서출판 북인

Contents

제4장 시련의 길

제5장 득음의 길

제6장 운명의 길

프롤로그

나는 그때…

사랑에 빠져 있었다.

나는 그때…

소설에 빠져 있었다.

해서 나는

사랑과 소설밖에 몰랐다.

채선은 그때…

사랑에 빠져 있었다.

채선은 그때…

소리에 빠져 있었다.

해서 채선은 그때…

사랑과 소리밖에 몰랐다.

제1장

무녀의 길

월녀

벌막의 굴뚝 위로 연기가 오른다. 기세가 매섭다. 굴뚝이 미처 토해내지 못한 연기는 갈대지붕 틈새로도 비집고 빠져 나온다.

벌막 안 가마솥에서 바닷물은 끓고 뒤집히고 엉키며 수분을 날리고 있다. 버리고 버리고 또 버려서야 하얗게 결정하는 소금. 그리하여 입맛 잃은 자에겐 맛이 되고, 지쳐 쇠잔해진 자에겐 피가 되어 천지간 만물의 생명을 살린다.

"그랴, 버려야제. 버려야 허고 말고."

월녀는 자신의 몸에 깃든 버려야 할 것들도 저 염수의 수분처럼 훠이 훠이 날아가버렸으면 좋겠다고 생각하며 바다 쪽으로 눈길을 돌렸다.

드넓은 갯벌 위로 석양빛이 떨어진다. 각혈 같은 석양빛 가운데로 사람들이 기어가고 있다. 키보다 긴 물지게를 어깨에 진 채 한 뼘 판자때기에 몸을 실었다.

"채선 아부지…."

월녀는 입으로 남편을 부르면서 머릿속으론 아버지를 생각했다.

월녀의 아버지도 평생 뻘밭을 기었다. 몸보다 큰 물동이 두 개가 날만 새면 양 어깨를 내리눌렀다.

이웃 고을에서 대대로 아전을 했다던 아버지의 집안, 그럼에도 아버지는 늘 목구멍이 말랐다 했다. 마른 목구멍으로 넘어간 바람이 창자를 채우면 창자 속에서는 고래 아우성치는 소리가 들렸다. 그래, 개도 엽전으로 목걸이를 해걸고 다닌다는 이곳으로 소금밥을 먹으러 왔다.

그랬으면 좀 잘 살지. 하필 당골을 만났을까.

— 그런 소리 말어. 사람 살리는 거야 소금이나 당골이나 다를 거 없는 거여.

아버지는 무구를 직접 만들어줄 정도로 무당인 어머니를 끔찍이도 아꼈다. 그러나 어머니는 아버지가 바랐던 만큼 영험하지 못했다. 굿판에서도 다른 강신무들처럼 신을 들이지 못했으며 마음에 원혼 깃든 이들을 달래주지도 못했다. 당골인 어머니를 만나 자신을 낳은 아버지가 그래서 더 원망스러웠다.

검당포에 물이 빠지고 마을 사람들이 물지게를 진 채 갯벌로 나가면 어머니는 신방 문을 걸어잠근 채 가락을 뽑아대곤 했다. 진짜 무당의 그것에는 뒤꿈치에도 따라잡지 못하는 가락이었다. 다른 강신무들의 노래에서처럼 번뜩이는 신명이나 활력 따윈 애초에 없었다. 도리불수 모초단에 청저고리 지어 입고 허울 좋은 양반님네 연회에 불려가 노래나 할 기생의 간드러진 음색, 딱 그것이었다.

월녀는 어머니 같은 선무당 말고 만인이 우러러보는 대만신이 되고 싶었다. 이왕지사 무당 팔자 타고났으면 하늘 같은 대만신이 되어야 했다. 하늘은 아버지의 평생을, 자신의 평생을, 아니 이 검당포 사람들의 평생을 먹여 살려준 해를 품고 있다. 그러니 하늘 같은 만신이 되어야 했다.

"그란데 나는 왜 이런겨어. 왜!"

악다구니를 써봐도 시원칠 않았다. 그렇다고 포기할 월녀가 아니었다. 딸 채선이 있었다.

"이년아…."

채선의 모습을 떠올리자 복장에 떡덩어리가 걸린 듯 꽉 막혀왔다. 어머니 김당골에게 물려받은 자신의 피가 채선의 몸속에도 흐르고 있음을 너무 잘 아는 때문이었다.

"그란데 워쩌서!"

왜 포기할 수가 없는지 답답하기만 했다. 노래 때문이었다. 그렇다. 채선의 노래라면 하늘의 신님을 감동케 하고도 남음이 있을 것이다. 그 노래로 신님의 마음을 살 일이다. 어떻게든 신님의 마음을 흠뻑 얻어 고것의 핏속에 흘러다니는 요사한 기질을 걷어내야 할 일이다. 그리하여 이 고을에서 제일가는 만신을 만들어야 한다.

"내림굿을 해주어야 하는겨, 내림굿을."

하지만 무슨 돈이 있어 그 어마어마한 비용을 감당한단 말인가.

"지성이믄 감천이여. 해줄겨. 내 이 몸뚱어리를 팔아서라도 기어이 해주고 말겨."

아랫도리를 수평선 뒤로 막 감추는 해를 향해 월녀는 커다랗게 팔을 둘러 합장했다.

채선

"내림굿이요?"

호롱에 부을 기름을 따르던 채선이 월녀를 올려다보았다.

"그랴. 내림굿."

"나를 말이어요?"

"와? 좋아죽겄냐?"

가만히 바라본 딸의 얼굴이 지는 해를 받아 삼키는 듯 붉게 빛나고 있었다. 갸름한 얼굴선, 오모록한 입술선이 빚어놓은 송편마냥 매끈했다.

저런 상판때기로는….

"엄니!"

"그랴."

"다시 말해봐요. 나더러 내림굿을 받으라 했어요?"

"그랴아. 이 어미가 장만신을 찾아갈겨. 가서 너 내림굿 할 날짜를 잡아달라고 할껴."

아직 단 한번도 어머니를 거역한 적 없었다. 굿을 청한 집의 내력을 캐오라면 캐왔고, 굿판으로 가자면 말없이 무구를 챙겨 따라나섰고 온갖 잡다한 수발을 마다않았다. 그렇지만 이제 말할 때가 왔다. 채선은 입술을 오다 물었다.

"엄니."

"그랴."

"나는…."

"뭐여? 주둥이를 놀렸으면 말을 혀야제."

"나는요. 나는 무당 안 해요."

"뭐? 뭐시라?"

매섭게 날아오는 월녀의 눈매에 찔끔했으나 채선은 입을 앙다물었다.

"내는 엄니처럼 무당 안 한다구요."

"너, 거그이 뭔 소리여. 만신 되는 거이 싫다고 했능겨, 시방?"

월녀가 팔을 휙 낚아채 올렸지만 채선도 지지 않았다.

"안 해."

"아니. 이 년이?"

순간, 등짝으로 얼음조각이 날아드는 것 같았다. 채선은 꼼짝 않고 월녀의 따가운 손바닥을 고스란히 맞아냈다.

"너, 어미 말 잘 들어보래이. 터진 주둥이라고 무당 무당 허는디 무당이라고 다 같은 무당이 아니여."

눈을 홉뜬 채 입술을 앙다문 딸을 향해 험한 소리를 퍼부으려다 월녀는 마음을 바꾸었다.

"대만신이 된다는 거이 아가. 전지전능한 힘을 얻게 된다는 말이여. 착한 사람헌티는 복을 주고, 나쁜 사람 헌티는 벌을 주고, 아픈 사람은 낫게 해주고, 서러븐 사람은 위로해주는 전지전능한 존재인 거여. 부처보다도 거룩하고, 예수보다도 높은 존재란 말이여. 그라이 사람들이 우러러보잖냐. 우러러보이 온갖 재물도 모이게 되잔냐 이런 말이여."

월녀의 말은 이어졌다.

"장만신을 봐라. 저 건너 변산땅, 부안땅, 영광땅까지 장만신 모르는 사람이 있간디. 액막이에도 부르고, 터잡이에도 부르고, 영혼굿에도 부르고, 부르고 부르고 또 부르고, 몸이 열두 개라도 모자라제. 굿 끝에 잘

되믄 다들 장만신 덕이라고 침이 마르도록 치사를 허잖냐. 덕 본 사람들이 보내주는 것들이 그 너른 집안에 그득그득 쌓이는데 내는 보기만 혀도 눈알이 뱅뱅 돌 지경이더라."

재물타령을 하곤 있지만 진짜로 자기를 만신 만들고 싶은 이유는 다른 데 있음을 채선은 너무나 잘 알았다. 남들에게 우러러보이는 집안을 만들기 위해서였다. 별 볼일 없는 세습무당이 아니라 관우나, 최영 장군 같은 힘센 몸주신을 턱 뫼시고 서리 같은 공수를 퍼붓는 신묘한 만신을 만들어 아무도 함부로 보지 못하게 하기 위해서였다.

"그래도 싫어요."

딱 잘라 뱉는 소리에 월녀는 심장이 툭 떨어지는 것만 같았다.

"다시 말혀봐라. 정이 만신 되기가 싫다고 혔냐?"

"싫어요."

"그라마! 그라마 뭐 헐라고 하냐 넌?"

채선은 침을 꿀꺽 삼켰다. 그간 가슴속에만 묻어놓았던 말을 지금에야 풀어놓을 때였다.

"소리꾼이오."

"뭐. 뭐뭐뭐 소리꾸운?"

낯색이 파랗게 질린 월녀가 채선을 잡아채어 앉혔다.

"지금 너 소리 한다고 혔냐? 사당년들이나 하는 그 소리르을?"

다시 주워 담을 말이 아니었다. 이왕지사 내친 김에 다시는 만신 만든다는 말을 않겠다 단단히 확답을 받아야 했다.

"응, 난 소리꾼이 되어서 천지를 주유할 거예요."

순간, 채선은 오른쪽 뺨이 예리하게 찢기는 느낌을 받았다. 신칼이 지나가듯 섬뜩하고 서늘한 절개의 느낌이었다.

"소리혀서 뭐 헐라고 이년아, 이놈 저놈 바지가랑이 속이나 핥아주는 사당패가 되아서 워쩌자는 거여. 그거이 돈을 벌게 해주냐, 우러러보이기를 허냐, 어미가 그렇게 알아듣게 이르면 그렇거니 할 것이제. 쓸개 빠진 암코양이마냥 뚫린 입이라고 나오는 대로 지껄이고 있어 이년이."

채선은 월녀의 눈빛에서 느껴지는 오싹함에 부르르 진저리를 쳤다.

어쨌거나 저쨌거나 무당으로 살아가는 건 어머니의 운명이다. 그러나 나는 다르다. 비록 세습무의 업을 짊어지고 태어났으나 단 한번도 무당으로 살아가리라 생각한 적 없다. 삶의 희노애락을 창과 아니리에 담아 부르는 소리꾼이 되고 싶었다.

채선은 서둘러 이곳을 떠나야 한다고 생각했다. 어떻게? 어떻게 해야 이 지겹고 지겨운 곳을 떠날 수 있을까. 방법은 딱 한 가지뿐. 또랑광대들을 좇아가는 것이다.

— 무당집 딸이라고? 아녀. 너는 절대 무당 될 팔자가 아녀. 워떠? 이 길로 우릴 따라나서 볼터?

지난 겨울에 왔었던 또랑광대 패거리 중 가장 나이 먹은 노인이 분명 그리 말했다.

채선은 오늘밤 당장 야음을 틈타기로 했다. 그들을 찾아 떠돌다가보면 제대로 된 스승을 만날 수 있을 것이다. 팔 하나가 없는 사람이면 팔 하나를 잘라줄 것이고, 다리 하나가 없으면 다리 하나를 잘라줄 것이다. 눈이 없다면 눈도 빼줄 것이다. 단 한 가지, 목청만 앗아가지 않는다면, 그것만 요구하지 않는다면 사지육신을 다 떼어줄 수도 있다. 하지만 아버지는?

채선은 눈을 감았다.

— 닭이 알을 낳는다고 만날 쌍란만 낳는답디까? 그럴 때도 있고 저럴 때도 있는 거지라. 그짝들 심정이야 이해허지만 우선 이 사람 말부텀 좀 들어보시지유.

어머니에게 굿을 청한 사람들이 몰려와 굿발이 받지 않았다며 난동을 부리기라도 하면 낮고도 진득한 말로 분기를 내리게 하던 아버지.

— 무당도 사람 아니어유? 그라이 몸주신이 바로 일러도 잘못 들을 때도 있것지라.

그러면서 뻘밭을 기어서 번 돈을 주섬주섬 꺼내주던 아버지.

그런 아버지를 두고 떠날 자신이 없었다.

"아버지 오실 때 됐네요."

채선은 사금파리 같은 눈빛으로 자신을 쏘아보는 월녀를 두고 도망치듯 집을 나섰다.

검당포

지평선이 되어버린 뻘밭 까마득히 들물이 온다. 한 동이의 염수라도 더 퍼 나르려 애를 쓰던 사람들도 밀려드는 들물을 등에 지고 갯벌을 기어나오고 있다.

"아버지…."

등지게가 휘청일 정도로 염정수를 진 사람들 속에서 채선은 아버지를 더듬었다. 꼬물꼬물 행렬 속에서 아버지가 보이자 눈시울이 젖어왔다. 할 수 없을 것 같았다. 아버지를 두고서 차마 떠날 자신이 없었다.

답답한 마음을 떨치려 채선은 벌떡 일어났다. 그리고는 인당수 뱃머리에 선 심청이 된 심정으로 아버지를 불렀다.

"아버지이!"

갈매기가 후드득 날아올랐다.

"아이고오 불쌍한 아버지이! 내 어찌 아버지를 두고 떠나가리오. 당신 입에는 흙을 넣고 내 입에는 쌀을 넣고 당신 자리는 거친 풀자리, 내 자리는 폭신한 욧자리."

가락이 이어지자 목청이 조금씩 커졌다.

"간난이야 간난이야 만고에 있는 간난, 아무리 헤아려도 우리 집보다 더한 간난은 다시 없네라."

채선은 더욱 힘을 냈다. 다 쏟아버리고 싶었다. 뽑혀 올라온 오장을 저 검은 물 위에 동댕이치고 싶었다.

돌아가고 싶었다. 경상도로 이사 간 금파와 함께 소꿉 놀던 그때로 돌아가고 싶었다. 봄볕 따스한 골목길에서 담장에 휘늘어진 마삭줄을 걷어 방석을 만들고 잎으로는 간장종지를 만들고 싱아를 훑어서는 밥을 짓고 막 크기를 키운 연잎으로 두레밥상을 만들던 그때로 돌아가고 싶었다.

"금파야…."

달밤의 풀벌레처럼 가늘면서도 청승이 묻어나던 금파의 노래가 그리웠다.

채선은 주저앉고 말았다.

어찌해서 나는 무당의 피를 받아 태어났단 말인가. 또 그렇게 태어났으면 팔자라 생각하고 받아들이면 될 것을 나는 왜 이토록 괴로운 것인가. 어떻게 하든 내 살길을 터주려는 것인데, 그런데 나는 왜, 왜 이렇게 괴롭고 고통스럽단 말인가.

어느새 해가 떨어지고 있었다. 아버지가 물지게를 지고 집수장의 사다리를 타고 오르는 것을 채선은 그렁그렁 바라보았다.

금파

어둠이 스며들고 있었다. 띠살문 구석구석에도, 잘 다듬어진 정원 담장에도 골고루 스며든 어둠, 재효의 방문 앞에 선 금파의 얼굴에도 검서리를 덮었다.

"대체 어쩌시려는 건지요, 나리."

콩기름을 잘 먹여 반질반질한 창호지를 바라보며 금파는 속엣숨을 내쉬었다.

"벌써 며칠째 저리시는지."

금파는 손가락을 세어 하나 둘 꼽아나갔다. 닷새째였다. 주인은 닷새째 해가 떠도 떴는지, 달이 떠도 떴는지 기척이 없다. 안방의 초상을 치른 후 그림자마냥 들어가서는 저리도 꼼짝을 않고 계신다. 들이는 밥상은 밥상보도 들추지 않은 채 그대로 돌아나온다.

"이제 그만 털고 일어나셔요, 나리."

참말 부지런한 주인이었다. 횃대에 올라앉은 암탉이 깃을 털면 그 누구보다 먼저 일어나 사랑채 우물로 나가던 주인이었다. 잠귀 밝아 금파는 새벽마다 그 소리를 들었다. 동백 이파리 사이로 들려오는 걸음은 밤하늘을 가르는 구름처럼 고요히 중문 밖 우물에서 멈추었고 곧 두레박 내리는 소리를 들려주었다. 겉치레를 다 벗어던진 알몸처럼 또렷한 소리였다. 그럴 때 금파는 자리를 털곤 했다.

— 아침 안개가 진하구나.

단정하게 차리고 안채 중문을 걸어나오면 주인은 사랑채 우물가에 서서 손등으로 입술을 훔치며 혼잣말인 듯 건넸다. 새벽 달빛에 비친 모양산 산금처럼 은은한 음성이었다.

— 예. 오늘은 날이 꽤나 쾌청하겠어요.

그러나 주인의 눈길은 자신의 얼굴이 아니라 어깨를 스치고는 내쳐 중문 안으로 들어가버렸다.

— 그래. 지난 밤에는 마님 숨소리가 좀 편안하시더냐?

편안한지 안 한지 숨결을 들어볼 마음조차 없었다는 대답을 차마 하진 못했다. 아니, 숨소리를 챙기기는커녕 잠이 든 내내, 제발 죽어주시오, 한시라도 빨리 죽어주시오. 내일 아침에는 제발 일어나지 마시오, 기도했다는 소리는 하지 못했다.

"일어나셔요, 나리."

애끓는 마음을 가슴 깊숙이 밀어넣은 금파는 달빛 젖은 문고리를 향해 조심스레 다가갔다. 그리고 천천히 손을 내밀었다가 멈추었다.

만사 시때가 있는 법이다. 주인의 마음을 흔들어 빈자리를 차지할 때가 아직은 아니다. 남들은 여복 많다 하기 좋은 말들을 수군덕거리지만 정작 당신의 박복함을 주인은 그리도 한탄하였다. 적당한 때를 기다릴 일이다. 그리하여도 이리 상심하여 두문불출이니 약속한 마음이야 숨길 길이 없다.

나 죽거들랑… 니가… 금파 니가 영감을….

거친 숨소리를 추슬러 부탁하던 망자의 음성을 떨쳐내며 금파는 쥐어뜯듯 동정깃을 움켜쥐었다.

주인은 청무같이 새파란 스물여섯 나이에 첫 번째 부인을 잃었다. 청천벽력이었다. 돌아가신 노영감께서는 아들의 충격을 덜어주려 서둘러 재취를 시켰다. 타고난 팔자였다. 재취부인마저 잃었고 다시 두 해가 지나 삼취를 했는데 딸 아이 하나 남기고 세상을 떠나버렸다.

매파는 이후에도 이어졌다. 부친 때부터 해왔던 관약방 일로 고창 고을을 지나려면 지금도 주인의 땅을 밟지 않고는 지날 수 없다는 재력이 매파들의 줄을 잇게 했을 것인 즉, 매파들은 동서남북, 어느 문으로 들어와야 할지 몰라 망설이다 집안 한가운데 있는 연지정 앞에서 서로 맞닥뜨리곤 했다.

주인은 매파들을 모두 돌려보냈다. 대신 공무가 없는 날이면 집을 나섰다.

한번 나가면 열흘이고 스무 날이고 소식이 없는 경우도 있었다. 곧 흉흉한 소문이 모양산 기슭을 훑고 내려왔다. 고창 관약방 외아들이 하룻밤에 기생 서른을 끼고 잔다는 소문이었다. 지전으로 그 서른 명 기생의 몸을 도배해준다는데 술 한 잔에 육신을 던지는 들병이도 만나고, 관찰사 그림자로 따라온 장안 기생도 품었으며, 어느 관찰사와는 한 기생을 둔 구멍동서라는 소문도 섞여 있었다.

괴행을 잠재운 건 엉뚱하게도 우연히 만난 사내였다. 사내의 정체를 아는 이는 없으나 그로 인해 주인은 집으로 돌아왔고 어찌된 일인지 동리정사 사랑채에 하나둘 사람들이 모여들었다. 소리꾼들이었다.

어느 날이었다. 유일한 혈육인 연지 아기씨의 설사가 멎질 않았기에 좋은 약이란 약은 다 달여 먹였지만 효험이 없었다고 했다. 주인은 축 늘어진 어린 딸을 업고는 스스로를 한탄했다. 아비 박복하여 어미도 없이 자라는데 냉한 속까지 나를 닮아 툭하면 설사를 만나니 여간 안쓰럽지가 않구나. 어린 딸을 업고 사랑채를 서성거리며 죽은 아내를 불렀다.

그때, 처녀 하나가 장지 문을 열고 들어섰다. 며칠 전에 찬간붙이로 들어온 처녀였다. 화사하면서도 고운 태를 지닌 처녀의 손에는 바구니 하나가 들려 있었다. 검고 빛나는 가지가 가득 담긴 바구니였다. 숨이 멎는 것 같았다. 죽은 세 번째 아내인 연지 어미를 그대로 빼다 박은 것이었다.

— 이거 연지 애기씨 먹이세요. 설사에 좋대요.

다음날 처녀가 준 가지 달인 물을 먹은 연지는 거짓말처럼 설사를 멈추었다. 그런 인연으로 유모가 된 안방은 참으로 지극정성이었다. 생모보다 더 연지를 아꼈다. 열 살이 되어 돌봄기간이 끝났을 때 돌아가려는 안방을 연지가 잡았다. 치맛자락을 잡고 우는데 차마 떼어놓을 수가 없었다. 실은 주인이 더 잡고 싶었다. 헛헛함을 채워주기에 더 없는 사람이었다. 그러나 품에만 들면 여지없이 죽어나가니 망설이지 않을 수 없었다. 그럴 때 안방이 먼저 말해왔다. 이대로 영영 연지의 어미가 되고 싶다고.

참 금슬 좋았다. 앞서 보낸 세 아내의 좋은 점만 뽑아서 합해놓은 사람이었다. 이생 영영 함께하고 싶었다. 그랬던 사람이 또 병으로 누웠을 때 주인은 안방에 잇닿게 방을 하나 내어 금파를 거처케 하곤 병수발을 부탁했다.

그것은 은혜였다. 믿는다는 증거였기 때문이다. 정월 대보름날 윷가락처럼 이놈의 손에서 저놈의 품으로 오가던 자신을 거두어준 것만도 뼛가루를 갈아 바쳐 보은할 일인데 꽃 같은 안방을 보필하는 역할까지 맡겨주었으니 백골이 산화하여 한 줌 흙이 되어서도 이 집을 위해 썩으리라 작정했다.

"이제 안방은 내 차지야."

금파는 숙였던 고개를 번쩍 들었다. 모양산 봉우리에 걸려 있던 해가 어느새 넘어가고 없었다.

동리

뒤돌아보았다. 아무것도 보이지 않았다. 불그레한 안개만이 자욱할 뿐이었다. 재효는 두 팔을 휘저으며 안개를 걷으려 애를 썼다.

— 임자!

부르기만 하면 늘 곁에 있었던 듯 나타났던 아내가 보이질 않았다.

— 임자! 어딨는게요.

심상찮은 상황임이 분명했지만 어떤 상황인지 짐작되진 않았다. 아무도 없는 공간에 홀로 서 있다는 사실만 확실할 뿐 무엇 하나 선명한 게 없었다.

— 이 사람 정연이!

지점을 가늠할 수 없는 곳에서 커다란 날개 하나가 후드득 날아올랐고 발밑에선 사그랑 사그랑 사그랑게가 기어갔다. 출처와 계통을 알 수 없는 불편함이 전신을 휘감아왔다. 공포감을 떨치려 애를 쓰며 발 하나를 들었다. 꼼짝하질 않았다. 무엇인가 발목을 단단히 잡고 있는 것이 분명했다. 다른 발을 들어올렸다. 조임이 더해왔다. 사특한 꾐에 빠져 다시는 돌아오지 못할 곳으로 끌려가고 있음을 뒤늦게 알게 된 소년처럼 두려워졌다.

조임은 발목을 타고 점점 올라왔다.

— 이것 보게! 나를 좀 풀어주게.

버둥거릴수록 옥죄임이 심해진다는 걸 알면서도 버둥거리지 않을 수가 없었다.

그때였다. 붉은 기운 자욱한 안개 속에서 투명한 물방울 하나가 생겨났다. 물방울은 떨면서 다가왔다. 외면하려 애썼으나 하면 할수록 시선은 더욱 물방울에 집중되었다.

물방울 속에서 무엇인가가 꼼지락거리는 것이 보였다. 눈이 부릅떠졌다.

놀랍게도 재효 자신이었다. 벌레만큼 작아진 자신이 꼼지락거리며 뒤척이며 죽어가고 있었다.

— 아, 내가 죽는구나.

그러자 해야 할 수많은 일들이 떠올랐다. 하루가 멀다 하고 대문 앞에 줄을 서는 이들을 거두어 소리청으로 보내야 하고, 그들의 득음을 도와 세상 속으로 내보내야 하고 부모님 기제사도 모셔야 한다.

집 밖에도 할 일은 산재해 있다. 연잇는 가뭄으로 기근에 허덕이는 고을 사람들을 위해 고창천 변에 보補도 몇 군데 만들기로 했는데 관아에서는 일을 진행하고 있는지, 올 정월 대보름에는 오거리 당산제를 떡 벌어지게 치르기로 했는데 그때 쓰일 판소리도 만들어야 하는데 세종은 그 일을 준비하고 있는지 생각에 빠져 있을 때였다. 물방울이 파르르 떨었다. 점 같은 작은 물방울들이 수천 개 수만 개 생겨나 큰 물방울 주위를 에워싸고는 빙글빙글 돌기 시작했다.

눈이 부셨다. 재효는 손등으로 부신 눈을 가리면서도 큰 물방울 속을 보려고 애를 썼다. 이리저리 이지러지며 자지러지던 자신이 어느 순간, 물방울을 푹 뚫고 튀어나왔다.

정작 나온 것은 노랗고 붉은 꽃으로 장식된 고깔이었다. 놀랄 사이도 없이 고깔 밑으로 사지가 없는 형체 하나가 주르르 빠져나왔다. 뽀얀 갑사 저고리에 풍성한 치마를 두른 그것이 외씨버선코를 내밀고는 다가왔다.

— 누, 누구요?

고깔 속은 텅 비어 있었다.

— 오지 마!

재효는 소리질렀다.

— 오지 말란 말이다.

그때였다. 갑사치마 밖으로 나온 버선코 끝에서 하얗고 조그만 나비 한 마리가 호르륵 날아올랐다.

재효는 저도 모르게 나비를 향해 다가갔다.

나비의 눈 속엔 물기가 그득했다.

— 내가, 너를 어찌해주리?

순간, 나비가 훼 날아오르더니 허공에서 무엇인가를 내동댕이쳤다.

여자였다. 여자는 허공에서 부딪치고 깨지다가 뻘밭으로 곤두박질쳤다.

— 안 돼!

재효는 뻘밭을 뒤집기 시작했다. 크고 작은 뭉텅이가 불룩불룩 솟구쳐올랐다. 여자는 점점 빠져들었고 솟구쳐오른 뻘덩이가 재효를 덮쳤다.

공포감이 극도에 달했을 때였다. 어디선가 선선한 바람이 불어왔다. 만신창이가 된 심신을 바람자락 위에 뉘었다. 나는 어디로부터 왔는가. 어디로 가고 있는가.

"선생님."

아득한 바람의 결 사이에서 누군가의 음성이 들렸다.

"정신이 좀 드십니까?"

둘, 셋, 넷…. 헤아릴 수 없을 만큼 많은 얼굴들이 허공에 둥둥 떠 있었다. 뿌연 시야를 거두려고 손을 들었다.

"그대로 계십시오, 영감."

얼굴 중 하나가 불거지듯 앞으로 나왔다. 소리청 선생 김세종이었다.

"다행입니다. 이렇게 정신이 돌아오셨으니."

김세종뿐 아니었다. 날치를 비롯한 소리청 창자들이 누런 상복을 입은 채 자신을 내려다보고 있었다. 내가 방금 어딜 갔다왔는가. 죽었던가? 다시 눈을 감았다.

상여가 보였다. 상복을 입은 소리청 창자들이 띠를 매었고 세종이 요령을 잡았다.

— 북망산천이 어디메뇨 내 집 앞이 북망일세 이제 가면 언제 오나 오실 날을 일러주오.

세종의 구성진 목청으로 앞소리를 매기자, 소리청 제자들이 뒷소리로 받았다.

— 너화너화 너화너. 너이가지 넘자 너화 너.

그렇구나. 내가 죽었구나. 헌데 뭐하러 또 살아났는가. 감은 눈꺼풀을 뚫고 눈물이 흘렀다. 이대로 무너질 순 없었다. 마음을 다잡았다.

"이보게 세종."

"예, 영감."

"배가 고프구만."

"왜 아니 그렇겠습니까."

김세종이 고개 돌려 뒤에 서 있는 금파를 보았다. 눈빛을 받은 금파가 입술을 달싹거리려다 몸을 돌려 밖으로 나갔다.

"모두 돌아들가게. 금파가 죽을 가져오면 내 먹을 것이니."

김세종이 뒤에 앉은 제자들을 손짓해 내보내곤 문을 닫았다.

"자네도 돌아가게."

"영감…."

세종이 소맷동에서 무언가를 꺼내더니 바닥에 내려놓았다.

"뭔가?"

"어렵겠지만 사안이 사안인지라…. 아무튼 영감께서 직접 보셔야 할 듯합니다."

재효는 천 근 쇠덩이 같은 눈꺼풀을 들어올렸다. 질 좋은 종이로 만든 봉투 하나가 놓여 있었다.

"읽어보시지요."

"두고 나가게."

"그럼 나중에."

속지를 꺼내려다 도로 넣은 세종이 나갔나 했는데 어느 새 금파가 들어와 있었다. 놋그릇 두 개가 얹힌 개다리소반을 든 채였다.

"함초죽을 좀 끓였습니다."

수더분하지만 어딘가 야심찬 저 얼굴. 재효는 알 수 없는 금파의 기에 눌리는 자신을 발견하곤 의식을 털었다.

"함초라."

그만 고개가 돌려졌다. 혼미한 꿈속에서 보았던 뻘밭 가득한 함초가 떠올라서였다.

"듣고 나가라."

"나리!"

"내가 기운을 차리면 네게 선물을 줄 것이야. 그러니 지금은 듣고 나가라."

미동하지 않는 금파가 숨막혔다.

"나리."

재효는 돌아누웠다. 금파가 나직하고 굳은 목소리로 말을 이었다.

"이년은 나리를 스승으로 뫼신 후 처음으로 사람인가 싶었습니다."

"무슨 소릴 하려는 거냐."

"핫바지 같은 노래 부르며 사내들 가랑이 핥지 않아도 되는 세상, 일하는 만큼 먹여주는 세상이 있다는 것을 가르쳐준 나리십니다."

"그래서?"

"동리정사에 뼛가루를 묻으려 했습니다. 죽으라면 죽겠다고 생각했습니다."

"무슨 소릴 하려는 건지 묻고 있질 않느냐?"

"그러니 저를…."

재효는 돌아누운 채로 고개를 돌렸다. 금파의 단단한 입술이 떨고 있었다.

"나리는 조금 전 제게 선물을 주겠다 하셨습니다."

"그랬다."

"주십시오."

"말을 해라. 그게 뭔지."

"저를 보내주십시오."

"보내주다니, 어디를?"

"저를 한양으로 보내주십시오. 그분의 뜻을 거스리지 마십시오."

재효는 벌떡 일어나 앉았다. 그리고는 세종이 두고 간 봉투를 빠르게 열었다.

봉투 안에는 흥선대원군의 친필 편지가 들어 있었다.

내림굿

아침 밥상을 물린 월녀는 서둘러 아래채 가마솥에 물을 채우고 불을 지폈다. 채선을 씻길 물이었다.

엇그제 장만신 집에서 돌아온 후부터 채선은 밥도 먹지 않고 홑이불로 몸을 만 채 눈물만 짜내고 있다. 마음 같아서는 머리채라도 휘잡고 싶지만 꾹 참고 있는 중이다. 이제부터는 함부로 할 수 있는 몸이 아닌 까닭이다.

채선은 그 사이 귀하디귀한 몸이 되었다. 관우 장군이나 최영 장군 같은 힘센 몸주신을 받을 몸이 되었다. 더없이 귀히 대해야 한다.

마른 솔가지 한 주먹을 아궁이에 집어넣은 월녀는 웃채를 힐끗 쳐다보고는 휘이, 신바람을 불어냈다.

시커멓게 색이 바랜 지붕 위로 잡초가 뭉텅뭉텅 자라나 있었다. 축담 가장자리 돌덩이도 두 군데나 빠져서 북망산천 바라보는 노인네의 속마냥 허술하기 짝이 없다. 다른 집들은 지난 봄에 새 지붕으로 다 갈아

얹어 단장을 했는데 내림굿 비용 마련하느라 움이 트는지 싹이 돋는지도 몰랐다. 월녀는 웃자란 잡초가 흔들거리는 마당에다 시선을 놓았다.

— 쟈가 저래 싫다는데 꼭 혀야 쓰겄어?

오늘은 염정일 나가지 말고 굿당까지 제물 나르는 것이나 도와달라고 했건만 눈도 주지 않던 채선 아버지가 거기 서 있는 것만 같았다.

남편을 생각하자 복장에서 시린 물소리가 들려왔다.

채선이 장만신의 집에 가 있는 동안 내림굿 비용을 번다며 석달이나 집을 비웠건만 어디서 무엇을 하다 왔는지 한마디도 묻지 않던 사람, 낮에는 주막에서 일을 하며 주린 배들을 채워주고, 밤에는 봉놋방 뒤 토방에서 주린 정욕을 채워주며 벌어온 내림굿 비용을 내놓았을 때도 속내 한번 보이질 않던 사람. 그런 사람이었건만 장만신 집에서 돌아온 채선이 말라빠진 오만디마냥 쪼그라든 것을 보고는 울음처럼 토해낸 말이었다. 늙으면 부부뿐이란 말도 다 헛것이란 말인지.

엊저녁, 사지를 감아오는 정욕을 견디지 못해 남편의 야윈 몸에 다리를 걸쳐올렸을 때 남편은 울고 있었다.

"흥, 자기에게만 딸인가, 나한테도 천금 같은 딸이네."

그만 코끝이 찌르르해진다.

월녀는 팽, 코를 풀고는 치마로 손을 닦은 뒤 마른 솔가지를 끊어서는 아궁이 속으로 던져 넣었다. 조그맣던 불더미가 후르르 솟아올랐다.

"그려라. 그리 환장을 혀라. 그려야 몸주신이 확 들어올 거잉게."

붉다 못해 검고 희게 번져나는 불길을 보다가 위채를 향해 소리질렀다.

"아야! 인자 고만 짤고 나오니라. 목욕재계 해야제!"

커다란 솔가지 하나를 잡아채어 탁 부러뜨렸을 때였다. 뾰족해진 솔가지가 순식간에 중지와 약지 사이를 파고들었다.

"이런 썩을."

손가락 사이에 박힌 솔가지를 빼자 검붉은 피가 흘러나왔다.

"이거이 헛공사가 될라나."

월녀는 시커멓게 묻어오는 불안함을 털어내려 너덜거리는 옥양목 치마 끝을 이로 물고선 죽 찢었다.

굿당으로 가는 길은 가팔랐다. 장만신이 맨 앞장을 섰다. 그 뒤를 채선이 따랐고 이어서 월녀가 따랐다. 나머지 무당 둘, 허드레 아낙 둘, 무악 법사 둘, 제물을 진 장정 셋이 차례로 뒤를 따랐다.

가운데다 채선을 세운 것은 월녀였다. 이렇게 앞과 뒤를 단단히 막고 걸어야 또 도망을 가지 못할 것이라 여긴 때문이었다.

월녀는 아침에 있었던 일을 떠올리곤 진저리를 쳤다. 솔가지에 찔려 피가 철철 흐르는 손을 동여매고 방으로 들어갔을 때 채선이 보이지 않았던 것이다. 놀라 뛰어나가보니 동구 밖 멀리 줄행랑을 놓고 있었다.

"썩을년."

만약, 손가락을 다치지 않았더라면 몸 팔고 일품 팔아 마련한 내림굿 자리가 파토 났을지도 모를 일이었다.

"앞만 보고 걸어 이것아, 뒤돌아보지 말고."

자꾸 뒤돌아보는 채선을 다짐시키려는 듯 월녀가 결기진 목소리로 일렸다.

채선은 이제 정말 내림굿을 받고야 마는구나, 절망스러우면서도 아직 기회는 있을 거라 이를 악물었다. 설사 작두 위에 오르고 정말로 몸주신이 자신을 삼키려 기웃거린대도 끝내 거부하리라 마음을 다져먹었다.

좁다란 길을 한 나절이나 걸어서야 도착한 굿당 앞에서 채선은 무너져내렸다. 하늘을 찌를 듯 솟은 바위절벽, 그 아래 깊게 파인 동굴 앞에 서니 도저히 도망칠 수 없을 것 같은, 그래서 끝내 몸주신을 받고야 말 것 같은 절망감이 사지를 눌렀다.

"이것아, 뭐허는겨?"

제물 내리는 것을 거들던 월녀가 외고개를 하고 선 채선의 옆구리를 찔렀다.

"여그만큼 영험한 굿당이 워디 있능 줄 알어? 이곳 빌릴라고 을매나 눈에 불을 켜는지들 알기나 혀?"

모두들 제 역할에 충실히 몸을 움직이는 동안에도 채선은 언제 어느 곳에서 기회가 올까 생각을 놓지 않았다. 그런 채선의 속을 훤히 꿰뚫고 있는 월녀 또한 가자미눈을 풀지 않았다.

이윽고 제물을 모두 내린 짐꾼들이 돌아가자 내림굿 준비가 본격적으로 시작되었다. 제단은 바위 아래 움푹한 곳에 차려졌다.

그동안 두 모녀를 유심히 보고 있던 장만신이 시선을 그대로 묶은 채 악사와 무당들에게 손짓을 했다. 장만신의 손 지시를 받은 무악 법사들이 챙기던 악기를 두고 동굴 속으로 사라졌다. 그 후 장만신 자신도 무당 둘을 데리고 굴속으로 들어갔다.

남은 사람은 제물상을 차릴 아낙 둘과 모녀뿐이었다.

"장어묵을 앞으로 놔야지, 뒤로 빼믄 쓰나 원."

조금이라도 신령님들의 눈 밖에 나면 될 일도 안 된다 잔소리를 하면서도 월녀의 눈은 채선을 오래 떼어놓질 않았다.

"여그 고창으로 뫼셨으믄 고창에서 젤루 귀헌 것을 앞으로 놔 디리야제."

고창에서 젤루 귀한 것이라면 두말 할 것 없이 풍천을 거슬러 내려가는 장어다. 장어는 영물이라서 알을 낳으러 민물로 올라오는 다른 고기들과 다르다. 인천강에서 살다가 알을 낳을 때가 되면 풍천을 지나 곰소만으로 내려간다. 풍천은 인천강과 곰소만이 만나는 가운데 강이다. 민물에 살다 갑자기 짠물로 가려니 몸이 적응하기 힘들 것은 당연지사, 풍천에서 머물며 적응기간을 버는 것이다. 하니 풍천장어는 이곳의 명물 중 명물일 수밖에. 하여 월녀는 힘센 장어를 한 솥 고아 묵을 만들어 온 것이었다.

"복분자술도 앞으로 당겨놓고."

시간이 갈수록 제물상의 높이는 높아만 갔다. 온갖 한과가 쌓이고 과일이 쌓이고 떡 시루가 솟았다. 술독이 놓이고 통돼지도 놓였다. 한쪽에는 채선이 쥐고 놀 부채며 방울, 칼과 삼지창이 놓였고, 거리마다 입을 옷이며 쓸 고깔도 놓였다.

채선은 희디흰 무명천을 둘둘 만 작두가 제물상 앞에 놓인 것을 바라보다 아버지를 생각했다. 속내를 드러내지 않았으나 아버지는 하나뿐인 딸이 무당 되는 것을 원치 않았음이 분명했다. 그렇지 않았더라면 내림굿이 있는 날, 새벽같이 뻘밭으로 나가버리지는 않았을 것이다.

제물상 차리기가 끝난 아낙들이 마당을 빙 둘러가며 초를 꽂았다. 잠시 후 초마다 불을 붙이고 그 안에서 굿을 시작할 모양이었다.

곧 절벽 위로 달이 떠오르면 장만신이 악사들과 무당들을 데리고 나올 것이다. 굿이 시작될 것이고 그러면 꼼짝없이 작두를 탈 수밖에 없다.

채선은 초조해지기 시작했다. 침을 꿀꺽 삼키고 어머니를 보았다.

어머니는 이제 좀 마음이 놓이는지 제물상 앞에 서서 열심히 이것저것을 고쳐놓고 있었다. 기회였다. 채선은 발 하나를 살그머니 뒤로 물렸다. 곁에서야 들릴 리 없는 소리건만 소복 자락 스치는 소리가 귓바퀴를 흔드는 것만 같았다.

후드득거리는 가슴을 억지로 누르며 또 한 발을 물렸다.

어쩐 일인지 모를 일이었다. 어머니 월녀가 자신에게서 시선을 완전히 떼어놓은 것 같았다. 어두워졌기 때문이리라.

그래, 이렇게 한 발 한 발 뒷걸음을 치는 거다. 그리고 때를 보아 달음질치는 거다.

채선은 어머니의 밝은 촉에 걸려들지 않으려고 조심조심 걸음을 물렸다.

뒷걸음질 속도가 조금씩 빨라지기 시작했다. 제물단 앞에서 어머니가 오래, 더 오래 몰아의 지경으로 있어주기를 소원하며 채선은 보폭을 늘렸다.

"헛짓거리하고 자빠졌네."

둘러친 초 울타리를 막 넘었을 때였다. 월녀가 돌아보지도 않은 채 나직하게 중얼거렸다. 채선은 흠칫 멈춰섰다.

"헛짓 말고 일루 오니라."

거역할 수 없는 음성이었다. 채선은 꼼짝하지 않았다.

월녀가 허리를 펴고 뒤돌아보았다. 눈빛에서 광채가 뿜어져 나왔다.

"나가 그러키나 일렀는데도 말귀를 못 알아먹냐?"

채선은 포기하지 않기로 했다.

"떠받드는 거이 아무렇게나 한다고 떠받들어주냐. 장만신 봐라. 장만신 덕 안 본 사람이 있더냐? 다들 잘 살게 해주잖냐. 경사굿 치러주지 소상날 씻김굿 해주지, 이승 떠난 시신 길 닦아주지, 처녀귀신 몽달귀신 저승혼사 시켜주지. 그뿐이냐, 몸에 깃든 병까지도 말끔히 낫게 해주잖냐. 약방보다 낫고 의원보다 나은 사람이여. 너도 그렇게 되라는디 뭐가 불만이라서 뿔난 쥐새끼마냥 내빼려는 거여 시방."

월녀가 다가와서는 귓바퀴에 대고 소리죽여 일렀다.

하늘을 찌를 듯 솟은 바위 끝에다 눈길을 거는 월녀에게서 채선은 귀기를 보았다. 어머니가 정말로 만신으로 살고 싶었구나. 그렇다면 오늘 몸주신을 받아야 할 사람은 어머니가 아닌가. 뭔가 빛이 보이는 것 같았다.

"아, 뭐혀! 어서 가!"

월녀의 기운에 끌려 제단 앞을 향해 한 발 한 발 내디디면서도 채선은 입술을 앙다물었다.

어쩔 수 없이 내림굿을 받아도 무당 되는 길을 막는 방법은 있다. 무악이 아닌 소리꾼들이 부르는 진짜 노래가 있다. 심청이 공양미 삼백 석에 몸을 바꾸고 아버지 눈이 뜨이기를 기도하며 울고 가던 길 위에서 부르던 노래, 춘향이 오지 않는 이도령을 기다리며 목을 조인 칼에다 심장을 쏟아내던 노래들이 있다. 저들이 아무리 내 혼을 파내어 신대에 걸어올려도 그 노래들을 부르고 있는 한 신은 내 몸에 강림하지 못할 것이다.

"타고난 팔자는 못 속이는 법이여. 소경 눈을 뜨게 하는 약이 있다 해도 팔자에 없으믄 팔아먹을 수 없단 말여 이것아."

월녀가 휙 돌아서며 팥 한 줌을 뿌렸다. 붉은 팥낱알이 하얀 갑사 치마저고리에 별처럼 박혔다가 흘러내렸다. 채선은 자신의 몸에 강림하려는 신령도 이렇게 떨쳐버리리라 각오했다.

바위굴에서 나온 장만신이 제상 앞에 놓인 홍철릭을 가져다 바위 입구에 거는 것으로 굿판이 시작되었다.

장고와 북, 제금이 일제히 울리기 시작했다. 귀가 찢어질 듯 요란한 무악이 검게 물든 허공으로 퍼져나갔다.

주당물림이 시작된 것이다.

굿을 시작하기 전에 시끌벅적 지기를 울려 살귀들이 놀라 도망가게 하는 굿의 시작 단계인 주당물림이 간단하게 끝나자 굴 안에 있던 나머지 사람들도 나왔다.

두 무당과 허드렛 여인들, 그리고 월녀가 제단을 빙 둘러섰다.

채선은 눈알에 힘을 주었다. 나는 절대 몸주신을 받지 않을 것이다.

모두들 자리를 잡자 장만신이 장고를 가지고 채선의 옆자리로 와 앉았다. 부정거리가 시작될 것이었다. 잠시 정적이 흘렀다.

“부— 저엉 — 청 — 배에.”

장만신이 부정경 독경 첫머리를 길게 읊으며 장고를 땅, 쳤다.

“영정가망 부정가망 진씨 가중 시위들 하소사.”

옆에 앉은 악사가 장단을 맞췄다.

“들리도 영정에 난니도 부정 조라주 영정에 전물도 부정 산이슬 영정에 피미슬 부정.”

독경 소리가 빨라지기 시작했다. 장고 장단도 빨라졌다. 뒤에 서 있던 월녀가 부지런히 비손을 했다. 악사 하나가 챙챙, 제금을 부딪쳤다.

장고와 제금 소리가 더욱 빨라지자 뒤에 있던 무당 하나가 놋그릇 두 개를 들고 제단 앞으로 나왔다. 놋그릇 하나엔 고춧가루에 소금과 잿물을 푼 구정물이 담겼고 또 하나의 그릇엔 맑은 정화수가 담겼다. 또 다른 무당이 그릇을 들고 있는 무당을 따라나왔다. 부정몰이다. 채선은 양반다리를 하고 앉아 마음이 흩어지지 않도록 다잡으며 머릿속으로 그림 하나를 그렸다.

새로 이은 갈집 이엉 아래로 싱싱한 햇살이 비친다. 햇살을 받으며 자신이 서 있다. 흰 옥양목 치마저고리를 입고 손에는 부채를 들었다. 부챗살 사이사이 햇살이 노랗게 스며든다. 앞에서 도래방석을 깔고 앉은 고수가 북을 놓는다. 노랗고 강한 빛줄기가 고수의 등을 비춘다. 눈부시다. 채선은 고수의 얼굴을 보려고 눈살을 가운데로 모았다.

"이것아! 뭐허는겨. 정신 똑바로 잡지 못하고."

옆에 서 있던 월녀가 채선의 옆구리를 찔렀다. 장만신이 모녀를 슬쩍 쳐다보다가 다시 부정경문을 읊었다.

가락이 빨라지자 곁에 선 무당의 입에서 신바람이 새어나왔다. 휘이잇! 굿당 주변에 깃든 모든 부정한 것들을 물리치려는 듯 무당 하나가 제단 뒤로부터 둥그렇게 원을 돌며 꼼꼼하게 물을 뿌렸다.

와중에도 채선은 의식 속에 아직도 살아 있는 고수의 얼굴을 보려고 용을 썼다. 안타까웠다. 아무리 보려해도 고수의 얼굴이 보이지 않았다. 달이라도 있으면 보이려나, 별이라도 있으면 보이려나. 달도 별도 없이 깜깜한 밤하늘이 야속했다. 그런 심정을 알기나 한 듯 둘러친 촛불들이 불꽃을 키워댔다.

부정물은 계속 뿌려지고 소짓장이 날고 부정경 소리와 악기 소리가 더 높아가는 사이, 뒤에서 비손하는 월녀의 몸짓도 조금씩 격해지기 시작했다.

채선은 몽롱해지는 정신을 가다듬으며 하늘로 재가 되어 오르는 소지를 바라보았다. 이 모든 상황이 저 종이처럼 사라졌으면.

"초가마앙— 이가마앙— 삼가마앙."

세 장의 소지가 날아오르다 스러지자 장만신이 가망을 길게 청배했다. 반주 소리가 잦아들었다.

눈을 감고 정신을 모았다. 이 굿당의 분위기에 함몰되지 않으려면 자신의 의식 속에 별도의 분위기를 잡아놓고 거기 집중해야 한다.

— 자, 내가 장단을 맞출 테니 너는 심청가의 한 대목을 불러보아라.

하얀 옥양목 저고리에 북채를 든 고수가 말한다. 고수의 말에 자신은 촥! 부채를 펴든다. 심청이 아버지에게 저 없으면 어찌하라 저찌하라 뺑덕어미 대목을 읊으려 했을 때였다. 낭랑한 장만신의 경문이 귓바퀴를 흔들었다.

"진씨 가중에 벌로 품은 치수로서 수많은 인간이 넘나들제!"

그 바람에 채선이 훌쩍 놀랐고 그만 떠오르던 고수의 모습이 사라져 버렸다.

가망거리가 끝난 모양이었다. 무당 하나가 다가와 채선을 일으켜 세웠다. 굿바위를 중심으로 주변의 공간이 맑고 깨끗해졌으니 언제라도 신령이 강림해도 된다는 뜻을 전해 올리는 '진작올리기' 차례가 온 것이다. 이 과정은 내림굿을 받는 이의 몫이다. 채선은 장만신에게서 배운, 신 맞는 과정을 떠올리곤 고개를 저었다.

"술을 따라야지."

홀린 듯 서 있는 채선에게 장만신이 나직하게 일렀다. 채선은 밀리듯 술을 따르고 제단을 향해 큰절을 올렸다.

"잘하는구나. 어여쁘구나."

절을 마치자 장만신이 흡족한 듯 말했다.

이제 신을 맞는 노래를 불러야 한다. 굿판의 모든 사람들이 함께 노래하며 춤추며 신나게 한 판 놀 차례다. 장만신과 무당들의 합창이 시작되자 채선의 몸도 흔들리기 시작했다.

"아이쿠 잘한다. 우리 아가 잘한다 잘혀!"

때를 놓칠세라, 장만신이 채선을 일으켜 세우고 홍철릭을 입혔다. 휘적휘적 나아간 채선이 제단 앞에 놓인 가망지를 들었다.

"옳지 우리 딸 자알헌다."

월녀가 신바람을 일으켰다.

"잘하고 말고."

장만신과 무당들의 합창 소리는 채선의 흥을 더욱 돋우려는 듯 신명이 실렸고 반주소리 역시 드높아만 갔다.

휘돌며 타오르는 초의 불꽃처럼 굿판의 움직임이 빨라지자 채선은 자신의 몸이 무언가에 의해 조종받고 있다는 느낌을 받았다. 혹시 신령이 내 몸에 강림하려는 건 아닐까. 몽롱한 분위기에 저도 몰래 휩쓸려 들었으나 곧 정신을 가다듬었다. 안 된다. 그토록 거부하려 했던 신들이 내 몸에 들어와서 한 판 놀도록 밑판을 만들어줘서는 아니 된다. 채선은 두 눈을 질끈 감고는 있는 힘을 다해 움직임을 딱, 멈추었다.

깊디깊은 골짜기가 먹물을 뿌린 듯 고요해졌다.

모든 것이 정지되었다. 촛불의 휘어짐도, 장만신의 장고채도, 악사들의 징채도 북채도 꽹과리채도, 월녀의 비손도 먹물을 덮어쓴 획처럼 끊겨버렸다.

"너, 너 왜 이러냐 아가."

숨 막힐 듯한 적요를 가르며 월녀가 뛰어나왔다.

"게 서게!"

장만신의 낮고 음울한 음성이 촛불에 비켜난 어둠을 갈랐다. 월녀의 발이 바윗돌이 된 듯 딱 붙들렸다. 장만신이 천천히 일어나더니 채선

곁으로 다가가 앉았다. 입가에는 기묘한 미소가 어려 있었다.

"그랴. 술 보고 안주 보니 없던 홍이 절로 나더냐?"

심하게 오르내리는 등을 장만신이 가만가만 쓸었다. 그것은 물음도 아니고 질책도 아니었다. 영력 깃든 주문이었다. 그러자 채선의 입에서 휘이, 휘파람이 터져났다.

"그려, 그려. 그러면 춤을 춰야지. 이러고 있으면 쓰겄냐?"

장만신의 귀기어린 주문을 귀 밖으로 털어내느라 앙다문 입술 사이로 뜨끈하고 비릿한 액체가 흘러나왔다.

"일어나거라."

채선은 움직이지 않았다.

"일어나래도!"

그래도 움직이지 않았다.

"하믄!"

낮고 차분하게 이르던 장만신의 입에서 쩌렁한 소리가 터졌다.

"니년이! 입이! 두리광주리라도 할 말이 없지 그리."

채선이 고개를 홱 들어선 장만신을 쏘아보았다. 그리고 맞받아쳤다.

"왜! 왜 내가 할 말이 없겠어요?"

월녀의 눈이 왕방울만해졌다.

신이다! 신이 강림했다! 내 딸의 몸에 몸주신이 내리신 게야. 그러지 않고서는 딸의 눈빛이 저리 날카로울 수는 없다. 됐어. 이제 된 거여. 드디어 굿발이 먹기 시작한 거여.

"암, 그래야지. 그렇게 독혀야 하느니."

노려보는 채선을 눈먼 고양이 닭 알 어루듯 쓰다듬는 장만신을 보고 월녀는 환희로웠다. 묘한 웃음기 가득한 장만신의 얼굴에도 환희심이 엿보였다.

"자, 가세, 가세."

다시 반주 소리가 시작되었다.

골짜기가 떠나갈 듯한 소리였으나 장만신은 성에 차지 않는 모양이었다. 악사에게로 달려가 꽹과리를 빼앗다시피 가지고 와서는 엎어진 채선의 주위를 빙빙 돌면서 두드리기 시작했다.

얼마를 돌았을까. 이윽고 채선의 등이 들썩거리기 시작하더니 어느 순간 훽, 하고 솟구쳤다.

"얼씨구!"

던져버렸던 요령과 접은 가망지를 움켜든 것은 순식간이었다. 허공을 쏘아보던 채선이 드디어 몸을 흔들기 시작했다. 장만신이 뒤를 향해 소리쳤다.

"어서 옷 갈아입히게!"

이번에는 홍치마 백색 장삼이 순식간에 입혀지고 가사가 걸쳐지고 홍대가 둘러쳐졌다. 머리엔 세모시 고깔이 씌어졌고 손에는 요령과 백색 부채가 들려졌다.

무당 하나가 높다란 신대를 들고 마당 가운데로 나왔다. 신대 위에는 색색의 천이 매달려 휘날렸다. 반주는 계속되었다.

채선은 견디지 못하고 방아를 찧듯 아래위로 폴짝폴짝 뛰기 시작했다. 이게 아니다 하면서도 천지를 뒤덮은 어둠과 휘란거리는 촛불과 귀를 찢는 듯한 빠른 리듬에 저도 몰래 뜀박질이 되어졌다.

소리를 해야 해. 소리를.

그러나 목구멍을 누르고 있는 듯 소리는 나오지 않았다.

밤이 점점 깊어졌다. '대신거리'를 끝내고, '호구거리'를 끝내고, '산마누라거리'도 끝이 났다. 그럴 때마다 채선의 몸에는 각양각색의 복색이 입혀졌고, 손에는 월도며, 삼지창, 요령, 부채 등이 번갈아 들려졌다.

"무슨 말이라도 혀봐라, 채선아."

터질 듯 터질 듯 공수가 터지지 않자 애가 단 월녀가 부르짖었다. 꽹과리를 치던 장만신이 그 입 다물란 듯 시퍼렇게 쏘아보았다.

"어, 웃자하 상산대감 아니시리 본향대감 아니시리 에에 별상대감 아니시리."

재물과 명예와 복록을 가져다준다는 '대감거리'가 이윽고 시작되었다. 대개 이 거리에서 굿판의 승패는 결판난다. 작두도 이 거리에서 타야 한다. 채선은 정신을 바짝 차려야 한다고 이를 앙다물었다. 여기서 지면 정말 공수가 터져버릴지 모른다. 공수가 터졌다는 것은 몸주신이 내렸다는 증거다. 그리되면 작두 위에서 펄쩍거려도 발바닥은 흔적도 없이 멀쩡하다. 채선은 도리질을 쳤다.

하늘을 향해 솟은 채 흔들리던 신대 두 개가 작두단 양 옆으로 옮겨오고 곧 작두가 채워졌다. 단 위에서 퍼렇게 날을 세운 작두가 어둠을 가르는 것을 노려보며 채선은 의식 저편에 아직도 지워지지 않는 빛줄기를 보려 눈을 사려 떴다.

아, 보였다. 다시 갈지붕이 보였다. 마당 한가운데 앉은 고수가 보였다.

소리를 내보려고 용을 썼다. 심청이 아버지를 기다리며 부르는 소리를 내보려고 용을 썼다.

이러면 작두를 타야 한다, 작두를.

녹초가 되려는 몸을 안간힘으로 지탱하며 가슴을 쳤다. 차라리 항복해버릴까. 안 된다. 나는 무당이라는 운명을 받아들일 수 없다. 운명은 개척하는 것이지 무작정 수용하는 것이 아니다.

아낙 하나가 나오더니 입혀졌던 것들을 벗겨냈다.

복대가 벗겨지고 철릭이 벗겨지고 붉디붉은 저고리가 벗겨졌다. 하얀 갑사 속치마 저고리만이 작은 몸을 가렸다.

"자, 시작하자."

채선은 밀리듯 작두단을 향해 발을 내딛기 시작했다. 낮아진 반주 소리는 더욱 낮아지고 피리 소리만이 내키지 않은 걸음을 재촉했다.

제발….

하얀 천이 깔린 계단을 밟으며 고수의 얼굴을 보려고 마지막 용을 썼다. 작두에 오르기 전에 나타나지 않으면 모든 게 끝장이다. 아, 한 발만 더 오르면 작둣날이 기다리고 있다.

발 하나를 작둣날 위에 올리려는 순간이었다. 번쩍, 하고 얼굴 하나가 떠올랐다. 둥그스름한 윤곽, 끝이 약간 치켜올라간 눈썹, 그 아래 꼬리가 살짝 처진 눈. 아, 아버지….

"아이고 아버지이!"

두 손으로 아랫배를 누르고 허리를 접자 끈끈하고 찍찍한 소리가 목구멍을 비집고 터져나왔다.

"아버지이! 불효자식 청이는 남경장사 선인들에 삼백 석에 몸이 팔려 오늘 인당수에 제수로 가옵니다."

장만신의 눈이 벼락 맞은 대추마냥 사방팔방을 휘달리고 월녀의 입도 번개 맞은 호박마냥 뚱그렇게 벌어져 속이 다 드러났다. 두 사람의 얼굴이 선명하게 들어오자 채선은 조롱기를 담은 미소를 띠며 두 발을 함께 들어 작둣날 위에 훌쩍 올라섰다.

"저, 저, 저년이!"

발바닥으로 서늘한 예리함이 빗금처럼 느껴지는가 했는데 작둣대를 감싼 하얀 천이 터지듯 붉게 물들었다.

"애 내렷!"

작둣날 위에서 훌쩍 훌쩍 뛰는 딸을 어쩌지 못하고 있는 월녀를 향해 장만신이 소리쳤다.

"이년! 이년이 미쳐도 더럽게 미쳤구나!"

채선을 끌어내린 월녀가 통곡을 했다.

"한곳을 당도허니 이난곳 인당수라 광풍이 대작허고 파도가 뛰넘고 어룡이 싸우난 듯 대천바다 한가운데 노도 잃고 닻도 끊쳐 용총줄 끊어져 키 빠지고 바람불제."

"이 이년이 그래도!"

벌겋게 물들어가면서도 소리를 멈추지 않는 딸을 향해 월녀가 시퍼런 월도를 치켜들었다.

"두게. 그냥 두어."

꽹과리를 든 장만신이 사지를 축 늘어뜨린 채 헛웃음을 실실 웃었다. 등 뒤로 손톱 같은 그믐달이 서천을 향해 떨어져내리고 있었다.

제2장

광대의 길

운명

여름이 되었다. 천지가 검초록으로 뒤덮였다. 사천 평 너른 집안 한가운데 오똑하니 솟은 석가산 댓잎도 검초록으로 뒤덮였고, 연지정 둘레돌 사이의 난잎도 색이 더욱 짙어졌다. 약재로 심어놓은 두충나무도 두툼한 가지를 뻗어올렸다.

동리정사 동서남북 문마다 얽어놓은 시렁 위로도 포도넝쿨이 넌출넌출 뻗어나갔다.

동리정사 사대문의 포도는 마을 아이들 것이었다. 누가 와서 따먹어도 저지하는 이 없었으나 철칙은 있었다. 음력 칠월이 되어 완전히 익어야 따먹을 수 있다는 것이었다. 설익은 포도를 따다 들키는 아이는 그 여름 내내 익은 포도 한 알 얻어먹지 못한다는 것도 철칙이었다.

사람이란 참고 기다리는 법을 알아야 한다. 먹는 것도 그렇지만 모든 것은 때가 있는 법이니 때를 거스르고 서두르는 사람은 목적한 바를 이룰 수가 없다는 것도 동리 삶의 철칙이었다.

"호장 어른!"

발을 드리운 채 앉아 네 번째 아내가 남긴 옥비녀를 물끄러미 들여다보는데 행랑채 아범이 부르는 소리가 들렸다. 비녀를 비단주머니에 넣으려다 말고 대답 대신 다시 한번 쓰다듬었다. 재물이라면 조선 천지 내로라 할 사람 없는 자신의 아내로 십 년을 넘게 살면서도 아내는 이

옥비녀 하나만을 그토록 고집했다.

— 이 몸 죽으면 이것 보기를 저인 듯 하셔요.

그랬기에 아내는 자신의 이생 삶이 끝나가는 것을 안 뒤로 비녀를 재효의 손에 쥐어주었다. 상을 치른 후에도 그래서 늘 곁에 두고 있었다. 옥비녀는 재효에게 바로 아내와 동일한 존재였던 것이다.

"호장 어른 안에 안 기십니까?"

"무슨 일인가?"

"황진사 어른께서 와 계십니다. 어찌할까요?"

재효는 그제서야 비녀를 주머니에 넣고 끈을 당겼다.

"황진사라 했는가?"

"예, 호장 어른께 의논할 일이 있답니다요."

"무슨 일이라 하더냐?"

"저 같은 것에게 말씀을 하십니까?"

황진사는 이 고을에서 대대로 세를 키워온 향리 중에 향리다. 한때는 그 영향력이 인근 백 리에서 당할 자가 없었는데 사람 하나 잘못 들여 쫄딱 망하다시피 한 사람이다. 그리도 충복이던 사람이 어느 날, 땅문서며 세곡 장부를 싹 오다싸서 쥐도 새도 모르게 사라진 것인데 그게 소박을 맞아 돌아온 외동딸과 무관치 않다는 소문이 파다했었다. 황진사는 재효의 아버지 광흡을 일러, 경저리짓을 해먹던 놈이 운이 좋아 관약방을 차리더니 갑부가 되었다고, 그런들 타고난 피가 바뀌냐고 입만 열면 질겅거렸는데, 그 사건 후부터는 조금 맥이 빠졌다. 그나저나 숨겨두었던 은결로 옛 부귀를 꾀한다는 소문을 들었는데 무슨 일로 나를 찾아왔을까. 재효는 비녀주머니를 서랍 속에 넣고는 다시 물었다.

"사람을 보내온 것이 아니고 직접 왔다는 겐가?"

"예. 동문 밖에 직접 와 계십니다. 어찌할까요?"

잠시 생각하던 재효는 비녀주머니를 넣고 서안을 밀었다. 일단은 맞아야 했다.

"알았네. 사랑으로 뫼시게."

대청마루로 나가니 행랑아범이 돌아가지 않고 서 있었다.

"왜 그러고 섰는가?"

"그게, 저…."

행랑아범은 동문 쪽을 바라보며 어찌할 줄 몰라 연신 '저, 저'를 연발했다. 재효는 피식 웃었다.

"알았네. 내 가봄세."

창마당을 지날 때였다. 남쪽 소리청으로부터 금파의 창소리가 낭랑하니 들려왔다. 눈을 감고 서서 잠시 소리를 들었다. 참으로 기이한 음색이다. 두툼하고 묵직한 언행과 달리 어디에서 저런 청아하고 맑은 소리가 나오는지 알 수가 없다. 아내의 죽음이 제 탓이라도 되는 양 괴로워하더니 이제야 마음의 평정을 찾은 모양이니 다행한 일이다.

목청이 조금만 트였다 하면 기적技籍에 이름을 올리는 세상에 여자의 몸으로 소리판에 뛰어들어 명창이 되겠다니 일견 대견하기 이를 데 없다. 내년 대사습에 내보내려 했는데 어지러운 나라 사정으로 취소가 되었다니 아쉬운 일이다. 세상이 어찌되려는지 모르겠다.

예상대로 포도넝쿨 너머에 황진사가 서 있었다. 양태가 한결 좁아진 갓을 썼다. 최근에 대원군이 말총을 낭비한다며 양태 넓이를 제한한 것에 누구보다 반발하던 사람이었다. 역시 힘을 이길 수 있는 재간은 없었던 모양이다.

"진사 어른께서 어인 일로 저희 집엘 다…."

누추하다는 따위의 입에 발린 소리는 덧붙이지 않았다. 결코 누추하지도 않거니와 지나친 겸손이 상대에게 비굴하게 보일 수도 있기에 양반들 앞에서 웬만하면 자신을 낮추지 않는 재효였다.

"동리 자네한테 내 긴히 의논할 일이 있어서 왔네만."

뒷짐을 진 채였지만 전에 없이 부드러운 말투다. 동리라는 별칭을 불러주는 것도 처음이었다.

"그러시다면 드시지 않구요."

얼굴에 웃음기를 드리운 채 허리를 굽혔다.

"그, 그런데 그게…."

황진사가 헛기침을 했다.

"왜요, 무슨 어려운 일이라도 있으십니까?"

"이 넝쿨을 좀."

재효는 고개를 숙인 채 빙긋 웃었으나 공손한 말투로 거절의 뜻을 전했다.

"아시다시피 이 포도는 제 것이 아닙니다. 마을 아이들에게 여쭈어 보십시오. 곧 익어서 따먹게 생겼습니다."

"그, 그럼 나더러 어쩌란 말인가?"

"어쩌시긴요, 절 찾아오셨으니 드셔야지요."

"뭐라? 날더러 고, 고개를 숙이고 들어오라는 말인가?"

"글쎄올시다. 어찌하시든지 그것 또한 영감 뜻이겠지만 그대로 서서 하셔도 받들어 뫼시기는 하겠습니다."

"나, 참. 어흐음."

난감한 듯 헛기침을 하던 황진사가 어찌할 수 없었던지 정강이를 접었다. 정강이만 접었다. 고개와 허리는 그대로 꼿꼿한 채 진짜 정강이만 접었다. 꼭 머리에 돌을 얹은 오리 꼴이었다. 재효는 터지려는 웃음을 참으며 이참에 시렁을 더 낮게 내려야겠다고 생각했다.

"노고가 크셨습니다, 영감."

재효는 황진사가 포도시렁을 지나오는 것을 기다려 허리를 굽혔다.

동리 신재효. 그의 집안은 윗대로부터 한미하기 짝이 없었다. 아버지 신광흡은 중인이라는 신분을 넘어서려는 열망이 그 누구보다 대단했던 사람이었다. 경서를 두루 읽고 잡과를 보았는데 그 결과로 천문지리, 역수歷數, 측후測候, 점산占算에 관한 일을 하는 관상감觀象監에서 일하게 되었다. 그럼에도 사는 것은 지리했다.

답답했던 광흡은 관상감을 과감히 그만두고 경저리 일을 택했다. 관과 관, 관과 사, 사와 사의 소식을 부지런히, 신속히, 정확히 전해주면서 그들의 이야기에 귀를 기울이면 분명 길이 열릴 거란 판단이었다. 그런 광흡에게 마침내 기회가 왔다. 고창의 관약방을 개설할 권리를 따낸 것이었다.

재물이 아무리 많아도 한계는 있었다. 양반은 양반이고 중인은 중인이었다. 광흡은 어린 재효에게 귀가 막히도록 일렀다. 운명에 고개 숙이지 마라. 운명은 고개 숙이는 자를 농락한다. 상대를 숙이게 해라. 공부하고 베풀어 민심을 얻으면 가능해지는 일이다.

“이건 뭔가?”

방안으로 들어서자마자 서안 아래 차곡차곡 쌓인 종이를 본 황진사가 발끝으로 뒤적뒤적 물었다.

“악봅니다.”

굳이 불편한 속을 숨기지 않는 목소리에 황진사가 이죽거렸다.

“광대, 광대라…. 자네가 상것들이 놀 덕석을 짜느라 무척이나 바쁘다는 소문은 들었으나….”

이번에는 손가락 끝으로 악보 한 장을 집어올려 이리저리 돌려보며 말했다. 재효는 정면으로 맞받았다.

“소문이 아니라 사실입니다.”

그러자 버럭 소리가 튀어나왔다.

“작청을 짓고 당산 미륵 석주를 세운 자네 아버지가 알면 널을 박차고 일어날 일이 아닌가!”

아버님 이야기만 나오면 천한 약방쟁이라고 씹던 사람이 웬일인고. 조금만 더 들으면 아버님의 유애비라도 세워주겠다고 할 판이 아닌가. 재효는 싱긋 대답했다.

“그 일을 제 사명이라 여기고 있습니다만.”

“이것 보시게, 동리.”

예상과 달리 황진사가 목소리를 낮췄다.

"거 이왕이면 좀 점잖은 일을 할 수 없겠는가 해서 말일세."

"점잖은 일이라니요? 무슨 말씀이신지 미천한 저로서야 알 도리가 없습니다."

황 진사가 다가왔다. 그리고는 귓속말로 속삭였다.

"차라리 그 돈으로 서원을 세우든가 향교를 세우는 게 어떤가? 자네 재력이라면 충분하지 않겠는가?"

"그건 무슨 말씀…."

곧 서원철폐령이 내려질 거란 소문이 자자한 시국에 웬 봉창 두드리는 소린가 싶었지만 필시 속내가 있는 언사이리라.

"말씀을 하십시오, 영감."

"실은 말이야 그래야 자네와 내가 격이 좀 맞춰지지 않겠나 싶어서라네."

"참 영감도. 제가 살을 다 베어낸들 어찌 영감과 격을 맞춘단 말입니까? 저는 약방쟁이 신광흡의 아들입니다."

"어허. 이거 왜 이러나. 다 지난 일인데. 그나저나 이보게, 동리. 사대문 닫으면 다 한 집안인데 네 집 내 집 할 것 있겠나?"

대체 이 작자가 무슨 꿍꿍이속으로 사람을 저울질을 하나 싶을 때 술상이 들어왔다. 그제야 천정이 무너지랴 서 있던 황진사가 두루마기 자락을 젖히고 앉았다. 재효는 결코 아랫목을 내어주지 않았다.

"실은 말일세. 내가 동리 자네에게 제안을 하나 할까 해서 왔다네."

황진사가 상체를 재효 쪽으로 당겨왔다.

"실은··· 자네도 알다시피 내게 여식이 하나 있지 않나."

"여식이라니요? 다들 출가를 한 걸로 알고 있습니다만."

"앵매 말일세."

재효는 앵매를 떠올렸다. 고창 고을에서 유명짜한 소문을 뿌리고 시집을 간 아이다. 마을에서 힘깨나 쓴다는 사내치고 앵매 맛을 안 본 이 없고 관아의 옥에 갇힌 죄수조차 앵매 맛을 보지 않으면 등신이라는 소문까지 돌아 귀 열고서는 차마 들을 수 없을 소문을 끌고 다니던 아이다. 그러다 한 덩치 뚝 떼어맡기듯 재취로 보냈는데 밖에서 들려온 소문이 집사 도수와 바람이 났다고 하더니 어찌하여 그 아이가 또 돌아왔다는 말인가.

홀로 생각에 잠겼는데 황진사의 말이 촉처럼 날아와 꽂혔다.

"그 아이를 자네가 맡아주어야겠네."

맡아주다니. 동리정사에 머물게 해달라는 말인가? 머물면서 무슨 일이든 하게 해달란 말인가? 하지만 앵매라는 아이는 그럴 위인이 못된다. 그렇다면?

"영감!"

자기도 몰래 소리가 올라갔다.

"솔깃한가 보구만, 그래."

"무슨 사정인지 모르지만 그런 말씀을 하시려거든 돌아가시지요."

"하긴 자네로서는 버겁기도 하겠지. 물경 서른이나 차이가 나니까 말이야. 하지만 자네 물건이 벌써 영 못쓸 물건은 아닌 줄 아는데?"

쌀쌀한 재효를 보고서도 황진사는 물러나지 않았다.

"그만 돌아가시라 말씀드렸습니다!"

"세상에서 제일 속보이는 거짓말이 뭔 줄 아나? 늙은 사내가 젊은 여자 싫다는 말이라네."

재효는 두루마기를 휙 젖히며 일어섰다.

"살펴 가십시오!"

"족두리를 처음 쓰는 아이도 아니니 내 그냥 보냄세. 자네 역시 사모관대 바라지는 않을 거라 믿고. 아참, 그래도 사주단자는 보내야겠지?"

어찌 이리도 능멸을 한단 말인가? 끓어오르는 격정을 누르느라 감은 재효의 눈에서 굵은 눈물방울이 주르르 흘러내렸다.

선운사 동백은 붉기만 하네

— 당신, 어찌하여 울고 계십니까?

선운사 명부전 찬 마룻바닥에 앉아 자신을 물끄러미 보고 있는 늙은 남편에게 아내 정연이 물었다.

"나도 자네 곁에 가려고 왔네."

— 참 당신도. 왜 햇쩍은 말씀을 하고 그러세요?

"더는 살아 있을 이유가 없는 것 같아. 내가 살아 있어서야 멀쩡한 또 한 명의 여자만 잡아먹을 일이 아닌가."

— 여보, 어찌 그런 말씀을….

"이러고서도 내가 더 살 수가 있겠소?"

— 그래도 힘을 내서 사셔야죠. 당신은 할 일이 많은 사람이잖아요.

참았던 울음이 기어이 터져나오고 말았다.

— 어떻게 해요, 제가 당신 등을 오래 오래 안아주고 싶었는데 이렇게 먼저 와버려 미안해서 어떻게 해요.

"그런 줄 알면서 왜 가버렸는가. 왜 먼저 가버렸는가 이 사람아!"

— 다 인연법인 것을요. 인간사 인으로 만나 연으로 이어져서 그 연다 하면 헤어지는 것을요.

"그렇다네. 자네 말대로 내 이승과의 연도 끝난 것 같다네."

아내의 명패를 소매로 정성껏 닦은 후 재효는 명부전을 나왔다.

뒤편 아름드리 동백이 피처럼 붉었다. 참담했다. 하늘은 높고 산은 푸른데 이 아름다운 세상의 어느 한 귀퉁이 자신을 받아줄 곳이 없었다. 세상의 반은 사내이고 반은 여자다. 사내라는 이름으로 살다보면 어디에 골을 누인들 여인네들을 접하지 않을 수 있으리. 그래서 명부전 아내들에게 약속해버렸다. 나도 가리다. 나도 당신들이 있는 곳으로 서둘러 가리다. 더는 험한 꼴을 볼 수가 없으이.

"이보게. 바다까지 가려면 얼마나 걸리는가?"

붉디붉은 동백을 하염없이 바라보다 재효는 졸고 있는 말잡이에게 물었다.

"멀지야 않지요마는 그건 왜 물으십니까요?"

"나를 그리로 데려다주겠나?"

"바다로 말입니까요?"

"그래, 바다 말일세. 나를 저 재 너머 바다로 좀 데려가주게."

"하이구 참. 바다야 어디로 가믄 없겠습니까마는 호장 어른께서는 제게 딱 이틀치 삯을 주셨다는 거 아시기는 합니까요?"

그러고 보니 사흘이나 지나 있었다. 애물단지 딸년을 맡기겠다 하곤 돌아간 황진사로부터 사주단자가 들어온 다음날이었다.

"이 밤을 걸어 바다로 가세."

허리춤을 뒤져 한 꾸러미의 엽전을 풀어 던졌다. 엽전꾸러미를 받은 말구종의 입이 아귀주둥이처럼 벌어졌다.

반나절을 더 걸어 고갯길을 오르자 주막이 보였다. 평상에 앉아 탁배기에 국밥을 말아 먹고 있는 길객들은 대체로 등짐장수들이었다. 무겁게 보이는 가마니를 얹은 지게를 한 쪽에 세워놓고 허기를 채우며 피곤을 풀고 있는 이들을 보며 재효는 차라리 부러웠다. 저렇게 고단한 걸음 끝에는 앞치마를 두르고 저녁상을 차리는 아내와 아비를 기다리는 자식들이 오글오글 모여 있는 집이 있으리니, 봄꽃 같은 아내를 넷이나 잡아먹고도 열두 칸 처마 아래 앉아 열두 첩 반상을 받아서 오장 속으로 우겨넣은 나보다는 행복한 사람들일래라.

뒷돈을 얹어주어야 내놓는다는 더덕주를 시켜놓고 앉았으나 수저를 들 수가 없었다. 이승에서의 마지막 날이다. 뱃속은 채워 무얼 할까. 원도 한도 없다. 아쉬운 것이 있다면 아무에게도 뒷일을 일러놓지 않고 나온 것이었다. 양반님네 그 거만한 위세를 쥐락펴락 농락해주도록 소리청 수습창자들을 제대로 키워달라 세종에게 부탁이나 하고 나올 걸 그랬다. 아버님, 어머님 기일과 죽은 네 아내들의 기일은 정성껏 뫼시되 나의 행선은 결단코 발설치 말라 단단히 일러놓고 올 걸 그랬다.

"다 무슨 소용이란 말인가?"

수육 접시를 두 개나 비우고도 모자라 벌건 국밥에 탁배기 두 잔까지 덧시켜서 해 치운 말구종이 잠에 빠져 들 동안 지는 해를 바라보고 있던 재효는 자리를 털고 일어났다. 차라리 잘 되었다. 죽으러 가는 길에 누굴 동행한단 말인가.

터벅터벅 마리재를 넘을 때는 살아온 오십여 년 세월이 그저 헛것인 양 아득했다. 그렇다. 사는 것은 다 헛것인지 모른다. 아들 하나만 점지해달라 온갖 정성 끝에 얻은 자신을 금덩인 양 어르던 어머니도 헛것인 양 가버리셨다. 부끄럼 많아 신랑이라고 눈도 제대로 마주하지 못했던 조강지처도 헛것이었고, 연지를 얻고서는 세상을 다 얻은 듯 행복했던 세 번째 아내와의 시간도 헛것이었고, 그 아내를 잃고 천지를 헤매던 막막했던 시간도 헛것이었다. 마지막 인연이라 믿고 맞아들인 네 번째 아내 정연은 처음 만난 순간에도 헛것인 듯하였다. 불안하였고, 그랬기에 그녀 역시 언젠가는 떠날 것이라 마음 한 켠을 비워두었지만 순한 마음씀씀이에 죽는 날까지 함께하고자 빌고 또 빌었는데 그 또한 헛것이었다.

"내 가면 꼭 품어주오들…."

흐리는 말끝에 울먹임이 딸려나왔다.

"너는, 너까지…. 어쩌자고 그랬느냐."

생각이 앵매에 미치자 자신을 죽음 쪽으로 인도한 장본인이 앵매인 듯싶어 원망도 되었다. 누굴 탓하리. 다 전생에 지은 내 업장인 것을.

"그래, 끝내면 그만인 게지. 나 하나 죽어지면 다 끝날 일인 게지."

마음속 가시밭길을 걷고 걸어 마리재를 넘자 검게 덮여가는 바다가 희부윰히 보였다.

바닷가 마을에는 집집마다 연기가 오르고 놀러나간 자식을 부르는 아낙의 목소리도 들려왔다. 바다를 향해 걸으며 이 평화로운 세상 속에 살면서 자신의 삶은 어찌 그토록 소용돌이기만 했는지 원망스럽고 또 원망스러웠다.

"연지야. 불쌍한 내 딸 연지야."

연지를 생각하자 회한이 목울대를 치고 올라왔다. 미안한 마음이 들 때마다 다 저를 위한 일이었다고 애써 위안했었다. 관계란 너무 기울지 않아야 한다. 알면서도 욕심을 부렸다. 출생의 결핍을 채우려고 너무 지체 높은 가문에다 딸을 팔아버렸다. 일개 아전 집안의 딸을 위세등등한 반가로 시집보낸 것은 인륜이 아니라 매매였다. 아비 앞에서야 시부모님 자애롭고 신랑 듬직하다 하지만 그런다고 모를 아비가 아니었다. 연지는 비녀나 다름없는 삶을 살고 있다고 바람이 전해왔다.

"이 애비가 지은 죄를 어찌 다 갚는단 말이냐, 불쌍한 것아."

사위가 어둠에 휘감길 때까지 꺽꺽거리며 울던 재효는 알았다. 지금 자신이 물이 드는 뻘밭 위에 서 있다는 것을.

재효는 저만치 밀려오는 들물을 보며 천천히 갓끈을 풀었다. 싸그락거리며 풀리는 갓끈처럼 자신을 묶고 있던 모든 업장들이 죽음으로 풀릴 수만 있다면 열 번을 죽어도 좋을 것 같았다. 여인을 셋, 넷, 아니 다섯, 여섯, 몇이나 잡아먹었는지도 모를 지독한 업장이 갓끈처럼 풀려서 저 바다로 가거라. 훠이훠이 흘러가거라.

"독한 것!"

떼쳐내자 했던 앵매의 처참한 몰골이 또 떠올라왔다. 혀를 댓발이나 빼문 채 당산나무에서 끌려 내려온 앵매의 모습이 떠오르자 내 딸은 이미 자네 사람이니 자네가 장례를 책임지라는 황진사의 편지도 떠올랐다.

"모진 아비에 모진 딸이라."

재효는 들고 있던 갓을 천천히 내려놓았다.

밤바람이 불어왔다. 내려놓은 갓끈이 흔들리더니 한 사내의 마지막을 위무라도 하듯 진흙을 쓸며 밀려났다.

산다는 것은 무거운 돌덩이를 짊어지고 개똥밭을 맴도는 일이었다. 발바닥에 질척거리는 이승의 개똥이 저승의 꽃밭보다 낫다는 말에 의지해 한스러운 세월을 모질게도 고집했다. 이제 개똥밭을 구르던 신 두 짝 홀연히 벗어놓고 짠기 머금은 저 바다를 건너면 자유인이 되는 것이다.

세어진 바람에 갓이 밀려나 해수에 잠겼다. 별안간 달려가 갓을 집어 올렸다. 아무런 흔적도 없이 사라져서는 안 될 것 같았다. 연지에게 주검 없는 아비의 죽음을 떠안겨서는 안 될 것 같았다.

휘날리는 두루마기 자락을 오다쥔 채 두 짝 신발에 진흙을 퍼담았다. 묵직한 신발 두 짝으로 갓을 눌러두고 허리를 편 그 짧은 순간이 천 년인 듯 아득했다.

이제 걸어들어가기만 하면 된다. 조금씩 짙어지는 어둠이 늙은 몸을 감춰줄 것이었다.

발 하나를 내디뎠다. 서늘한 해수가 발등을 덮었다. 또 한 발을 내디

뎠다.

이제 정말로 떠나는구나.

뒤를 돌아보았다. 설익은 어둠 속에서 신발 두 짝에 눌려진 갓이 들썩거리는 것이 어슴어슴 보였다.

이제 돌아보지 말자.

보폭을 넓혀 걸어들어갔다. 바닷물이 발등을 덮고 발목을 덮었다.

빨아들일 듯 강한 흡착력이 정강이를 지나 허벅지로 올라갔다.

이 느낌을 언제 느꼈었나. 아내 정연의 상을 치르고 돌아와 식음을 전폐하였을 때였나. 그래, 그랬다. 죽음만큼이나 깊은 잠 속에서였다. 물이 빠져 드넓은 뻘밭이 드러난 곳에 서 있었다.

"아."

절로 탄식이 터져나왔다. 지금 자신이 서 있는 곳이 바로 그 꿈속의 바다라는 것을 안 순간, 헛웃음이 터졌다. 이미 정해져 있던 길이었다. 집을 나온 것도, 이곳으로 걸음이 향한 것도 모두 정해진 길이었다. 재효는 빠르게 걸어들어갔다.

허리가 잠길 즈음이었다. 무엇인가가 허리춤을 감는 느낌에 선뜻했으나 곧 안도했다. 자신의 두루마기 섶에서 풀린 고름이었다. 그러나 아니었다. 다시 무엇인가 휘감았다. 몸이 휘청거렸다.

"헉."

머리끝이 서는 것 같았다. 양손으로 바닷물을 휘저으며 버둥거렸다.

너는 죽으러 온 것이다. 무엇을 두려워하느냐!

하지만 본능이 죽음을 밀어내려 발버둥을 쳤다. 살고 싶었다. 있는 힘을 써서 양 팔을 휘저었다.

더는 살아야 할 이유 없으니 죽어야 한다는 생각과 그래도 살고 싶은 본능 사이에서 얼마나 사투를 벌였는지 모른다.

수도 없는 반복에 마침내 정신이 몽롱해지려 할 때였다. 둔탁한 촉감이 손등을 강타했다. 아스라해진 의식이 소스라치며 깨어났을 때는 그것이 사람의 몸뚱이란 것을 깨닫고 난 뒤였다.

여자였다. 하얀 소복을 둘둘 만 덩어리가 하늘을 향해 똑바로 누워 있었다. 이미 지칠 대로 지쳤는지 물살이 이끄는 대로 두둥실 뜨다가 파도가 만들어지면 파도와 함께 뒤엎어졌다.

재효 역시 파도에 내동댕이쳐진 자신의 몸을 안간힘으로 가누었다. 덩어리는 그리 크지 않았다. 작고 어린 여자였다. 살려야 한다는 본능이 솟구쳐 올랐다. 살릴 수 있을 것 같았다.

하지만…. 만약 이미 죽었다면 어찌해야 하는가. 그러나 알 수 없는 의무감을 느꼈다. 아니 사명감이었다. 이 어린 여자를 구하지 않는다면 죽은 아내들에게 도무지 용서받지 못할 것만 같았다.

만약 이미 죽었다면 할 수 없다. 그대로 두고 다시 바다로 뛰어들면 되는 것이다. 마음을 다잡고 여자의 머리채를 감아쥐었다.

사투 끝에 벗어놓은 갓 근처까지 끌고 나왔을 때는 숨이 턱까지 차올랐다.

"이것 보시오! 이것 보시오!"

팅팅 불어 있었으나 곱상한 얼굴이 한눈에 들어왔다. 연지와 비슷한 또래라는 짐작에 이르자 사명감은 더욱 확고해졌다.

"용서하시오."

재효는 여자의 치마를 들추기 시작했다. 치마 속의 바지는 이미 벗겨져 정강이 근처에 휘휘 감겨 있었다. 바지를 내리고 속곳을 내렸다.

"아!"

처녀의 항문은 다행히 열려 있지 않았다. 살릴 수 있다. 항문이 열려 있지 않다는 것은 아직 죽지 않았다는 이야기니까.

고개를 치켜든 재효는 두 손가락으로 양 볼을 꽉 누른 채 허공을 향해 크게 입을 벌렸다. 그리고 힘껏 공기를 빨아들였다.

벌어진 여자의 작은 입으로 재효의 입에서 뿜어져 나온 공기가 밀려 들어갔다.

두 번,

세 번,

네 번….

여자의 안색은 돌아올 기미가 없었다.

"제발… 제발 살아만 주시오."

가슴을 푹푹 누르며 통곡했으나 안간힘을 아는지 모르는지 여자는 꼼짝하지 않았다.

"정신을 차리란 말이오, 제발!"

저고리를 들쳐서 치마말을 풀어헤치며 울부짖는 재효의 목소리가 광활한 어둠을 때렸다.

"죽으면 내 가만두나 보시오. 저승까지 따라가서 원망할 것이오."

온 몸이 땀으로 범벅이 되었을 때였다. 여자의 가슴팍이 쿨럭, 솟더니 바닷물을 주르르 토해냈다.

"오, 그래요. 그렇게."

다시 한번 풀어헤친 가슴을 질끈 눌렀다.

푸르댕댕한 입술 사이로 짠물이 끊임없이 흘러나왔다.

"정신이 좀 드시오?"

게슴츠레 떴던 여인의 눈이 다시 감겨버렸다. 재효는 있는 힘을 다해 여인의 빰을 후려갈겼다.

회생

"서방님, 종내…."

망구할멈이 아랫목을 차지하고 누운 채선을 바라보며 입을 떼었다.

"금파가 고생이 많다우."

재효는 석상처럼 앉아 있던 금파에게 공을 돌리는 것으로 망구할멈의 입을 막았다. 종내 이 아이를 거두려는지를 묻는 망구할멈의 속을 모르지야 않지만 당장 뭐라고 대답을 할 수가 없는 심정이었다. 아직도 정신을 차리지 못하는 아이를 거둔다 만다 결정할 일이 아니었다.

"그렇지라. 마님 병수발 끝나기 무섭게 또 이러니. 그란데 서방님…."

재효의 속을 다 읽고 있는 망구할멈이었지만 사람 좋은데다 마음까지 약한 재효가 저 처녀를 거둔다고 할까봐 걱정이었던 것이다. 사람 하나 거두는 거야 문제될 것 없지만 재효의 여인네 인연사로 봐서 결국 다시 상처로 돌아올 게 뻔하다 싶은 판단 때문이기도 했다.

"고단하면 가서 쉬어라."

다시 망구할멈의 입을 막는데 금파가 대답했다.

"아닙니다. 괜찮습니다. 저는 나리를 위해서라면 하지 못할 일이 없습니다."

가슴이 답답했다. 어떤 때는 너무 눈치가 빨라 탈인 아이가 꼭 이런 땐 눈치가 없는 때문이었다.

그런 맘과 아랑곳없이 금파는 제 지극한 마음을 솔직히 드러내놓았다.

"제 걱정보다 주인님 몸부터 살피셔야 할 것 같습니다만…."

"아니다. 나는 괜찮다. 아무튼 니 마음이 그렇다면 저 아이도 마님을 보살피듯 해다오. 내 너의 공을 모르지 않을 터이다."

죽을 뻔한 고비를 넘긴 것은 정작 당신인데 엉뚱한 사람을 걱정하고 있느냐는 속내가 두툼한 살집 아래 고여 있었다.

재효는 금파의 서운함을 애써 외면한 채 잠시 생각의 물꼬를 다른 곳으로 돌렸다.

홍선대원군 이하응.

그는 서찰에서 며느리 생일이 다가오고 있다 했다. 그때, 시아버지의 도리를 하려 한다 했다. 모든 사재를 털어서 소리꾼을 키운다 들었으니 제대로 된 소리꾼 두엇 보내달라 했다. 보내주면 며느리 생일을 떡 벌어지게 마련하여 사사건건 매듭이 나는 며느리와의 관계를 좋이 해볼 수 있을 것 같다고 했다.

대원이 대감은 모르는 것 같다. 사람은 변하지 않는다는 것을. 목적도, 목적지도 다른 며느리가 소리꾼을 불러 생일잔치를 베풀어준다고 시아버지와 뜻을 모을 사람이 아니란 것을.

때로는 대쪽 같고, 때로는 노회하기 그지없는 양반이 며느리 마음 하나 얻기 위해 이리 애쓴다 싶으니 안타깝기 그지없었다. 세상사람 다 몰라도 재효만은 대원군의 속을 알았다. 그는 사람이 그리운 것이다. 외롭게, 외롭게 살아온 삶의 여정이 사람욕심을 나게 만든 것이다.

그렇다면 나 몰라라 할 수 없는 일이다. 아니, 애초에 자신이 그 양반의 청을 몰라라 할 수 있는 위치가 아니다. 누구를 보낸단 말인가. 이 나라 최고의 귀명창에게 흡족한 이가 과연 있기는 있을까.

재효는 금파를 보았다.

'저 아이라면….'

가능할 것도 같다.

'그런데….'

조선 제일가는 미색만 끼고 살던 양반이 금파 같은 추색을 어찌 생각할지 그것이 걱정이다. 또 있다. 여자라니. 감히 여자가 소리를 한다니. 법에도 없는 짓을 하고 있다 불호령을 내릴지도 모른다. 어쩌면 자박수가 될 수도 있다.

'음….'

사실 동리정사에 계집을 두고 소리를 가르친다는 사실은 아무도 모른다. 다시 말하면 동리정사 담장 밖 사람들에게 금파는 소리를 배우는 것이 아니라 죽은 아내의 병수발을 위해 들인 것으로 알려져 있는 것이다.

'대체 누굴 보낸단 말인가?'

아무리 헤아려보아도 금파만한 사람이 없었다. 단 한 명, 세종이 있긴 하지만 세종 하나로 될 일이 아니다.

"서방님!"

저만치 누운 채선을 물끄러미 바라보던 망구할멈이 끼어들었다.

"늙은 것이 드릴 말씀이야 아니지만 이번 일은 서방님께서 아무래도…."

건져온 아이의 병구완을 포기하란 소리일 것이다.

"아무래도 안 될 것 같수. 구완을 한 지가 언젠데 아직도 의식이 드난을 반복하잖우. 이러다…."

역시 그 소리다.

"이러다 이 집안에서 또 하나 송장을 치겠단 말씀을 하자는 거유?"

망구할멈이 재효의 슬픈 눈을 바라보다 말머리를 돌렸다.

"아니우. 아니라우. 이 늙은 것이 괜한 주둥이를 놀렸수."

그리곤 몸을 당겨가 채선의 이마 위에 놓인 물수건을 바꾸어 얹었다. 차가운 느낌이 들었을까, 채선이 몸을 조그맣게 뒤척였다.

"이런. 깨어나는구만."

그러나 기대와 달리 다시 호르륵 까부라졌다.

"물수건을 한번 더 갈아보아라."

금파는 다가갈 수 없었다. 그럴 리 없겠지만 분명 어디선가 본 아이다. 닷새가 넘도록 보고 또 보아도 낯익은 얼굴이다. 생각 한 쪽에서 자꾸만 일어나는 이름은 어릴 적 동무 채선이었다.

금파는 오래된 기억을 더듬었다.

채선은 어릴 적부터 마을 어른들의 치사를 한몸에 받던 아이였다. 모두들 채선을 두고 당골 피만 받지 않았으면 고관대작의 안방마님 감이라고 입을 모았다. 어른들은 한눈에 사람을 끄는 채선의 미색에 자기 딸이나 되는 듯 치사했고, 저도 사내라고 고추꼬투리를 단 것들은 하나같이 채선의 치마꼬리만 졸졸 따라다녔다. 팔월 한가위 달이 떠오르면 동산 소나무 가지에 맨 그네도 맨 먼저 채선의 차지였고, 풍어제를 지낼 때 꽃상여 윗자리 역시 채선의 차지였다.

금파는 그런 아이가 부러우면서도 미웠다. 하지만 가끔은 채선이 자기를 부러워할 때도 있었다. 눈치보지 않고 또랑광대를 따라다녀도 되는 것이었다. 또랑광대를 따라 저 바다 건너 무장까지 갔다가 온 적도 있었다. 덕분에 가락 몇 마디는 절로 입에 붙어 채선에게 불러주곤 했다. 그럴 때 바라보던 채선의 눈, 부러움이었다.

어쨌거나 지금은 깨어나서는 안 된다. 내가 안방을 차지하기 전에 치마 입은 것이 이 집안에 들어와서는 안 된다. 하물며 오만 사람의 눈길을 끄는 미색을 갖추었음에야. 금파는 우물물 긷는 소리가 들리지 않던 닷새 전 새벽의 헛헛함이 되살아나 저고리 섶을 오다쥐었다.

그때였다. 재효의 낮은 소리가 상념을 깨고 들어왔다.

"오, 정신이 조금 드나보구만."

금파는 심장이 툭 떨어지는 것 같았다. 절망스러웠다. 채선이 가느다랗게 눈을 뜬 것이다.

"뭘 하는 거냐. 어서 물을 떠넣어주지 않고."

머뭇거리고만 있는 금파를 향해 재효가 채근했다.

울컥 설움이 솟구쳤으나 금파는 안심이 된다는 표정을 애써 지어보이고 얼른 놋숟갈을 집어들었다.

이 아이가 정말 채선이라면 나는 어떻게 해야 하나.

"깨어나나 보요. 얼굴에 핏기가 도우, 서방님."

망구할멈이 두 팔을 커다랗게 돌려 합장하며 관세음을 불렀다.

"그런 것 같으네."

재효도 길게 콧숨을 쉬며 다가앉았다.

채선은 희미한 시야 속에 들어오는 얼굴들을 보았다. 선명치는 않으나 백발이 서리처럼 내린 늙은 여자와 두툼한 이목구비의 젊은 여자, 그리고 또 한 사람.

"아."

채선의 입에서 신음 같은 탄성이 터졌다.

어디선가 본 사람이었다. 말끔하게 이엉을 인 초가마당에 앉아 북을 치던 사람. 검버섯이 내린 손등, 그 손에 들렸던 북채….

"무, 물."

채선은 재효의 이마에 난 세로주름이 자꾸만 흐릿해지는 것을 막으려 정신을 모았다.

"어서!"

채근하는 망구할멈을 속으로 흘겨보며 금파는 놋숟갈의 물을 채선의 벌어진 입술 사이로 흘려넣었다.

"받아먹네요."

"그러게나 말일세. 관세음보살님이 살리신 게야."

이들은 누굴까. 여긴 어딜까. 내가 왜 여기에 누워 있는 걸까. 채선은 이마와 뺨에 닿는 수건의 감촉을 느끼며 고개를 조금씩 돌려 방안을 살폈다.

한지로 바른 벽은 깨끗했다. 대나무 옷걸이에 걸린 옥양옥 치마저고리가 유난스레 가지런했다. 잘 닦은 반닫이가 하나, 그 옆에 작은 서안, 서안 위에는 귀가 낡아 너덜거리는 책 한 권과 부채 하나가 놓였다.

아 저 부채….

턱을 들어 머리 위를 보았다. 가느다란 명주발 사이로 밖의 화단이 보였다. 터질 듯 물이 오른 잎 사이로 핏빛처럼 붉은 동백꽃이 보였다.

여기가….

어디냐고 묻고 싶었으나 마음뿐. 소리는 몸 안으로 연결된 소리통 안에서 자꾸만 맴을 돌았다.

저승이구나. 소리도 없는 곳. 나 아닌 그 누구도 내 소리를 들을 수 없는 곳. 저승이 분명하구나.

채선은 목고개를 빳빳이 세운 채, 발 너머로 흐드러진 붉은 꽃을 바라보았다.

"동… 백…."

자기도 모르게 입이 열렸다.

"하이고, 이젠 입도 트였구마요. 살았구마요, 살았어."

망구할멈이 합장했다.

"관세음보살…."

재효도 합장했다.

“오뉴월 동백도 제 설움은 다 있는 법이지. 이렇게 곱고 젊으나 젊은 처자가 어쩌자고. 쯧쯧.”

채선은 일어나 앉으려고 팔꿈치로 바닥을 짚었다.

“아이고, 어쩌자고 이랴? 이 처자가.”

뻣뻣하게 앉아 있는 금파를 대신해 망구할멈이 부축했다.

“아!”

어디선가 시작된 강하고 찌릿한 통증에 채선은 그만 쓰러지고 말았다.

“그래도 피는 이제 안 나네요.”

금파가 메마른 음성으로 말했다.

“그리키나 말이제. 물이라고 다 같은 물이 아닌게라. 간기가 사람을 살렸어라.”

“이 염천에 고작 간기가 들었다고 농하지 않을 리가 있나요? 다 주인님 덕분이지요.”

금파가 재효를 보았으나 재효는 금파를 보지 않았다.

금파는 불안했다. 죽은 안방의 상을 다 치르고 주인의 마음이 안정되면 자기가 안방으로 가는 것이 수순이라 믿어 의심치 않았다. 그런데, 그런데 어찌 이것이 나타나 방해를 하는가 싶었다. 만약 채선이라면, 금파는 고개를 저었다.

“하기는. 자운고 덕이긴 하구마.”

“맞아요, 다 주인님 덕분이지요.”

“이를 말이냐. 서방님이 만든 자운고가 아니었으믄 이 고운 발이 북두갈고리가 되었을 거제.”

이들은 누굴까.

상황을 가늠해보려고 애를 썼으나 채선의 머릿속은 저승 먼 어느 곳에 머문 듯 몽롱하기만 했다. 단 한 가지, 빛이 하얗게 드는 초가마당에 북을 놓고 앉은 늙수그레한 남자와 그 앞에 부채를 들고 선 자신의 모습만은 선명했다.

채선은 시야를 가린 흐릿함을 거두려고 자꾸자꾸 눈을 깜빡거렸다. 이상한 것들이 보였다. 먹물이 퍼지듯 희미하게 보이는 것들. 하늘을 찌를 듯한 신대, 온갖 악물들, 물고기처럼 새하얀 발, 서슬 퍼런 작둣날, 낭자하게 흐르는 피….

“아.”

어디 깊숙한 곳에서 통증이 또 올라왔다.

“왜 그랴? 응 처녀 왜 그랴?”

채선은 망구할멈의 얼굴이 다가오는 것을 보다가 눈을 감았다.

다시 보였다. 높다란 절벽, 넘치게 차린 제물들, 곱게 화장한 여인들, 나란히 앉은 사내들이 토막토막 보이다 끊기다 보이다 끊기다를 반복했다.

또 보였다. 푸릇하니 덮인 안개, 바다, 미친 듯 바다로 뛰어드는 여자 하나, 발바닥에서 올라오는 터질 듯한 통증도 아랑곳없이 더 깊은 곳으로, 더 깊은 곳으로 몸을 밀어넣는 여자. 어디선가 바람이 불고, 해풍에 일렁이는 파도가 얼굴을 덮고, 그리고 두둥실 몸이 가벼워진다.

"처자! 처자 정신차려. 자면 안 돼."

누군가 빰을 때린다. 채선은 억지로 눈까풀을 밀어올렸다. 보였다. 슬픈 얼굴이 보였다. 땀으로 범벅된 어깨에 물지게를 지고 뺄밭을 향해 걸어가는 한 사내가 보였다.

"눈을 떠!"

벽력같은 소리에 채선은 눈을 떴다.

내 이름은 광대

무성했던 여름도 수그러들고 아침저녁으로 선선한 바람이 불어왔다. 채선의 등장으로 소리 없는 광풍이 일던 동리정사도 잠잠해졌다. 다섯 번째 죽어나갈 여자가 동리정사에 들어왔으니 그날이 언제인지 점을 쳐보자 어쩌자 담장 넘어 난리를 치던 소문도 재효의 침묵 앞에서 방향을 잃었다.

채선 역시 집안 일을 찾아 도울 정도로 몸과 마음의 안정을 찾았다. 생사를 넘나들던 경계를 이기고 생의 자리로 돌아오고서도 몇 번의 고비를 더 넘긴 뒤였다.

그녀의 하루는 이른 새벽부터 시작되었다. 멀리서 닭이 홰치는 소리가 들리면 금파가 먼저 자리에서 일어나 앉았다. 잠귀 밝은 탓에 금파가 일어나며 스치는 이불 깃 소리에 채선도 함께 깨어났다. 살얼음을 걷는 듯 조심스러운 하루가 시작된 것이다.

호롱도 밝히지 않은 채 요자리 위에 앉은 금파의 움직임은 묵직하고도 정확했다. 오래된 소경처럼, 그래서 모든 동선이 머릿속에 배치되어 있는 사람처럼 어둠을 더듬어 손경대를 내렸고, 참빗을 꺼냈으며, 빼놓은 비녀를 찾아 타래 튼 머리에 정확히 꽂았다.

느릿하면서도 안정된 움직임이 멎을 즈음이면 중문 넘어 우물에서 두레박 내리는 소리가 들려왔다. 소리를 들은 금파의 움직임이 나비처럼 가벼웠다.

잠시 후, 똑똑 물방울이 되떨어지는 소리가 들려왔다.

금파는 머리를 매만지며 그 소리를 듣다가 두레박이 우물 시렁 위에 얹히는 소리가 나면 자리옷을 벗어놓고 하얀 모시옷으로 갈아입었다.

그날도 우물에서 물 긷는 소리가 들렸고, 물방울 떨어지는 소리가 난 끝에 두레박이 시렁 위에 얹히는 소리를 들은 금파가 쪽진머리를 자근자근 만지며 일어나 나가려다 뒤를 돌아보았다.

"오지랖도 넓지."

군더더기 없는 입엣말은 차갑고 건조했다. 자신을 대하는 금파의 태도가 눈에 띄게 차가워진 것은 노래를 따라부르다 들킨 후부터였다.

소리청 수업이 끝나고 처소로 돌아오면 금파는 채선을 물린 방에서 홀로 연습을 했는데 마루 끝에 앉아 그 소리를 듣다보면 처량한 신세는 온 데 간 데 없고 막 떠오른 해가 잘 쓴 마당을 덮는 듯 청아한 목소리에 빨려들곤 했다.

그래서 어느 날부터는 조금씩 따라 불렀다.

"무당년 주제에 엇다 그 천한 목소리를 얹어?"

말을 해놓고선 금파가 방을 나갔다.

금파가 나간 방에 홀로 남은 채선은 조그맣게 중얼거렸다.

"나는 무당이었을까?"

가을이 시작되었으므로 바쁜 망구할멈은 더욱 바빠져 채선을 돌아볼 겨를이 없었으나 재효는 때때로 채선을 찾았다가 망연히 앉은 모습을 발견하곤 멀찌감치 서서 바라만 보았다.

동리정사의 우캐마당으로 나락가마니들이 실려 들어왔다. 넓은 마당에 덕석이 끝도 없이 깔렸고 나락가마니가 부려졌다. 참새들이 바빴다. 바쁜 참새만큼이나 동리정사 사람들도 바빴다.

채선도 바지런히 몸을 놀렸다. 자신이 누군지, 어디서 살았는지 기억은 못해도 지금 내가 무엇을 해야 하는지는 알았다. 기억이 되살아나 집으로 갈 때까지는 이 집에 의탁해야 한다는 것, 그러려면 밥값은 해야 한다는 것쯤은 알았다.

우캐를 젓는 일은 안성맞춤이었다. 아침에 노복들이 덕석을 펼쳐 나락을 널어놓으면 가을걷이를 하느라 뒤집어 말리는 일까지 할 겨를이 없었다. 널어놓은 나락을 고무래로 젓거나 발로 젓는 것을 우캐 젓는다고 하는데 채선은 그 일을 자신이 맡아하겠다고 나섰다.

"다행이구나."

망구할멈이 흔쾌히 허락했다.

우캐마당은 집안에서 제일 후미진 곳에 있었다. 북중문을 지나고 또 지나 구석진 곳에 있는 그곳은 두충나무가 빽빽한 담장을 끼고 조금 들어가면 숨어 있었던 듯 나타난다.

두충은 신호장의 아버지 광흡이 관약방을 시작하면서부터 심어서 지금은 인근 의원들이 모두 공급받을 만큼 질이 좋은 약재로 소문이 난 것이다.

가지런히 펼쳐진 덕석 위로 가을볕이 뾰족뾰족 쏟아지고 있었다. 채선은 손차양을 하고 하늘을 올려다보았다. 너무나 투명해서 푸른 물이 떨어질 것 같은 하늘이었다.

나는 정말 누굴까.

날개가 있다면 저 높은 곳으로 날아가 내려다보고 싶었다. 그러면 자신이 살던 고향을 찾을 수도 있을 것 같았다.

"후여! 후이여!"

서글퍼지려는 마음을 떨쳐내려 두 팔을 휘휘 저어 참새를 쫓았다. 바지런히 낟알을 쪼고 있던 참새들이 호르르 담장을 넘어갔다. 이번에는 신발과 버선을 벗어 두충나무 가지에 걸어놓고 치맛자락을 둘둘 말아 올렸다. 발바닥이 나락을 밟고 서자 낟알 껍질이 콕콕 찔렀으나 싫진 않았다. 이런 따가움이 기억을 끄집어내줄지도 모르는 일이라고 희망을 가졌다.

따끔따끔한 발바닥의 감촉을 느끼며 벼의 낟알들을 가르고 걸어나갔다. 한 발 한 발 밀고 나가는 발바닥을 따라 파인 골이 따라왔다.

"이것도 흔적이 남는데…."

어찌하여 내 기억은 하늘 높이 솟은 신대랑 작두 말고는 보여주는 것이 없는 걸까. 금파의 말대로 정말로 나는 무당이었을까?

또 서글퍼지려는 것이 싫어 빠른 걸음으로 나락을 밀고 나아갔다.

덕석의 가장자리부터 생겨난 골은 그 안에서 또 골을 만들고 만들어 맴을 돌다가 한가운데서 멈췄다.

사라진 기억 속 어딘가엔 이렇게 우캐를 젓고 있는 내가 있을까. 있었을 거야. 그렇지 않고는 이런 일이 이렇게 재미있을 수는 없는 일이라고 채선은 생각했다. 기억이 사라져도 몸에 익은 일은 편하고 잘할 수 있는 법이다.

맞아! 난 무당 따위는 아니었어. 그럼 누굴까? 부잣집 비녀였을까. 도지 농사 짓는 농부의 딸이었을까. 아니, 아니었을 거다. 나는 부잣집 고명딸이었을 거다. 품성 높은 아버님은 책을 읽고 온화한 어머님은 수를 놓으라 이르지만 고생하는 비복들을 도와주느라 부모님 몰래 우캐를 젓는 말괄량이 고명딸이었을 것이다. 그렇지 않고서는 우캐 젓는 이 일이 이토록이나 즐거울 수는 없다.

"어머니…."

생각도 나지 않는 어머니를 불러보니 눈 속이 뜨끈해지더니 시야가 뿌옇게 흐려졌다. 싫다. 슬퍼지는 것은 참말 싫다. 이럴 때는 신나는 노래 한 소절이 제격이다. 눈을 껌뻑하고는 금파가 부르던 노래 한 소절을 웅얼거렸다.

"배비장이 목사를 따라 봄놀이를 갔는디!"

역시 노래다. 노래를 하면 우울했던 마음이 사라진다.

이번에는 흠흠, 목청을 가다듬고 소리를 조금 높였다.

"배비장이 목사를 따라 봄놀이를 갔는디."

했는데 다음 구절이 생각나지 않았다. 골똘히 생각해보아도 도시 이

어지질 않는다. 처음부터 다시 해보자. 조심스럽게 말고 금파처럼 목청껏 소리 내어보자. 목청을 다시 가다듬고 금파가 하던 것처럼 냅다 내질렀다.

"배비장이 목사를 따라 봄놀이를 갔는디! 허이쿠, 저 꽃이 웬 꽃이냐아!"

목청 깊숙한 곳에서 숨어 있었던 듯 우렁한 소리가 터져나왔다.

"허이구머니."

채선은 놀라서 입을 눌렀다. 혹시 누가 듣기라도 하면 큰일날 일이다. 분명히 금파 귀에 들어갈 것이고 그러면 한방살이가 여간 고단하지 않을 것이다. 기억을 찾아 집으로 돌아가기 전까진 어떻게든 이 집에 의탁해야 하는데 그러려면 조용히 지내야 하는 게 좋았다.

아쉬운 마음을 접고 다시 치마를 걷어올렸으나 자꾸만 입에서 노래가 나오려 했다. 웅얼웅얼 불러보았지만 속만 더 터질 것 같았다. 에라 모르겠다. 될 대로 되라 싶었다.

"하이쿠, 저 꽃이 웬 꽃이냐아아."

십 년 묵은 체증이 내려가듯 시원했다. 다시 한번 길게 뽑아내고서는 흡, 입을 다물고는 주위를 살폈다. 황토담 시렁 위에 올라앉은 고양이가 두 귀를 쫑긋 세운 채 바라보고 있었다.

"어땠니? 좋았어? 들을 만한 거야?"

고양이가 그렇다는 듯 고개를 까딱거렸다.

"괜찮았다고? 그럼 한번 더 해보께."

이번에는 배비장이 되었다 생각하기로 했다.

눈을 게슴츠레 감았다.

아, 눈앞에 봄꽃이 흐드러진 샛길이 보였다. 그 길을 어여쁜 처자 하나가 걸어가고 있었다. 채선은 처자의 뒤를 따르는 배비장이 되어 놓지거리를 하듯 소리하기 시작했다.

"아장아장, 아슬아슬, 저 교태걸음 좀 보소."

'아장아장' '아슬아슬' 할 때 혀의 양 가장자리가 입천정에 딱딱 달라붙으며 나는 짧은 발음이 기막히게 좋아서 또 한번 그 대목을 읊었다.

그러자 진짜 배비장이 된 듯 건들건들해지기까지 했다. 내친 참이었다. 세워둔 당그레를 집어들어 입에 무는 시늉을 했다. 길다란 당그레는 돌연 장죽이 되었다.

"앞에 가는 그 처자 아 짱 아 짱 아 쓸 아 쓸 날 좀 돌아보오!"

소리는 자꾸 올라가는데 뭔가 성에 차질 않았다.

당그래를 휘익, 던졌다. 그리곤 치마폭을 채어잡고서는 아랑이나 된 듯 아장아장 걷기 시작했다. 엉덩이가 삐똘삐뚤, 덕석을 밀고 가는 두 발은 헤딱빼딱. 팔짝팔짝 뛸 때마다 낟알들이 튕겨나갔다. 속이 뻥, 뚫렸다.

채선은 그제야 자기가 우캐 젓는 일을 자처한 연유를 알았다. 우캐를 젓는 일이 결코 좋아서가 아니었다. 아무도 보는 곳 없는 여기서 이러고 놀고 싶었던 것이다. 여기는 넓은 집안의 제일 후미진 곳이다. 통로도 집안이 아닌 외부에서 들어오게 되어 있다. 말하자면 금파의 눈에 띄지 않는 곳이었다.

"그래, 여기서 소리를 할 거야."

동리정사의 하루는 수습창자들의 노래로 시작해서 노래로 끝이 난다. 금파가 아니더라도 창자들의 노래하는 소리는 아무리 안 들으려 해도 들린다. 들으면 따라 부르고 싶다.

"그으럼. 하고 싶으믄 해야지. 지가 뭔데?"

채선은 금파의 싸늘한 시선을 떼쳐내기라도 하듯 거만하게 턱을 턱 치켜들었다.

"어느 날, 상사병이 난 배비장이 방자를 불렀겄다. 이봐라 방자야! 너도 지난 번 봄놀이 때 본 아장이를 기억하고 있겄다?"

그러자 사설이 제멋대로 저벅저벅 쏟아져나왔다.

"아무렴입쇼, 이눔 눈에도 아짱아짱 아쓸아쓸 아지랑이마냥 걸어가는 것이 아몰아몰 거립니다요."

"그런데 그넌 이름이 뭔지 아느냐?"

"글쎄옵니다. 걸음이 아장아장, 아슬아슬하니 아장이 아니면 아슬이겠습니요."

"예끼, 이 눔아!"

"헛다, 서방님도. 좋음시로 괜히 저러신다. 그러지 말고 이눔처럼 해보시오. 아짱 아 짱 아 쓸 아 쓸 아 짱 아 짱 아 쓸 아 쓸."

어느새 가락에 얹힌 몸이 덩실덩실 춤사위로 변해갔다. 저 혼자 신이 난 판이었으나 채선의 눈에는 사방으로 모여든 구경꾼들이 박수를 치는 것이 보였다. 저만치 길을 가던 사람들이 박수 소리에 모여 들고 있었다.

헛다, 한 판 신나구만. 장죽을 물고 가던 늙은이도 모여들고, 야, 야.

처녀가 노래 부른다. 코찔찔이들도 흘러내리는 바지춤을 끌어올리며 모여든다. 거 참! 사인교를 타고 가던 양반님네의 눈이 가오리눈이 됐다. 채선은 구름처럼 모여드는 구경꾼들을 향해 더욱 소리를 높였다.

"하따, 이눔아! 아무리 좋기로서니 양반 체면에 어째 아장걸음을 걷는단 말이냐아!"

하고서는 궁둥이를 쭉 빼서는 아장걸음을 걷자 왁자, 폭소와 함께 박수가 터졌다. 구경꾼들의 박수 소리에 취한 채선은 낟알이 훽훽 날아가는 것도 몰랐다. 그저 훨훨 구름이 되어 춤을 추고 노래를 불렀다.

노래는 이어 홍부가로 이어졌다. 가난한 신세를 한탄하는 홍부의 노래가 이어지더니 먹을 걸 얻으러 온 시동생에게 주걱으로 뺨을 치는 놀부 마누라가 등장했다. 밥을 기다리는 처자를 바라보는 홍부의 막막한 심정이 되었다가 다리 다친 제비가 제 신세인 양 안타까운 마음이 되었다가 웃었다 울었다 하며 얼마나 시간을 보냈는지 모른다.

드디어 박 타는 장면이 시작되었다.

"시르렁 실근 톱질이야 에이여루 톱질이로고나 몹쓸 놈의 팔자로다 원수놈의 가난이로다아!"

나락이 사방으로 튀어나가는 것도 모르고 손에 톱을 들은 양 상체를 숙였다 일으켰다 할 때였다.

"얼쑤!"

뒤에서 무슨 소리가 들렸다.

그러나 흘려듣고 말았다.

"어떤 사람은 팔자 좋아 일대영화 부귀헌데 이누무 팔자는 어이하여

박을 타서 먹고 사느냐, 에이여루 당겨주소."

완전히 무아지경에 빠졌는데 누군가 물었다.

"처자 이름이 뭔가?"

"나? 헛따 내는 성도 모르고 이름도 모르네."

"그럼 너는 뭐하는 사람인가?"

"나? 나야 광대지."

그래놓고 놓고 보니 뭔가 이상했다. 채선은 휙 돌아보았다. 기겁할 뻔했다. 등 뒤에 소리청 선생 김세종이 서 있었다.

"에구머니, 이를 어째."

미투리를 끼어 신으려다 발가락이 걸려 그만 엉덩방아를 찧고 말았다. 언감생심, 있는 듯 없는 듯 살아도 미운 털이 박힐 판에 이런 몹쓸 짓을 저질렀으니 당장이라도 쫓겨날 것만 같았다.

"죄송해요. 정말 죄송합니다."

채선은 천둥지둥 흩어진 나락을 쓸어 모았다.

그런 채선을 뚫어지게 바라보는 김세종의 등 뒤로 해가 훌쩍 기울고 있었다.

"자네가 이 시간에 어쩐 일인가? 저녁 연습 시간이 아닌가."

텅 빈 아내의 방을 다녀오던 재효가 자신의 처소를 돌아나오는 김세종을 보고 물었다.

"아니, 영감!"

재효의 손에 들린 옥비녀를 본 김세종이 납작한 눈을 홉떴다. 비녀주머니에서 방금 꺼냈던 듯 노란 술이 달린 끈이 열린 주둥이 밖으로 흘러내려 있었다. 한눈에도 죽은 안방의 비녀였다. 봉분 속에 껴묻거리로 들어가 있어야 할 저것이 왜 영감의 손에 들려 있을까. 세종은 아찔함을 넘어 숨이 막히는 듯했다. 혹여 또 지난 번처럼 위험한 생각을 하고 있는 것은 아닌가 싶어서였다.

"아아, 이거?"

재효는 멋쩍게 웃고는 안으로 들자 시늉을 했다. 돌아서는 재효의 등 뒤에서 김세종이 재차 말했다.

"이제는 잊으셔야죠. 마님 물건을 자꾸 찾으면 또 병나십니다."

"알았어, 알았으니까 그만하게."

"제가 드릴 말씀인진 모르지만 마님 역시 여인 아닙니까? 여인이야 품에 들면 맛이지만 떠나면 그뿐이지요. 영감께서 무엇이 모자라 떠난 사람에 그리 연연해하는지 저로서는 모르겠습니다."

조금 전 재효는 짧은 오수를 즐겼다. 꿈속에 아내가 왔다. 아내는 꽃이 만발한 구릉을 걷고 있었는데 허리까지 내려오는 머리를 치렁치렁 늘인 채였다.

— 여보, 이렇게 맑은 날 눈이 오시네요. 좋은 일이 있을라나봐요.

아내의 휘날리는 머리 위로 송이 눈이 떨어지기 시작했다.

— 허허, 정말이군. 그래.

허공에서는 하얗게 부풀었던 눈송이가 땅에 닿자마자 발간 꽃으로 변했다.

— 어머나, 여보! 동백이 피었어요. 눈 속에서 동백이 피었다니까요?

맞았다. 하얗게 덮인 땅 위에 동백꽃이 송이송이 피어나고 있었다. 천지가 동백이었다. 그런데 재효의 눈은 동백에 가 있지 않았다. 어린 아이처럼 두 팔을 벌려 송이눈을 받는 아내의 흘러내린 머리채에 가 있었다.

— 저 사람에게 비녀를 꽂아주지 못했구나.

그러다 잠에서 깨어났고 아내의 방을 찾았다. 상을 치를 때 껴묻거리에 넣지 않고 숨겨두었던 비녀. 아내가 쓰던 경대 서랍 속에 그대로 간직되어 있었다. 앵매의 자살사건 이후, 자신의 팔자를 저주하다 차라리 죽자하고 나섰을 때 그것을 왜 가져가지 않았는지 모르겠다고 생각하다 가지고 온 것이었다. 이제는 자신의 방에 둘 생각이었다.

"보게나. 그 사람 손때가 반질반질 묻어 있질 않나?"

"그야…."

보물을 다루듯 비녀를 주머니에 넣는 재효를 보며 세종은 어정쩡한 미소를 지었다. 백이나 되는 창자들의 입을 것, 먹을 것, 잘 것 등을 조건 없이 지원하는 통 큰 사람이다. 그런 사람이 여자 문제에서만은 저렇듯 순정할까. 아내들을 보내고 홀로 지내는 동안에도 단 한번 흐트러진 적이 없었다. 그랬는데 앵매사건 이후, 쏟아지는 팔자소관 이야기에 처음으로 흔들린 사람이었다.

세종은 그런 재효가 안쓰러웠다.

"뭐라? 그 아이가 광대였다고?"

재효가 세종을 뚫어지게 보았다.

"확실한 것 같습니다."

"뭘 보고?"

세종은 방금 전 우캐마당에서 본 장면을 최대한 사실대로 전했다. 비복들이 타작해온 나락을 잘 말리고 있나 싶어 우캐마당으로 가다가 뜬금없는 배비장타령을 듣고 누군가 하고 들어갔는데 그 아이더라는 이야기. 그런데 그 목청이, 그 몸놀림이 예사가 아니더라는 이야기. 그래 물었더니 역시 이름도 성도 모르는 건 맞았고, 대신 광대짓을 했다는 사실을 털어놓더라는 이야기를 낱낱이 이야기했다.

"저도 제 눈으로 봤지만 믿지 못하겠습니다 영감."

"그냥 흥얼거린 게 아니고 분명 제대로 소리를 하였단 말이지? 그것도 금파를 넘어설 만큼?"

"제가 빈말하는 사람입니까? 조선 천지 그런 목청은 없을 겁니다."

도저히 믿기지가 않았다. 조선 천지 자기가 모르는 처녀소리꾼이 있었더란 말인가. 그것도 금파를 능가하는 목소리라니.

재효는 뒷덜미가 뜨듯해져 오기 시작했다. 그러나 마음을 다잡았다. 세종이 무엇을 어떻게 보고 이러는지 모르지만 직접 듣고 보지 않고서는 그 무엇도 판단해서는 안 되는 일이라고 생각했다.

그래도 일단은 의향을 묻기로 했다.

"그래. 자넨 어떻게 했으면 하는가."

세종은 그런 재효를 보고 평소 자장의 모습이 아니라 여겨졌다. 소리에 재주 있어 보이는 자가 있다면 천 리를 마다 않고 찾아가던 사람이다. 그런 사람이 천하의 소리를 발견했다는데도 이리 느긋해하다니.

어떻게 하고 말고가 어디 있는가. 당장 소리청으로 불러내려 수습창자가 되게 해야 하는 것이 마땅한 일이었다.

"영감답지 않습니다."

"나? 나다운 게 뭔가."

스스로도 이해할 수 없는 일이었다. 왜 그 아이를 소리청 수습청자로 받는 일을 선불리 결정하면 안 된다는 생각이 드는지 알 수 없었다. 기억이 되살아나고 만에 하나 반가의 여식이라는 것이 밝혀졌을 때 따를 후환 때문인가.

재효는 고개를 저었다. 여태 단 한번도 그 아이를 어떻게 할지 생각해보지 않았다. 목숨을 건져주었으니 기억을 되살릴 때까지 내 집에 기거하게 해야 한다는 생각뿐, 그 어떤 판단도 해본 적이 없다.

한 가지 생각은 있었다. 천우신조로 기억을 찾았을 때 부잣집 고명딸이면 그것으로 충분하겠지만 찢어지게 가난한 집의 천덕꾸러기라면 돌려보낼 때 두어 수레 재물을 딸려보낼 거란 것이었다.

"지금 당장 불러서 목청이라도 들어보십시오. 그러면 마음이 달라질 겁니다."

모처럼 물건 하나 건졌다 싶었는데 미적지근한 태도를 보이니 세종이 더 애가 탔다.

재효는 눈을 감은 채 대답하지 않았다.

"쇠뿔은 단김에 빼라고 하지 않습니까. 그 아이는 원석입니다. 원석을 집안에 묻어두고 캐지 않을 수 있겠습니까? 캐만 주십시오. 제가 갈고 닦겠습니다."

“글쎄….”

“혹시 모를 후한이 두려우십니까?”

“그것도 그렇지 않다 말 못하지.”

여자가 소리를 한다는 것은 여자로서의 삶을 포기하는 일이다. 모든 예인들이 그러하듯 소리쟁이는 오로지 소리를 위해 먹고, 자고, 입어야 한다. 만약, 반가의 여식이라면 어떠한 후한이 따를지 모르는 일이다.

“그렇다고 숨어 있는 원석을 방치할 수는 없질 않겠습니까.”

세종은 마음이 조급해져 밖에다 대고 소리쳤다.

“밖에 누구 있는가?”

저만치서 신발 끄는 소리가 달려왔다.

“가서 금파에게 일러라. 같이 기거하는 그 아일 데리고 이리로 좀 오라고.”

신발 끄는 소리가 마당을 건너가는 것을 들으며 재효는 몸이 뜨거워왔다. 만약, 그 아이가 정말 원석이라면 어떻게 해야 하나. 싹수가 보이면 욕심이 날 것은 자명한 이치. 나는 자타가 공인하는 귀명창이 아닌가.

재효는 그 아이를 소리청으로 들였다는 소문이 퍼진 후를 상상하며 눈을 감았다.

앞에 세종이 앉은 것도 잊고서 재효는 지난 일을 돌이켜 보았다.

억지 사주단자가 왔고, 받지 않았고, 앵매는 억지로 떠밀려 친정을 나왔고, 오는 중에 느티나무 가지에 목을 맸고, 온 동네 소문이 퍼졌고, 들리느니 자신의 팔자소관이라는 소리였고, 그 팔자가 여자 잡아먹는 남귀팔자라는 것이었고, 서러웠고, 무서웠고, 그래서 차라리 죽으려 했고, 죽기 전에 사랑했던 아내의 영정을 찾았고, 재를 넘어 검당포로 갔고, 갓과 신발을 벗어놓고 밀려드는 해수에 몸을 맡겼고, 출렁거리며 죽어가던 그때 무언가에 걸렸고, 휘감겼고, 사람이었고, 여자였고, 죽어가고 있었고, 살려야겠다 생각했고, 살렸고, 살펴보니 발바닥이 갈갈이 갈라져 퉁퉁 불었고, 어린 여자였더라.

"주인님!"

발자국 소리가 자박거리며 다가오더니 금파의 묵직한 음성이 문턱을 넘어왔다.

"들어오너라."

문이 열리고 금파가 들어왔다.

재효는 뒤에 선 채선을 바라보았다. 여전히 고운 얼굴이었으나 표정이 실리지 않는 백지 같은 얼굴에 불안감이 드리워져 있었다. 가늘고 고운 얼굴선 때문인가. 얇디얇은 살피 때문인가. 좀 가벼워 보이는 구석이 있구나. 동리정사에서 머문 지가 벌써 몇 달째인데 처음으로 든 생각이었다.

"어쩐 일로 저희 둘을 같이 부르셨는지요?"

금파가 먼저 물어왔다.

"일단 앉거라."

오래 열리지 않는 재효의 입을 뚫어지도록 바라보고 있던 세종이 대신 물었다.

"혹시 이 아이에게 소리를 배워준 적 있느냐?"

"소리… 요?"

금파의 얼굴에 언뜻 언짢은 기미가 비쳤다 사라졌다.

"답을 해라."

금파는 바로 대답하지 않았다. 생각을 입 속에서 굴리듯 두툼한 입술이 조금 움직였는데 그 침묵이 이상하게 설득력 있게 느껴진다고 재효는 생각했다.

"듣기로 이 아이가 노래를 한다고 하기에."

참지 못한 세종이 물었다.

금파의 놀란 눈이 채선을 쏘듯 보다가 입이 열렸다.

"그게…."

순간 채선이 치고 들어왔다.

"예, 제가 그냥 했습니다. 언니가 배워준 적은 없습니다."

놀란 금파가 저지를 하려하자 채선은 더 야무지게 대답을 이어갔다.

"배워준 적은 없지만 제가 듣고 배우긴 했습니다. 어르신! 제가 죽을 짓을 했는진 모르지만 저를 소리 할 수 있게 해주십시오."

재효는 전율이 일었다. 노래를 하고 싶은 절절함이 차고 넘치는 눈이었다. 참으로 많은 창자들을 받아들였고 내보냈다. 지독한 가르침을 이긴 이들은 소리꾼이 되어 세상으로 나갔고 견디지 못한 자들은 스스로 포기한 채 나갔다.

그 세월 동안 재효는 알게 되었다. 꿈을 이룬 이와 포기한 자의 차이가 눈빛이었다는 것을.

노래하고 싶은 열망이 출렁이다 못해 흘러넘치는 채선의 눈빛을 보고 재효는 모든 것을 떨치기로 했다. 반가 여식일 경우 돌아올 후환 같은 것은 잊기로 했다. 그 넓은 바다 한가운데서 죽어가는 상태로 자신과 부딪쳤고, 살려야겠다 생각이 들었고, 그 먼 길을 업고 와서 온갖 구설에 시달리면서도 초연할 수 있었던 것은 바로 이 순간을 위해서였다는 확신이 들었다.

"묻겠네. 내 집에 계속 머물면서 소리 공부를 할 의사가 있나?"

채선은 귀가 의심스러웠다. 어디 근본도 모르는 것이 배워주지도 않은 짓을 했냐 호통을 내릴 줄 알았는데 엉뚱하게 소리 공부를 정식으로 하겠느냐 묻는 것이 믿기지가 않았다.

"하겠다는 뜻인가?"

"예, 어르신! 하지요. 하고 말고요. 저를 수습창자로 받아만 주신다면 이 은혜 뼈를 갈아서라도 갚겠습니다."

옆에 선 금파의 낯색이 파리하게 변하는 것을 보았지만 재효는 모른 척했다.

"그럼 내 묻는 말에 대답을 해주겠나?"

"예, 어르신!"

"아까 우캐마당에서 불렀던 배비장도 금파가 하는 것을 보고 배웠나?"

"예."

"춤은?"

금파의 두툼한 눈 아랫살이 참지 못하고 꿈틀거렸다.

"그게, 저. 저 사실은…."

"나무라는 게 아니야. 그러니까 지금 내 앞에서 아까 불렀던 그 대목을 그대로 해 보이라는 거네."

채선의 얼굴이 발갛게 달아올랐다.

"아, 아까 그대로 하란 말씀인지요?"

"그래. 그대로만 하면 되네."

채선은 알 수 없는 압박감을 느꼈다. 아까는 아까 기분으로 불렀고 지금은 그 기분이 아닌데 어떻게 그대로 부르라고 하는지 난감했다.

"그냥 나오는 대로 불러볼까요?"

"그래. 나오는 대로, 멋대로!"

채선은 그제야 목이 죄는 듯한 압박감에서 벗어났다. 지금은 지금 나오는 대로 불러야지 아까랑 똑같이 부를 수는 도저히 없었기 때문이다.

"배비장이 목사를 따라 봄놀이를 갔는디!"

채선의 입이 열리자 재효의 눈이 휘둥그레졌다. 금파도 놀라 두어 걸음 물러났고 세종은 벌떡 몸을 일으켰다. 세 사람이야 나 몰라라 채선은 나오는 대로 가락을 뽑어냈다.

"아 짱 아 짱 아 쓸 아 쓸 저 교태걸음 좀 보소오."

재효는 눈을 감은 채, 폭포수를 힘차게 거슬러오르는 지느러미를 보았다. 금빛 지느러미는 물살을 거슬러올랐다가 떨어지기를 반복했다. 저 작고 여린 몸 어딘가에 저토록 거대한 소리통이 숨어 있으리라 상상이나 했을까. 거짓말 같았다. 이럴 수는 없는 일이었다.

재효는 자신의 귀를 쩡쩡 울리는 소리를 들으면서도 그 소리를 내는 이가 자신이 살려준 조그만 어린 여자라는 것을 믿을 수가 없었다.

내 저 아이를 뭐라고 불러야 하나.

불현듯 여태까지 자신의 생명을 건져준 은인의 이름도 모르고 지냈다는 생각에 이르러 눈을 떴다.

"이름이 뭔가!"

벽력같은 소리에 채선이 뚝 소리를 그쳤다.

"이름을 물었네."

적막감이 감도는 사이로 재효의 지친 듯한 음성이 깔렸다.

"모릅… 니다."

차오른 숨을 삭인 채선이 조그맣게 대답했다.

"모른다…. 모르고 싶은 건가, 정말로 모르는 건가?"

"정말로 모릅니다."

재효는 쓰러질 듯 피로했으나 눈꺼풀을 밀어올려 채선을 보았다. 내려감은 눈썹 사이로 눈물이 비어져 나와 있었다.

재효는 자신의 물음이 잔인하였음을 알아차렸다.

"내가… 자네 이름을 하나 지어주고 싶은데 어떤가."

부드러운 음성을 듣고서야 채선은 두려운 표정을 풀었다.

"이름… 을요?"

뻣뻣하던 금파의 얼굴이 더욱 굳어졌다.

"이것 보시게, 세종!"

"예, 영감."

"내일 이 아이의 이름을."

"저기 어르신!"

채선이 재효의 말을 잘랐다.

"그래. 뭔가?"

"이름… 필요 없습니다."

채선의 입술 위에 세 사람의 시선이 엉켰다. 기대에 찬 재효의 시선과 재미있다는 듯 바라보는 세종의 시선, 불안함과 질투심이 묘하게 뒤섞인 금파의 시선이 엉겨붙은 채선의 입술이 다시 열렸다.

"제 이름은…."

"뭔가? 이름이 생각난 건가?"

"제 이름은."

"뭐냐니까, 자네 이름이!"

채선의 목젖이 파르르 떨었다. 그리고 다음 말이 튀어나왔다.

"제 이름은… 광대입니다."

제3장

서러움의 길

가슴에 핀 연꽃

동짓달에 접어들어 채선은 소리청 수습생이 되었다.

거처도 옮겼다. 금파와 쓰던 방을 나와 독방을 받은 것이 가장 좋았다. 그러한 이유로 하여 집안의 식솔 중 그 누구도 함부로 대하진 못했기에 마음은 대체로 편했다.

대신 신호장의 생명을 살린 은인이란 특혜가 사라졌다. 몸은 고달팠다. 첫닭이 울기 전에 일어나 소리청을 청소하는 것으로 시작하는 하루는 창자들이 각자의 방으로 들어가 잠자리에 들기까지 잠시도 쉴 틈이 없었다. 눈 녹인 차가운 물에 걸레를 빨아가며 청소를 마치면 찬간으로 가 아침밥상을 준비하는 비녀들을 도와야 했다. 그들이 상을 물리면 산더미 같은 그릇을 또 거둬서 씻어야 했고, 방마다 돌며 벗어내는 옷들을 일일이 거둬 침방으로 가져가야 했다. 처음 입문한 수습생으로서 해야 할 일은 그 누구도 예외가 될 수 없다는 원칙 때문이었다.

힘들고 고달픈 민초들을 달래고 썩어빠진 양반들을 조롱할 예인이 되는 길로 접어든 인생이다. 스스로 뼛속까지 힘들어야 한다고 세종은 강조했다.

채선은 자신에게 주어진 일을 군말 없이 해내었다. 소리부터 배우고 싶은 마음이야 꿀떡이어도 조금도 예외이고 싶지는 않았다.

침방 아낙들은 채선이 모아온 옷들을 솔기대로 곱게 따서 분리하는 일부터 시켰다. 등판은 등판대로, 앞판은 앞판대로, 소매는 소매대로, 고름은 고름대로 하나하나 다 분리하여 씻어 말려서 인두로 다리는 일은 꽤나 까다로운 작업이었다. 아무리 힘들여 인두질을 해도 바늘구멍은 쉬 없어지질 않았다. 분리한 조각을 깨끗이 씻어 인두질한 천은 다시 바느질하여 원래 모양대로 옷을 만들어내는데 서너 차례 뜯었다 지었다를 되풀이하다보면 나중에는 바늘 한 땀 꽂을 자리가 없어졌다.

"일이 힘들지는 않느냐?"

석가산 아래서 채선과 마주친 재효가 물었다.

"예, 어르신."

채선의 손에는 곱게 묶은 보자기 하나가 들려 있었다.

"그래, 어딜 가는 길이냐?"

"어르신 두루마기가 새로 지어졌기에요."

감춘다고 감추어지는 것이 아닐진대 행여나 들킬세라 소매 속으로 자꾸만 밀어넣는 손등이 갈라터져 있었다. 재효는 아껴두었던 자운고를 쓰게 해야겠다 싶었다.

"따라오너라."

앞서 걷는 재효를 말끄러미 바라보다 채선은 뒤를 따랐다.

혹시 따로 하실 말씀이 있으신 건가?

약간 설레었다.

"약이라구요?"

재효가 자운고를 꺼내 건네자 채선이 물었다.

“그렇다. 이것이 너의 발바닥을 아물게 해주었으니 터진 손도 아물게 해줄 것이야.”

자운고는 사촌 재악에게 관약방을 맡기기로 결정한 후 맘씨 좋은 배나졸 부부에게 제조비법을 전수해준 상처치료제다. 자기가 언젠가는 없어질 날을 위해 젊은 사람에게 몰래 전수해놓으려 했던 것이다. 배나졸이라면 함부로 남용하지도 않을 것이며, 그것을 돈벌이에 악용하지도 않을 사람임을 확신했던 것이다.

재효는 그러나 자신의 손으로 직접 만든 자운고의 효능을 더 믿었다. 해서 직접 만든 것을 몇 통 보관해두었는데 그 중 하나였다.

노르스름한 빛깔을 내는 덩어리를 가만히 내려다보던 채선이 단호하게 대답했다.

“아닙니다.”

재효는 의아했다. 모두들 자신이 만든 자운고 하나 못 얻어서 눈이 벌건데 대체 이 아이는 어찌된 아이인가.

“아니라니?”

“터질 곳이 터지는 것이야 당연한 일이라고 생각합니다. 발바닥이 갈라져 터졌다는 것은 발바닥으로 빠져나가야 할 제 업장이 있었을 겁니다, 하고….”

“하고?”

채선이 고개를 숙였다.

“하려던 말을 마저 해보아라. 듣자꾸나.”

“예. 저는 잘 모르지만 이런 생각은 합니다. 달도 차면 기울고, 겨울도 끝내는 봄에 계절을 내어줍니다. 제 발바닥이 그리된 연유를 기억할 순 없으나 아마도 버려야 할 것을 버리지 못하고 끌어안고 살았던 까닭은 아닌가 합니다. 하니 시절이 무르익어 제 발바닥이 터졌지 않을까 하는 거지요. 그리고… 제가… 드리고 싶은 말은… 그래요. 어르신께서도 슬픔이 극에 달하셨기에 참았던 것이 터진 것 아닙니까? 이승을 버려 평화를 찾으려 하지 않으셨냐 이런 말씀입니다."

채선은 자기도 모르게 튀어나온 말을 후회했으나 엎질러진 물이었다. 그렇지만 언젠가는 묻고 싶었던 말이긴 했다.

"제가 어르신께 결례를 했습니다. 죄송합니다."

재효는 고개 숙인 채선을 뚫어지게 바라보았다. 가지런한 가르마 사이로 비치는 두피가 참말로 희었다.

"그래서 이 약을 안 바르겠다는 뜻으로 들린다. 맞느냐?"

"예."

"아프지 않다는 거냐?"

"아프지요. 아프지만 참아야 한다고 생각합니다. 아픔을 약으로 덮어씌우면 훗날 더 큰 상처로 나타날 거라고 생각합니다. 상처는 약을 안 발라도 아뭅니다. 제 스스로 차오른 살로 채워져야 해요. 그래야 진정한 예인의 바탕을 갖출 수 있습니다."

현기증이 일었다.

"누구한테 들었느냐? 그런 말들을."

"선생님께서…."

계통 모를 감정이었다. 흐느낌이 터질 것도 같고, 짜증도 나고, 뭔가 조급하기도 한 복잡한 심경으로 재효는 관자놀이를 자근자근 눌렀다.

"진정 세종이 그렇게 말하더냐?"

"예."

"헛허. 그 사람 참."

부러 크게 웃어보았지만 등줄기를 타고 흐르는 헛헛함과, 헛헛함이 스러진 지점에서 생겨나는 열기 때문에 명치가 답답해왔다.

그렇지. 이 아이의 선생은 내가 아니라 세종이었지.

문득 바람 없는 문 밖에서 댓잎 쓸리는 소리가 들리는 것 같았다.

"잘한다고 하더냐, 세종이?"

"아직은…."

하긴, 아무리 자기가 키우겠다고 데려갔다 한들 벌써 소리를 가르칠 작자가 아니다. 맨 밑바닥부터 뼈가 빠지게 하심을 하게 만든 연후에 수습을 시키기로 유명한 사람이다. 한데, 한데….

이 아이를 세종에게 맡기는 것은 너무 어리석은 일이 아닐까.

이곳 동리정사는 사내들이 들끓는 집이다. 세종 역시 사내다. 둘이 오래 호흡을 맞추고 경연을 다니다보면 같이 밤을 샐 일이 한두 번 아닐 것인 즉, 어느새 이 아이는 세종의 품 안에 들어 있을 것이다. 세종은 말했다. 여자란 있을 때 품으면 그만, 떠나가면 잊어버려야 하는 존재라고.

틀렸다. 사람의 인연이란, 특히 남자와 여자의 인연이란 그런 것이 아니다. 천녀가 지상으로 내려와 벗어놓은 옷자락에 쓸린 바위가 돌멩이 되고 자갈 되고 모래알이 되는 억겁 세월의 인연이 아니고서는 만날 수 없는 법이다. 그러한 인연을 가비얍기 짝이 없다 말하는 세종에게 이 아이를 어찌 맡긴단 말인가. 세종의 품속에서 새끼새처럼 오들거리는 채선의 모습을 상상하자 화가 치밀었다.

채선의 노란 저고리 앞섶을 타고 뻗어내린 동정깃 사이로 드러난 하얀 살빛을 보며 재효는 골똘히 생각에 빠져들었다. 세상 어떠한 여자도 자신의 마음에 들어와서는 살아남지 못하였다.

어쩌자고. 내가 또 어쩌자고 몹쓸 생각을 하는가.

하면서도 막 태어난 물고기가 보드라운 비늘을 움직여 물질하는 것 같은 채선의 살빛을 마음으로 쓰다듬고 있는 스스로를 깨닫고는 고개를 저었다.

아, 욕망과 비움 사이에서 분기가 솟아올랐다.

"그 두루마기 좀 다오."

"예?"

재효의 눈길을 받던 채선이 화들짝 물었다. 바로 코앞에 앉은 늙은 남자의 시선이었건만 거북스럽기는 커녕 도리어 가슴에서 작은 이랑이 이는 것을 느끼고 있던 참이었던 거다.

"그 옷을 좀 달란 밖에. 나 입으라고 지어오지 않았느냐?"

"아, 예. 어르신! 맞으실지 모르겠어요."

그제야 채선의 낯빛에 미소가 어렸다.

돌올한 이마 아래 새까만 두 눈이 자신의 가슴팍으로 올라와 멈추는 것을 느낀 재효 역시 가슴 한쪽에서 이는 이랑을 어쩔 수가 없었다.

"앞으로 너는 침방에 나가지 말아라."

채선이 눈까풀을 깜빡거렸다.

"못 알아듣느냐? 이제부턴 노래 공부만 전념하라 하였다."

이제는 내가 너를 가르치겠단 소리는 차마 뱉어낼 수 없었다.

"왜…."

"어허! 하라면 할 일이지 뭔 말이 그렇게 길어!"

분기로 너울지는 가슴의 이랑을 재울 길 없어 재효는 벌떡 일어났다. 그때였다.

"금파 언니는!"

야멸찬 목소리가 뒷덜미를 쳤다.

"금파 언니는 소리청 가기 전에 삼 년이나 허드렛일만 하였다 했어요."

뒷골이 뜨끔했다. 허드렛일이라니. 죽은 아내 정연의 병구완을, 그리도 정성들여 해주던 일을 그 아이는 정녕 허드렛일로 여겼더란 말인가.

"금파가 그랬느냐?"

"예. 그렇지만 저는 이제 겨우 달포입니다. 소리를 배우려면 적어도 그 정도는 하게 해주셔야 하는 거 아닌지요?"

씁쓸하지 않을 수 없었다. 그러나 틀린 말도 아니었다. 경상도 밀양 땅에 있는 만어사 종석 사이에 빠져 죽어가는 저를 건져낸 후 집으로 데리고 왔을 때야 곧바로 소리청으로 보내려 했었다. 그럴 만큼 금파는, 조선 천지에 둘도 없는 여명창이라는 칭호를 안겨주어도 좋을 재목이었다. 무엇보다 가슴 켜켜이 쌓인 한이 소리를 더욱 깊게 만들어줄 것이라 믿었다.

예인이란, 한으로 뭉친 영혼이 아니고서야 어느 순간 넘지 못할 한계에 부딪치게 되어 있는 천형을 가지고 태어난 사람인 것을. 쌀 세 가마에 팔려간 시집에서는 어린 며느리의 소리재주를 알고서는 바로 돈벌이에 내보냈고, 서방이라는 작자는 한 술 더 떠 이 남자 저 남자 바짓가랑이 속으로 숫제 처박아넣으려 안달이 났었다고 했다. 그렇게 흐르고 흐르다 경상도 땅으로 들어갔고 죽으라 오르던 산에서 만어사 종석을 만난 것이었다.

초라한 법당 아래 끝도 없이 펼쳐진 돌덩이의 바다. 옛날 동해 용왕의 아들이 수명을 다해 새 삶의 터전을 찾던 중, 건너 무척산의 신승을 찾아 부탁을 했는데 인연터란 가다가다 제 걸음 멈추는 곳이라 일러주었기에 길을 떠났고 같이 나선 수많은 물고기 떼가 따르다 멈춰 화석으로 변한 곳. 금파는 차라리 나도 돌이 되어버렸으면, 하고 바위덩이를 내리쳤다고 했다. 그러자 바윗덩이 사이로 구곡간장이 미어지듯 웅숭깊은 소리가 울려왔다. 금파에게 그 소리는 자신이 살아온 삶의 질곡 같았다. 서러웠다고 했다. 그래서 노래 했다고 했다. 그러다 지쳐 잠이 들었다던가. 어느 샌가 자신이 지옥간에 갇혀버렸다는 것을 알았다. 바위와 바위 사이에 떨어져버린 것이었다.

부처의 뜻이었을까. 마침, 유행流行에 나선 자신이 그 소리를 듣지 못했더라면 다시는 세상 빛을 보지 못했을 아이였다. 그러고 보면 자신의 품에 들어 네 여인이 죽기는 했으나 반대로 죽을 여인을 둘이나 살린 업은 있었다. 그덕으로 여태 죽지 않고 살고 있는지도 몰랐다. 그런 저간의 사정으로 금파는 아픈 아내의 구완을 자처했고 그 마음이 기꺼워 허락했었다. 신뢰했다. 무한히 신뢰했다. 그런데 그 일을 허드렛일이라 여겼다니.

"어쨌거나 너는 그만하거라."

재효는 쉬고 싶었다.

"호장 어른! 저를…."

"너를 특별히 생각해서가 아니다."

"그럼…."

"재주가 많으면 다 헛것인 게지."

"그게 무슨 뜻인지요?"

몹시 피곤했지만 이상하게도 일어날 수가 없었다. 잠시 뜸을 들였다 다시 말머리를 잡았다.

"이해하지 못할 수도 있겠지. 하지만 머지않아 알게 될 거다. 그러니 나가보아라."

채선이 입술을 달싹거리다 말고 접었던 정강이를 펴올렸다. 정녕 가려는가? 재효는 갑자기 조급해져서 채선을 잡았다.

"아니다. 잠깐 앉거라."

왜 그랬는지 모른다. 왜 아내의 옥비녀를 보여주고 싶었는지 모른다.

스스로도 이해할 수 없는 내면의 말들을 느끼면서 천천히 일어섰다. 그리고 채선의 등 뒤로 돌아가 방문을 닫았다.

서랍 속에는 지난 번 아내의 방에서 가져와 넣어두었던 비녀주머니가 그대로 놓여 있었다.

말없이 비단보를 끌렀다.

속이 비칠 듯 투명한 옥비녀가 드러났다.

"이게 뭔지 아느냐?"

"비녀입니다."

"그래, 죽은 아내가 남긴 유일한 물건이다. 내겐 세상 무엇과도 바꿀 수 없는 소중한 물건이지."

"그런데 그걸 왜…."

대답할 수 없었다. 자신도 왜 아내의 유품을 성도 이름도 모르는 이 아이에게 보여주는지를 알 수 없었다. 그러나 분명한 건 아내의 비녀가 가장 어울릴 만한 머리채를 가진 여인이 이 아이라는 사실이었다.

재효는 자신의 속에서 회오리치는 감정의 진원지를 알고 싶었다.

문득 엄사안을 한번 만나야겠다고 생각했다. 그를 만나면 작금의 이 감정을 정리할 수 있을 것도 같았다.

아버지 살아생전에 친분이 두터웠던 엄사안을 처음 만난 것은 그가 임실에서 훈도 생활을 하고 있을 때였는데 일찌감치 익힌 학문의 깊이가 대단한 사람이었다. 학문으로야 경지에 오른 자 한둘이겠는가마는 그를 정녕 사내라 하는 것은 풍류를 즐길 줄 알았기 때문이다. 이름난 장서가였음에도 그는 자신을 포장하는 위선이 없었다. 풍류를 즐길 때는 스스로 강물이 되고 구름이 될 줄 알았다.

그래서인지 그를 만나면 모든 껍데기 따위 벗어던진 어릴 적 동무를 만나는 것 같아 한도 끝도 없이 편안했었다. 학문으로도 스승이요, 풍류가로도 스승이나 다름없었던 엄사안을 떠올린 순간, 깜깜한 하늘 한 구석에서 빛줄기가 비쳐오는 것 같았다.

상념에서 빠져나온 재효는 채선을 보았다.

"왜 내가 이걸 너에게 보여주는지는 나도 모르겠다. 그냥 그럴 뿐이구나. 확실한 건 내 가진 모든 것을 다 잃어버려도 이것만은 절대 잃어버리지 않을 거란 거다."

"아주 귀한 거군요."

"그렇지. 내겐 천하에서 제일 귀한 것이지."

채선도 어지러웠다. 이 집안에서 자신을 사람으로 대접하는 이는 없다. 어디서 굴러먹다 죽기로 작정한 것인지, 누군가에 의해 바다로 던져진 것인지도 모르는 생판때기를 살려내어 먹이고 입히는 것도 모자라 수습창자까지 시켜주었으니 모두들 뱁새눈을 하고 바라보는 형편이다. 자신을 그래도 인정하는 자는 김세종뿐이다. 이런 상황에서 이 너른 집의 주인은 어찌하여 내게 제일로 귀한 것을 보여주는 것인지.

채선은 앞으로 기억이 되살아나 이곳을 떠나는 한이 있더라도 이 은혜는 죽어서도 잊지 않으리라 생각했다.

"그런 물건을 그리도 허술히 보관을 하시다니요. 함이라도 만들어…."

그때였다. 문 밖으로 비단 치맛자락이 바쁘게 쓸리는 소리가 났다. 관자놀이가 찌끗했다. 그 소리는 그저 지나는 소리가 아니라 누군가 방 안의 동정을 살피고 있다가 사라지는 느낌의 소리였다. 채선은 온 신경을 집중하여 소리의 움직임을 좇았다.

소리는 빠르게 봉당 옆으로 움직이며 멀어지다가 장지문 쪽으로 사라졌다. 슬그머니 장지문 닫히는 소리가 들렸다.

사라진 옥비녀

엄사안과의 짧은 시간은 먹장구름 속에 드러난 한 가닥 빛이기에 충분했다. 그렇다고 그가 딱 잘라서 무엇인가를 조언한 것은 없었다. 오랜만이니 소리나 한 자락 나누자고 했고, 기꺼이 응했고 둘이 잔설 위에 앉아 두드리고 토하고 춤추다 목이 타면 곡차 한 잔 나누다가 옛 이야기에 빠져들었을 뿐이다.

그 시간 속에서 재효는 자신에게 흐르는 피를 보았다.

천상 광대의 피였다.

광대는 광대와 어우러지다 죽어 쓰러져야 광대다. 광대가 되어 될성부른 새끼를 남의 손에 맡기는 것은 이생에 와서 해야 할 몫을 하지 않는 것이나 진배없음도 깨달았다. 도솔산 붉디붉은 동백은 스스로 피는 것이 아니라 바람과 물과 햇빛이 골고루 스치고 빨아들이고 쬐어야 터진다는 사실을 깨달았다.

재효는 자신의 마음을 채선에게 솔직히 전하리라 결심했다. 내 때가 되면 이 비녀를 너의 머리에 꽂아주고 싶다고. 아내라는 이름이 아니어도 어떠랴? 소리에 대한 열정과 혼을 모두 불어넣으면 될 것을. 그렇지만 죽은 아내를 가슴에 품고서는 그 아이에 대한 우롱이 될 것이다. 그 아이의 모든 것, 그리고 나의 모든 것이 합일되지 않고서야 아니 될 일이다.

아내의 비녀를 물으리라. 언젠가 이 비녀를 너의 머리에 꽂아주려 한다. 어찌 생각하느냐.

장롱문을 열던 재효는 우뚝 멈추었다.

비녀를 넣어둔 오동나무함이 보이질 않았다. 지난 날 귀히 보관하라는 아이의 조언을 따라 인근에서 최고로 솜씨 좋은 소목에게 부탁해서 만든 것이었다. 노란 술이 달린 비녀주머니는 그 오동나무함에 넣어 장롱 깊은 쪽에 놓아두었다.

재효는 장롱 속을 다 헤집어 오동나무함을 찾았다. 없었다.

"밖에 누구 있는가!"

온갖 옷가지들을 늘어놓은 채 소리쳤다.

"누가 있느냐 묻지 않는가!"

뒤란에서 빠르게 달려오는 발자국소리가 들렸다.

"예, 예. 호장 어른."

"가서 할멈을 데리고 오게."

"예, 그리합지요."

행랑아범이 달려가고 다시 고요해진 공기 속에 재효는 풀썩 주저앉았다. 머릿속에 떠오르는 한 사람 때문이었다. 그 아이였다. 그 아이가 아니고서는 비녀가 든 오동나무함의 소재를 아는 사람이 없었다.

내가 착각을 한 건가?

하지만 아무리 생각해도 그 아이뿐이었다.

그러자 몹시 불쾌해졌다.

"서방님은 이 늙은이가 살아 있는 것이 눈꼴시러우? 이 눈길에 어딜 갔다가 이제 온 것…."

언제 왔는지 망구할멈이 지청구를 넣으며 방문을 열다 입을 딱 벌렸다.

"아이고, 서방님!"

세상에 없던 일이라는 듯 망구할멈이 달려 들어왔다.

"마른하늘에도 벼락이 치는구만요. 걸레조각도 함부로 던져두지 못하게 하는 양반이."

재효는 망구할멈이 방을 정리하는 동안 사지를 늘어뜨린 채 허공을 바라보았다.

"말해보시우. 나 모르게 무슨 일이 있었는지."

방안을 말갛게 정리한 망구할멈이 소맷자락으로 눈어름을 훔치며 재효를 보았다.

"나 없을 때 이 방에 들어온 사람이 누구우?"

"금파쥬 누군 누구라."

그랬다. 망구할멈이 해오던 방 청소를 언제부턴가 금파가 하고 있었는데 자신이 있으나 없으나 하루도 거르지 않았다. 역시 오해였단 말인가?

"왜요? 방에 뭐가 없어졌수?"

역시 망구할멈이었다. 재효는 대답 않고 다시 물었다.

"또 누가 들어왔수?"

"글쎄올시다. 서방님 없을 때야 들어올 사람이 금파밖에 더 있겠수?"

꾹 다문 입술 속에 자신에 대한 연심을 강단 있게 머금고 있던 금파도 비녀의 소재를 알았다면 탐을 낼 만했다. 단 한번도 말하지 않았지만 금파가 자신을 주인 이상으로 여기고 있다는 것쯤이야 진즉부터 알고 있었다. 그렇다면….

"내가 없을 때 방에 들어온 사람이 정말로 금파뿐이란 말이우?"

"뭐 그렇지요, 뭘."

그러다 망구할멈이 이마주름을 짙게 접었다.

"아 참! 딱 한번 그 아이가 소제를 하긴 했수."

"그 아이?"

"그 아이 말이우."

망구할멈은 금파가 심한 고뿔에 들었기에 청소 그거야 하루 안 하면 어떠냐고 했는데도 기어이 그 아이를 시켜 하라고 했다는 말을 전했다.

사지로 힘이 빠져나가는 것을 느꼈다.

열 길 물속은 알아도 한 길 사람 속은 모른다 했다. 어찌 그 아이에게 그런 나쁜 손버릇이 있었단 말인가. 재효는 가까스로 기운을 수습하고 다시 밖을 향해 소리쳤다.

"아범은 어서 가서 그 아이를 데려오게."

언성을 높여 이르는 재효를 물끄러미 바라보던 망구할멈이 퉁명스레 내뱉었다.

"이 늙은 것이 죽을 때가 되었나 보우. 어째 서방님의 속을 하나도 알 수가 없는지 원."

평생의 정인으로 여겼으나 취첩하지 않겠다는 아버지의 의지를 읽어낸 후 그림자처럼 지내온 어머니 같은 여인이다. 자신을 자식처럼 돌보았고, 자신 역시 어머니라 여기고 의지하였던 노인이다. 재효는 마음을 가라앉히고 그간 일어났던 일들을 망구할멈에게 죄다 털어놓았다.

"서방님이 아무리 나이 먹어도 사내는 사내니 이 늙은이가 무슨 말을 하겠수. 헌데 말이우. 내 보기에 비녀함 일은 아닌 것 같수. 그 아이가 그럴 아이는 아닌 듯하거든."

할멈의 밝은 촉을 모르지야 않지만 원숭이도 나무에서 떨어질 수 있는 법. 조금 짜증 섞인 투로 물었다.

"그럼 금파란 말이우, 할멈은?"

"꼭 그렇다는 말은 아니지만서두."

망구할멈이 골똘히 생각하다 고개를 갸웃했다.

"설사 그 아이가 그랬다 칩시다. 그렇다고 그 아이가 그것을 가져가서 무얼 한단 말이우. 갖다줄 어미아비가 있수, 그렇다고 자식이 있수. 여기서 제가 그걸 꽂고 다닐 수도 없는 걸."

탐욕은 모든 죄의 근원이다. 거짓말을 부르고 시기를 부르고 모함을 부르고 죽음까지 부를 수 있다. 그러므로 탐욕을 버리고 정직하게 살아야 악업의 굴레에서 벗어날 수 있다.

아무리 욕심이 나도 주인 있는 물건은 탐내지 마라. 설사 그것이 도둑질한 물건이라는 걸 알아도 탐내지 마라. 도둑의 물건을 가지면 그 도둑을 더욱 도둑답게 할 것이요, 나 또한 도둑이 될 것이다.

그런 가르침은 재효의 성장과정에서 삶의 철칙이 되었다. 그러므로 돈으로 환산할 수 없는 아내의 비녀를 정말로 그 아이가 가져갔다면 집안에 둘 수는 없었다. 이 나라 최고의 창자로 키워내겠다는, 그리하여 고통받는 이웃들의 웃음이 되고 위로가 되고 나아가서 희망이 되게 하겠다는 바람은 다 부질없음이 되어버렸다. 어느 결에 슬그머니 마음 한편을 차지해버린 아이, 지워내느라 뼈가 부서지고 살이 흘러내려도 할 수 없는 일이다.

"섣불리 판단해서 안 그래도 불쌍한 것 더 불쌍하게 만들지는 마우."

눈빛만 봐도 속을 읽어내는 노인네였다. 자신의 마음 안에서 벌어지고 있는 일련의 생각들이 어디까지 진행되는지 환하게 꿰뚫고 있는 듯한 망구할멈의 말에도 재효의 마음은 이성을 찾을 수가 없었다.

채선이 온 것은 한 식경이나 지난 후였다. 빨래를 했는지 둥둥 걷은 소맷자락 끝에 물기가 축축했다.

"잘 다녀오셨습니까, 나리?"

벌겋게 언 손을 보자 잡아끌어 앉히고 싶었다. 차갑게 언 손을 아랫목에 놓게 하고 자신의 부드러운 손으로 얼어터진 손등을 덮어주고 싶었다. 집 비운 지 겨우 보름이다. 그간 얼굴이 더욱 피어나 있었다.

이런 아이가 어찌….

그러면서도 이 아이 아니고는 그럴 만한 사람이 없다는 쪽으로 마음의 가닥을 잡았다.

"그래. 어찌하여 너는…."

"예?"

"아, 아니다."

반가운 마음과 괘씸한 마음이 뒤엉키는 스스로가 미웠다. 재효는 도시 마음의 중심을 잡을 수가 없었다.

"원, 무슨 사설이 저리 긴지."

눈을 끔뻑거리며 멀거니 서 있는 채선과 초조한 빛을 역력히 드러내는 재효를 번갈아 쳐다보던 망구할멈이 끌, 혀를 차고는 나가버렸다.

"가신 일은 잘 되었는지요?"

채선이 어색함을 떨치려는 듯 먼저 입을 열었다.

재효는 엉엉 소리내어 울고 싶었다. 그렇다고 해도 사심을 내는 것은 위험하고 또 위험한 일이었다.

"내 한 가지 물으마."

"예, 나리."

"내 출타 중에 니가 이 방에 들어온 적이 있느냐?"

"예. 딱 한번 들어온 적이 있어요."

"무엇을 하러?"

채선은 뜬금없는 물음에 얼른 답을 찾지 못하고 머뭇거렸다.

"어서 말을 하여라. 이 방에 무엇을 하러 들어왔느냐."

"금파 언니가요."

"고뿔에 걸렸으니 너더러 방을 소제하라 하였느냐?"

"예."

"정녕! 정녕 소제만 하고 돌아갔다는 말이냐?"

재효는 조급해졌다. 소제만 하고 돌아갔다는 말을 어서 듣고 싶었다.

자신 안에서 회오리치는 미친 듯한 감정을 서둘러 잠재우고 싶었다. 그러면서도 아니라 믿고 싶은 쪽으로 고삐를 잡아당겼으나 말은 엉뚱하게 나와버렸다.

"재물이 필요했느냐?"

"예?"

채선의 눈꺼풀이 몇 번 끔뻑거리다 위로 밀려올라가 멈추었다. 시선을 외면하며 다시 물었다.

"재물이 필요했느냐 물었다."

"나리!"

"필요할 수도 있었겠지. 아무리 혼자 몸이라도 재물이란 그런 것이니까. 그렇다면 어떻게 해야 하느냐!"

"호장 어르신! 저는 도무지 무슨 말씀을 하시는지 모르겠습니다."

그러자 이번에는 불쌍한 생각이 들었다. 그래 소리를 낮춰 말했다.

"더 들어라. 너는 나를 살려준 은인이다. 필요한 재물이 있다면 내 얼마든지 줄 것이라 생각했다. 기억을 되찾아 집으로 갈 때면 다섯 수레를 못 주겠느냐. 열 수레를 못 주겠느냐? 그런 너인데 어찌하여 그것에 손을 댄단 말이냐?"

이러려던 건 아니었다. 자신의 입에서 왜 이런 말들이 쏟아져나오는지 알 수 없었다. 그러면서도 멈추어지질 않았다.

"비녀, 말이다. 네가 함을 만들어 보관하라던 그 비녀."

채선의 얇은 눈두덩이가 파르르 떨었다. 그러니 마구 뱉아낸 자신의 말들이 진실인 것처럼 느껴졌다.

"빨리 대답을 하여라."

"비녀가 어찌 되었기에요."

"뭘 묻느냐? 너의 수중에 들어가 있을 것을."

채선은 잠시 눈을 감았다 뜨고 말했다.

"그것을 제가 훔쳤다고 하시는 겁니까?"

목소리에 일순 냉랭함이 묻어났으나 개의치 않았다.

"아니냐?"

"다시 한번 찾아보십시오. 나리도 아시다시피 그 비녀를 나리께서 얼마나 중히 여기시는지 제가 모르지 않습니다. 그런 비녀를 어찌…."

꼬리를 감추는 말끝에 울음이 묻어났다.

너무 과민했던 걸까.

아니다. 열 길 물속보다 깊은 것이 한 길 사람 속이라 했다. 이 아이에 대해 내가 아는 것이 무엇인가. 핏 속 깊이 도둑의 종자가 들었는지 알 수 없는 노릇이 아닌가. 그래, 나는 그간 이 아이의 눈물에서 내가 믿고 싶은 것을 억지로 찾아내려 했었는지 모른다.

복잡한 심경을 가늠하는 사이 멀리 있던 순라꾼의 딱따기 소리가 가까이 와 있었다.

옥비녀의 행방

다음 날, 재효는 눈을 뜨자마자 우물가로 나갔다.

지난 밤 뜬눈으로 보낸 탓인지 눈이 시렸다. 멀쩡한 아이를 잡은 건지도 모른다는 자책감과 동시에 극심한 배신감이 밤새 선꿈 속을 지배한 때문이었다.

그 아이 역시 뜬눈으로 보냈으리라. 나처럼 잠 못 이루고 뒤척였을 그 속도 서리 앉은 이 두레박과 다를 것 없으리.

두레박을 내릴 땐, 원망 섞인 표정으로 자신을 바라보던 채선의 얼굴이 떠올랐다.

두레박이 올라올 땐 또 그 얼굴이 가증스러웠다.

"그렇지. 절대 아니 땐 굴뚝에서 연기 나지 않는 법이지."

믿고 싶은 마음과 믿을 수 없는 상황을 정리하지 못한 채 차가운 물을 한 입 가득 머금고선 서리 내린 집안을 둘러보았다.

"제 불찰입니다."

등 뒤에서 들린 소리의 주인은 금파였다. 마치 혼령 같은 목소리였다. 돌아보지 않은 채 대답했다.

"무엇을 말이냐?"

"마님 비녀를 잘 간수하지 못한 것이요."

"무슨 소리냐?"

"그것이 마님 비녀를 훔쳐갔다고…."

겨우 지난 밤 있었던 일을 알고 있다니. 망구할멈이 쓸데없는 소릴 한 모양이겠지만 기분이 언짢은 건 어쩔 수 없었다. 재효는 말을 비켰다.

"그렇게 옷이 얇으니 고뿔들기에 안성맞춤이구나. 어서 가서 배자라도 걸쳐라."

"주인님!"

금파가 다가왔다.

"하고! 내 너에게 책을 읽으라 하였는데 어찌 새벽 독서를 게을리하고 나왔느냐. 예인이 예인으로 대접받으려면 기능에 앞서 익혀야 할 것이 있다고 하질 않았느냐? 그것을 서책이 알게 해줄 것임을 정녕 모르느냐?"

재효는 음성에 결기를 넣어, 금파가 다가오는 것을 막았다. 두려운 것은 소문이다. 평생을 소문에 짓이기며 살아온 인생이다. 이제 어떠한 일도 자신에게서 생겨나는 일은 입설에 오르내리기 싫었다.

"왜 그러고 섰느냐 밖에! 나는 너에게 할 말이 없다."

"받들어 뫼시겠습니다. 그런데 주인님…."

이야기의 맥을 끊으려는 재효와 달리 금파는 끈질겼다.

"그 아이의 방에…."

"?"

기분 나쁜 직감이 머리를 때렸다.

"무슨 소리냐?"

"그게…."

"무슨 소리냐고 물었다."

"아, 아닙니다, 주인님."

상투가 쭈뼛 서는 것 같았다. 금파의 입에서 금방이라도 무서운 이야기가 터져나올 것만 같았다. 저 입을 막아야 하나, 들어야 하나. 잠시 갈등하였으나 궁금증을 이기지 못하고 금파를 향해 다가갔다.

"설마 그 아이의 방에서 비녀함을 보았다고 하려는 건 아니겠지?"

"송구합니다, 주인님. 하지만."

금파가 고개를 푹 꺾었다.

"뭐냐? 보았단 말이냐?"

"실은 주인님께서 주신 소학을 읽다가 모르는 내용이 있어서 물어보러 갔습니다. 아시다시피 그 아이가 글을 알질 않습니까?"

"뭐냐? 네가 그 아이에게 모르는 것을 물었단 말이냐?"

"예, 삼척동자에게도 배울 것이 있다 하였습니다. 저는 아무리 어리석은 사람이라도 저보다 나은 것은 배우려하는 사람입니다. 헌데…."

"헌데?"

"그 아이 방에서 이걸 주웠습니다."

금파가 손바닥을 펼쳤다. 노란 비단술 한 가닥이었다.

"이게 무엇이기에?"

"처음엔 몰랐습니다. 자세히 보니 비단실로 꼰 술이었습니다."

"술?"

"예. 그 아이에게 비단술이 있을 턱이 없기에 이상한 생각이 들어 살펴보니 글쎄…."

"멈추지 말거라. 어서 말을 해라."

급해지는 마음을 저지할 수가 없었다.

"글쎄 살펴보니 서랍 밖으로 이것이랑 똑같은 것이 삐져나와 있지 않겠습니까? 그래 저것이 무엇이냐 물었더니 하도 당황하기에…."

"당황하더라? 그래서?"

"예. 좀 이상하다 싶어 보여달라 하였지요. 볼 이유 없다며 막더군요. 분명 무슨 비밀이 있다 싶어 제가 억지로 서랍을 열어보았습니다. 그런데 서랍 안에…."

눈을 감았다. 드디어 올 것이 왔구나. 내가 그토록 믿고 싶었던 것이 허사임이 드러나는구나. 그래도 침을 꿀꺽 삼키고 자중하여 물었다.

"사랍 안에 비녀가 있더란 말이냐?"

"예. 그랬는데 더욱 가증스런 건 그 아이의 태도였어요. 주머니를 꺼내 비녀를 보여주니, 왜 그게 여기 있지? 이러는 겁니다."

등줄기를 타고 서릿물이 흘러내리는 것 같았다. 사지가 흐물어져 내리는 것도 같았다.

"참으로 깜찍한 년이에요. 재물에 잠시 눈이 어두워 손을 댔으니 모른 체 해달라고 빌고 부탁했으면 새벽부터 주인님께 이런 말씀을 드리진 않았을 겁니다."

"그건 또 무슨 소리냐?"

"지가 그런 말만 안 했어도 눈감아주었을 거란 얘기지요. 앞으론 이런 짓 하지 말라 따끔하게 이르곤 비녀를 주인님 처소에 갖다놓았겠지요. 손버릇도 손버릇이지만 천연덕스레 거짓말을 하는 것이 너무 놀라 이렇게…."

설마 설마 했던 일이 빼도 박도 못할 사실이라는 것이 견딜 수 없었다. 정녕 비녀함에 발이 달려 그 아이의 방으로 걸어갔을 리 없을 터, 그것이 어떻게 그런 짓을 할 수 있단 말인지. 재효는 역류하는 듯한 감정을 누르고 조용히 일렀다.

"일러주어 고맙구나. 하지만 이 일은 아무한테도 발설치 마라. 물론 그 아이에게도 말하지 말거라."

금파의 입가에 엷게 미소가 비쳤다.

"그래야지요. 실은 그 아이도 사정사정 했답니다. 이 이야기를 주인님께 비밀로 해주면 앞으로 제 수족처럼 지내겠다 싹싹 빌기까지 했지요."

아무것도 할 수 없을 것 같은 무력감이 전신을 휘감았다. 그런 몹쓸 짓이 몸에 밴 아이인 줄도 모르고 저를 내 몸인 듯 품으려 했었다. 지천명이 넘도록 살면서 사람 보는 눈이 이리 어두웠다니.

등 뒤로 여명이 밝아오고 있었지만 재효는 텅 빈 듯 그 자리에서 꼼짝할 수가 없었다.

오해

동리당으로 들어선 채선은 온몸이 짓눌리는 듯하였다. 훈훈한 기운이 감돌던 방 안은 화롯불이 꺼져 싸늘했고 마시다 만 술잔이 개다리소반 위에서 아무렇게나 엎어져 있었다.

술을 즐기지 않는 양반이라 알고 있었다. 아침부터 이리 어지럽게 마셨다는 것은 지난 밤 자신에게 물었던 그 일에 대해 아직도 의심을 풀지 못했다는 것을 증명하는 것이라고 짐작하지 않을 수 없었다.

숨이 막힐 듯한 침묵 속에서도 채선은 고개 숙이지 않았다.

"어르신 저는."

"가만!"

재효가 손을 들어 저지하곤 허리를 돌려 등 뒤에 있던 뭔가를 끌어왔다. 보자기였다.

"풀어보게나."

"무엇… 인지요."

"글쎄 풀어보란 밖에. 그것이라면 날 구해준 값으로 충분하리라 생각하네.”

말 속에 심한 피로감이 묻어났다.

채선은 보자기를 당겨 풀었다. 한 벌의 옷과 한 꿰미의 엽전과 한 장의 어음이었다.

“이걸 왜….”

“안타깝지만 우리 인연은 여기까지인 것 같구만.”

“어르신!”

재효가 손을 들어 채선을 저지했다. 채선은 물러서지 않았다.

“말씀해주서요. 제게 왜 이러시는지.”

“몰라서 묻나?”

전에 없던 냉기에 움찔해졌지만 채선은 물러나지 않았다.

“예, 말씀을 해주서요, 제가 뭘 잘못하여 이러시는지.”

“자네는 예인으로서의 자격이 없기 때문이야.”

“예인의 자격이요?”

“피곤하구만. 더 이상 묻지 말고 가지고 가게.”

이해할 수 없었다. 무릇 어떠한 것에도 처음부터 자격을 가지고 태어나는 사람은 없다. 간절히 원하여 간절히 배우고 열성을 다해 닦아서 갖추어 나가는 것이 자격이다. 그래서 지금 밑바닥부터 열심히 닦아나가고 있다.

그러나 그것을 말하는 것이 아님을 알기에 더 수긍할 수 없었다. 채선은 입술에 힘을 주어 물었다.

“어떤 자격을 말씀하시는지요. 말씀해주십시오. 말씀을 해주시기 전엔 물러날 수 없습니다."

역시 잘못 본 게 맞았다. 당돌한 것도 모자라 가증스러운 구석까지 있는 아이다. 아무래도 쉬이 물러서지 않을 것 같았다. 재효는 윗목에 밀쳐두었던 개다리소반을 끌어당겨 술잔을 채워 들이켰다. 그리고 조금은 경멸을 담아 말했다.

"내가 세상에서 제일 경멸하는 사람이 셋 있다네. 첫째, 겉과 속이 다른 자. 둘째, 남의 것을 탐내는 자, 셋째, 거짓말하는 자이지. 자네는 그 세 가지 조건을 다 갖추었어. 그러니 자네의 목청이 아무리 보석이라도 나는 자네를 제자로 받아들일 수가 없단 말일세. 내 자네에게 빚이 있다면 목숨이겠지. 어찌되었든 나를 죽음의 문턱에서 끌어낸 사람이니까. 하니, 이것으로 계산을 끝내주었음 하네."

하늘이 무너진다는 말은 이럴 때 쓰는구나, 사실을 사실로 받아들이지 않고 섣부른 짐작을 토해내는 재효의 말에 채선은 실망스러웠다. 기억을 찾아 부모님께로 돌아갈 그날까진 아무런 걱정 말고 글 공부에 노래 공부를 하면 된다던 말은 무엇이었나. 기억이 돌아와도 내 집에 살면서 노래 공부를 해도 된다고 한 뜻은 대체 무엇이었나 말이다.

"선생님을 만나 뵙게 해주세요."

"선생님? 누구? 세종?"

"예. 선생님께서는 저를 믿어주실 겁니다."

재효가 빙긋 웃었다.

"허허. 집안 시끄럽게 하고 싶지 않으이. 그러니 오늘 밤, 조용히 나가주었으면 하네."

채선은 고개를 똑바로 쳐들었다.

"제가 사람을 잘못 보았군요."

"내가 자네를 잘못 본 게 아니고 자네가 나를 잘못 보았다?"

"예, 저는 어르신이 이토록 경망스러운 분인 줄 몰랐습니다. 확실한 물증도 없이 사람을 매도하다니요. 가지요. 나가라면 나가야지요. 하지만 도둑이라는 누명을 쓴 채 나갈 수는 없습니다."

"그런가? 정녕 그렇단 말인가? 그렇다면 자네가 명백히 비녀를 가져갔음을 확인시켜 주랴?"

놀라는 채선을 본 체 만 체 재효가 자리에서 벌떡 일어나 밖으로 나갔다.

"들어가도 되려나?"

채선의 처소 앞에서 걸음을 멈춘 재효가 뒤에 선 채선을 뒤돌아보지도 않은 채 물었다.

"예."

대답을 했을 때 재효는 이미 채선의 방 안에 들어가 있었다.

"보아라."

방으로 들어가자마자 이불시렁 아래 놓인 경상 서랍을 연 재효의 손에 들려나온 것을 보고 채선은 눈을 끔뻑거렸다. 활짝 핀 연꽃 두 송이가 수놓아지고 노란 비단술이 달린 비녀주머니였다.

"그게 왜…."

"이래도 발뺌을 할 텐가?"

눈앞에 놓인 주머니와 재효를 번갈아 바라보다 채선은 아득해졌다.

"목함은 어떻게 했나? 이것은 분명 자네가 만들어 보관하라던 목함 안에 넣어두었는데?"

할 말이 없었다. 그래서 물었다.

"마님 비녀가 왜 거기 들어 있지요?"

"그걸 나더러 묻는 건가? 자네가 더 잘 알지 않는가?"

"어르신, 저는 아닙니다. 제가 가져오지 않았습니다."

"아니지? 기억이 안 난다고 말해야지. 그것이 자네다운 변명일 텐데?"

채선은 자신도 모르게 어떤 무서운 음모가 꾸며지고 있었고 자신은 그 음모의 한가운데 이미 끌려들어왔음을 직감했다.

"어찌 그런 무서운 말씀을."

눈빛이 차가웠다.

"무서워? 무서운 건 나라네. 자네가 기억을 잃어버렸다는 게 거짓말이 아닌가 하는 생각이 들거든? 자넨 다 기억하고 있어. 모르는 척할 뿐인 거지."

"어르신…. 저는 정말."

"목함에는 발이 달리지 않았어. 제 발로 어딘가를 가서 뚜껑을 열고 비녀주머니를 꺼내 자네 서랍에 넣어둘 리가 없단 말일세. 내 말 알겠나?"

채선은 무너지고 싶었다. 금파의 부탁으로 동리당에서 소제를 한 기억이 퍼뜩 되살아난 것이다. 그때 생각했었다. 어르신은 출타할 때도 마님의 비녀를 가지고 가실까, 두고 가실까. 문득 궁금했고 가져갔을 거라는 예단 끝에 죽은 마님이 부럽다는 생각을 잠시 했더랬다. 하지만 딱 거기까지였다. 아무리 궁금해도 주인 없는 방에서 남의 물건을 찾아보는 것이 나쁜 일이라는 것 정도는 알기에 마음을 털고 소제를 시작했다.

그런데 혹, 나도 모르게 그것을 찾았고, 발견한 순간 순간적인 탐심으로 가져와버린 건 아닐까? 의식을 집중하고 그날의 일을 그려보았지만 아무리 기억을 짜내도 그랬던 것 같진 않았다. 비녀가 자신의 처소에 와 있다는 것은 피할 수 없는 사실이다. 어쩌면 나는 불리한 기억만 잘라버리는 능력이 있는지 모른다. 그렇다면 정말로 내가 비녀를?

채선은 주저앉고 말았다.

후회

밤바람이 저고리 섶으로 쳐들어왔으나 추운 줄 몰랐다. 다만 두렵고 무서웠다. 보따리를 껴안은 채 하늘을 올려다보았다. 별이 총총했다.

동리정사 담벼락을 따라 꾸불꾸불 걷다가 돌아와 동문을 밀어보았다. 안에서 빗장을 단단히 걸어둔 모양이었다. 꼼짝하지 않았다. 서러웠다. 이 추위에 갈 곳이 없다는 사실과 소리를 배우지 못하게 되었다 생각하니 더 서러웠다.

받아들여야 할 일이다. 의도했든 하지 않았든 이제는 동리정사와 상관없는 사람이 되어버렸다. 동리정사 생활은 기억 속에서 지워버려야 할 시간이 되고 말았다. 하지만 꼭 해야 할 한 가지가 남았다. 기억에 대한 확신이었다. 내가 절대 옥비녀를 가져오지 않았다는 확신을 증명해 보이고서야 떠나도 떠날 일이었다.

채선은 입술을 앙다문 채 동리정사 뒤쪽에 있는 모양성 쪽으로 걸음을 옮겼다. 높다란 그곳에서 동리정사를 한번만 더 내려다볼 요량이었다. 그러면 그날 자신이 움직인 행보를 떠올릴 수도 있을 것 같았다.

"왜 이리 늦는 게야. 교대 시간이 다가오는데."

모양성의 관문인 공북루가 가까워오자 관솔불빛이 비치며 기듯 감아도는 성벽이 보였다. 화기를 보았기 때문일까. 갑자기 한기가 살을 파고들었다. 미처 찾아 입지 못한 누비저고리가 아쉬웠다.

채선은 성벽을 따라 걷다가 옹기의 배처럼 불룩하게 돌다가 푹 꺼진 곳에 몸을 세우고 어둠 속에다 몸을 담갔다.

"모르지. 미친년 하나 만나 재미보고 있는지."

소리의 향방을 가늠하려 했지만 굴곡진 성벽 때문인지 가늠하기가 어려웠다. 순라를 도는 순라군일 터였다. 채선은 몸을 오그렸다.

"어느 미친년?"

"낮밤도 모르고 동리정사 동문 두드리는 미친년들이지 누군 누구겠수?"

"글쎄, 얼마나 소리가 하고 싶으믄 그 먼 길을 달려올까 싶기도 하던데 나는."

"헛다! 보살났네요 보살났어."

동리정사 동문 이야기가 나오니 벌컥 서러움이 복받쳤다. 동문은 소리에 목마른 자들이 소문을 듣고 찾아오는 곳이다. 동문으로 오는 자들은 동리가 만나준다는 소문 때문이었다.

소리가 멀어지자 저들이 말하는 미친년 속에 자신도 섞여 있는 것 같아 불편해진 마음으로 다시 걸음을 떼었다.

서쪽을 향하고 걷자 모양산을 따라 구불구불 성벽이 끝도 없이 이어져 있었다. 산의 높낮이에 따라 성벽 높이도 오르내렸다.

걸음을 옮길 때마다 아직 녹지 않은 잔설이 신발 밑에서 사그락거리며 부서져내렸다.

어디선가 잠자리를 찾는 산짐승 소리가 들려왔다. 무섬증이 일었으나 세상에 무서운 것이 사람 말고 또 뭐가 있을까 싶었다. 그 생각의 뿌리에는 금파가 있었다.

성벽의 높다란 지점에 이르러 마을을 내려다보니 동리정사가 한눈에 들어왔다. 코끝이 찌르르 하고 눈이 뜨듯해졌다.

채선은 동리정사가 최대한 가까운 곳으로 성벽을 더 타고 올랐다.

한참을 돌아 동리정사 남쪽에 앉은 소리청 가까운 곳으로 가자 담벼락을 넘어 노래 소리가 들려왔다.

춘향가 중 한 대목이었다.

"보고 지고 보고 지고 보고 지고 한양낭군 보고지고…."

귀 기울여 듣지 않아도 금파 목소리임이 분명했다.

가슴 저만치 밀어넣었던 금파에 대한 원망이 솟구쳐올랐다. 그날 고뿔이 들었다며 나더러 동리당 방 소제를 시킨 이유가 뭐야? 물어보고 싶었다.

하지만 곧 마음을 고쳐먹었다. 그렇게 한들 달라질 건 없었다. 세상 어떤 경우에도 자신이 서 있는 자리가 진실인 법이다. 나는 지금 동리정사에서 쫓겨났고, 섣달 찬바람 속에 서 있다. 가을볕 내리는 우캐마당에서 배비장이 되었다가 아랑이 되었다가 신이 났다가 세종 선생에게 들켜서 동리당에 불려갔던 그 아이가 아니다. 세상에 너 같은 음량이나 음색을 가진 아이는 처음이니 너는 이제 내 수중에서 조선 최고 명창이 되도록 갈고 닦으라는 세종의 환희에 찬 웃음소리를 듣던 그 아이도 아니다.

한참을 앉아 금파의 소리를 듣다보니 목구멍이 캐캐해져 왔다.

점점 차가워오는 공기를 견디지 못하고 자리에서 일어났다.

밤은 더욱 깊어져 별빛에 의지해 걷는 길이 위태로웠다.

“손가락에 피를 내어 사정으로 편지허고 간장의 썩은 눈물로 님의 화상 그려볼까.”

금파의 애간장 녹이는 소리가 멀어지니 아쉽고 또 아쉬웠다. 채선은 성벽을 따라 조심조심 걷다가 동리정사가 한눈에 보이는 곳에서 걸음을 멈추었다. 마침 발 아래 누군가 앉았던 듯 검불이 깔려 있었다.

엉덩이를 내리고 앉았다.

“어머니….”

울컥 서러움이 복받쳤다.

“어머니, 어디 계셔요? 저는 누구인가요?”

아무리 그려보아도 어머니 모습을 그릴 수가 없었다. 어머니란 존재는 자신과 전혀 상관없는 먼 세상의 이름 같았다. 자신에게는 처음부터 있지도 않았던 것처럼 어머니라는 세 글자는 낯설고 어색했다. 무릎 사이에 묻었던 얼굴을 드니 소리청엔 어느새 불이 꺼졌다. 금파도 제 처소로 돌아간 모양이었다.

고개를 빼서 집 주인이 머무는 동리당을 더듬었다.

동리당도 불이 꺼져 있었다.

"호장 어른."

이럴 줄 알았으면 끝까지 매달릴 걸 그랬다는 후회가 밀려왔다. 억만금도 소용없고 나는 이 집에서 기억이 돌아올 때까지 소리하며 나리 은혜 갚으며 살고 싶다고 떼를 쓸 걸 그랬다. 사람 하나 제대로 볼 줄 모르는 양반이 조선 최고 명창을 배출할 엄두를 내다니요. 제가 나가서 어찌해서라도 이 사건의 진실을 파헤쳐 돌아올 거라 대책 없이 큰소리칠 일이 아니었다. 다시 돌아가서 한번만 용서해달라고, 기억엔 추호도 없지만 설사 내가 그런 것이 맞다 한들 제 정신이 아니었을 거라고, 한번만 용서해주신다면 집안 허드렛일을 전부 다 도맡아 할 수도 있으니 다시 수습창자로 살게 해달라고 바짓가랑이라도 잡고 늘어질 걸 그랬다, 뒤늦은 후회에 가슴이 미어졌다.

모질디 모질게 내친 양반이었다. 다시 받아줄 리 만무다. 그러면서도 언 입술 사이로 자꾸만 울먹임이 터져나왔다.

"어르신, 아무래도 저는 아닌 것 같습니다. 제 심장이 말을 해요. 니가 가져간 게 아니라고 말을 해요. 제 심장을 꺼내 보여달라면 보여드릴게요."

그때는 왜 이렇게 말하지 못했을까.

두 팔에 묻었던 얼굴을 들어올렸을 때였다. 꺼졌던 동리당에 빤히 불이 들어와 있었다. 채선은 벌떡 일어났다. 뭔가 희망이 보이는 것 같았다. 내려가야겠어. 가서 동문을 잡고 흔들어야겠어. 그래, 어쩌면 후회하고 계실 수도 있어.

그러자 그립고 보고 싶어 견딜 수가 없었다.

채선은 눈물로 얼룩진 얼굴을 무릎 사이에 다시 묻었다. 그때였다.

"아따 징그럽게도 춥구마이."

발자국 소리와 함께 사내 음성이 다시 들려왔다. 채선은 화들짝 일어나 성벽에다 몸을 찰싹 붙였다.

성벽의 찬 기운이 등골을 타고 퍼져나가자 몸이 더 얼어붙는 것 같았다.

"참말로 모를 양반이요."

"또 누구?"

"호장 어르신 말이지 누군 누구겠수. 저 많은 재산을 우리 같은 사람한테 백 냥씩만 나눠주면 고맙단 소리나 듣제. 근본도 모르는 것들을 불러들여 먹이고 입히고 재워주는 게 말이 되나 말이우. 듣기로야 갖고 있는 지전으로 이 성벽을 싸그리 도배 하고 남을 거라대요, 뭘."

군졸차림의 두 사내였다. 사내들이 저 앞에서 걸어오고 있었다. 채선은 어찌해야 좋을지 발만 동동거렸다.

"자네도 참으로 딱하네. 그 지전으로 뭐하러 이 돌덩이에다 도배를 하나?"

"에유, 참. 그냥 한 소릴 갖고."

둘 중 나이가 젊어보이는 사내가 허리를 돌리더니 가래침을 탁, 밭다가 채선을 발견하곤 후다닥 뒷걸음을 쳤다.

"누, 누구요?"

채선은 몸을 움츠렸다.

"오호라. 또 미친년 하나 당도하셨구먼."

짧은 순간 채선은 어떻게 할까 생각하다 후다닥 뒤돌아 뛰기 시작했다.

그러나 몇 발자국 뛰지도 못하고 뒷덜미를 잡히고 말았다.

"뭐야? 새파란 아그 아닌가? 허허. 근디 이 시간에 예서 뭘 하는 건가?"

채선은 벌벌 떨면서 사내를 올려다보았다.

"요새는 세상이 하도 어지러워서 주인집 양반문서 훔쳐 달아나는 노비들이 많다고 하던데 이 년도 그런 거 아녀?"

실실거리며 다가오는 젊은 사내 뒤에서 나이 든 사내가 말했다.

"그렇다면 추포감이지."

"아, 아니어요. 저는 노비가 아니어요. 저는 저기 해남현에서."

"해남? 해남에서 여기까지 왔단 말이야? 뭐하러?"

채선은 자기도 모르게 튀어나온 해남이란 말에 화들짝 놀랐다. 해남? 그렇다면 내 고향이 해남이란 곳인가? 그렇다고 그 생각에 빠져 있을 수만은 없는 상황이었다.

"뭐하러 해남서 여그까지 왔냐고 묻지 않아, 처자?"

나이 든 사내가 물었다.

"소, 소리 배우려고요."

"소리?"

"예, 고창에 오면 어떤 분이 광대들을 불러모아 소리를 가르쳐준다기에."

하나의 거짓말이 만 개 거짓말을 만든다더니 툭 튀어나온 말을 이으려니 여간 힘이 들지 않았다.

"그 말이 정말이냐? 그래서 온 거 맞아?"

채선의 얼굴을 요리조리 뜯어보던 늙수그레한 사내가 다시 물었다.

"예에. 정말이어요."

"그래? 그럼 좋다. 니가 개도 아니고 소도 아니라면 소리 한 대목쯤은 할 줄 알겠구나. 소리를 배우러 오면서 한 대목도 모르고 오진 않았을 터. 해보거라. 할 줄 알면 내 그 말을 믿어주마."

채선은 떨리는 마음을 억지로 부여잡고 전에 불렀던 배비장전 한 대목을 불러주기로 했다.

"배비장이 목사를 따라 봄놀이를 갔는디 허이쿠, 저 꽃이 웬 꽃이냐아."

채선의 소리가 터지자 두 사내의 눈이 휘둥그래졌다.

"너 그 노래 어디서 배웠냐?"

채선이 노래를 그치자 늙은 사내가 물었다.

"안 배웠어요."

"그럼?"

"그냥 알아요."

그러자 늙은 사내가 나섰다.

"그럼 그거 말고 홍부가 한 대목 더 불러보거라."

채선은 이제 살았구나 싶었다. 어디로 갈지 막막한 이 마당에서 이렇게라도 노래를 부를 수 있는 것이 신나기도 했지만 잘만 하면 다시 동리정사로 갈 수도 있을 것 같았다.

"몹쓸 아전 뒤로 대어 영문, 염문 적어주고, 출패를 돈 백 먹여 항중에 발통하고…."

오장이 끊어진들 아까울쏘냐. 채선은 속에 채인 울분을 모두 끌어올려 노래를 토해냈다.

"그만하거라. 네 소리 듣다가는 애간장이 다 녹아내리겠다."

소매로 코를 닦은 늙은 사내가 한번 더 훌쩍거리고서는 동리정사를 가리켰다.

"등잔 밑이 어둡다기로서니 이런 경우를 봤나 그래. 얘야. 바로 저기가 그 집이다. 나를 따라오너라. 비록 문이 닫혔다 하나 두드리면 열어줄 것이다."

거짓말 같았다. 그러나, 그러나 어찌 뵙는단 말인가? 쫓겨나며 했던 독설을 어찌 주워담는단 말인가? 앞서는 사내를 따라 걷는 채선의 마음엔 안도감과 회한이 뒤섞여 마구 휘돌았다.

채선을 내쫓고 잠자리에 든 재효 역시 잠을 이룰 수가 없었다. 그 아이가 비녀함을 가져갔다는 사실이 믿을 수 없고, 너무나 천연스레 거짓말을 했다는 것이 믿을 수 없고, 얇은 살피와 미혹하는 이목구비 속에 또 다른 인격을 숨겨놓았다는 것이 믿을 수 없어서였다.

그럼에도 불구하고 눈 쌓인 이 밤에 어리디 어린 처녀를 밖으로 내쳤다는 게 편치만은 않았다. 어쨌거나 저승의 문을 열려던 나를 잡아 이승으로 데려다준 은인이 아니냐. 밤거리를 헤매다 어느 불한당에게 잡혀 몸을 더럽히지는 않는지, 기억에도 없는 부모를 찾느라 얼어터진 입으로 어머니 아버지를 부르고 있지는 않은지. 필경은 야차 같은 놈들에게 붙잡혀 주색가로 팔려가고 말리라.

"그 목청! 그 좋은 목청은 어찌되려고."

구름을 휘몰고 가는 매처럼 힘차고 기상서린 목청이 개처럼 취한 자들의 귓구멍이나 즐겁게 해줄 것을 상상하니 방바닥에 등을 대고 누워 있을 수가 없었다.

"낭패로다. 낭패로다. 한번 내쳤으면 잊어버려야지. 모질지 못한 이 심사가 낭패로다."

이리 뒤척 저리 뒤척 자꾸만 떠오르는 채선에 대한 잔상을 떨쳐낼 수가 없었다. 내 저의 목청을 원껏 트이게 해주고 쫓아내도 냈으면 좋았으련만. 내 집을 스쳐간 소리꾼이 몇인가. 그 많은 소리꾼 중에서 그 같은 목청을 가진 이 있었던가.

한때는 날치의 목청에 귀 멀고, 창록의 목청에 눈 멀고, 만순의 목청에 흐르는 피가 멈추었으나 그 아이의 목청에 비할 바 아니었다. 가느다란 목덜미 어디에 그토록 울울한 성대를 달고 있는지, 한 움큼도 안 되는 배꼽 어디에 그런 웅장한 소리통이 둥둥 떠도는지 잊으려 해도 자꾸만 귓속을 맴도는 소리에 등짝이 들썩거렸다. 제가 구름이라면 나는 바람이 되어줄 것이고, 제가 피지 못한 꽃몽오리라면 나는 햇볕과 물이 되어줄 것이어늘, 어찌 그런 몹쓸 손버릇을 가지고 있단 말이냐. 금파라면 그럴 수 있다. 금파라면 그것을 내 방에서 치워버리고 싶을 수도 있을 것이다. 모른 척하고는 있었지만 아내 살아생전부터 나를 사내로 품었으니 얼마든지 그럴 수 있다. 그것이 여인네의 소견인 까닭이다.

"그렇다면?"

재효는 벌떡 일어나 앉았다.

"혹여 그 아이도 나를?"

잔설이 발하는 빛이 밀려들어왔다. 재효는 저만치 엎드려 있는 모양산 등성이를 물끄러미 쳐다보았다. 평시에는 뒷마당 가득 꾸며놓은 정원이거니 싶었던 모양산이 아득히 멀기만 했다. 모양산 허리를 기어가듯 이어진 성벽 또한 힘겨워 보였다. 품은 마음을 알아주지 않는 사내를 기다리다 죽은 여인의 혼령이 구곡의 산길을 걸어가는 것만 같았다.

"내가 무슨 망령된 생각을…."

자조하며 일어나 밖으로 나왔다.

집안은 모두 불이 꺼진 채 깊은 침묵 속에 잠겨 들었다.

걸음이 절로 우물 쪽을 향했다. 우물물 한 바가지를 길어올려 타는 목을 적시다가 눈빛에 드러난 동백꽃 몽오리를 바라보았다. 얼마나 견뎌야 꽃이 될 너이냐. 떨치자 싶은 그 아이의 얼굴이 자꾸만 떠올라 그냥 있을 수 없었다. 재효는 우물을 뒤로 하고 휘적휘적 걸었다.

석가산을 끼고 도는 물길을 따라 천천히 걷다가 연지정으로 올랐을 때였다.

"고집도 참말로 고래심줄이여. 멀쩡한 처자가 거기서 그렇게 얼어죽겠다는 거여 머여?"

동문 쪽에서 사내의 음성이 들려왔다. 한 귀에도 배나졸임을 알 수 있었다. 또 누군가 소리를 배우겠다며 내 집 앞을 서성이다 순라 돌던 배나졸의 눈에 띈 모양이었다. 평소 같았으면 직접 가서 만나보았을 것이다. 오늘은 그러고 싶지 않았다.

연지정을 내려와 연못을 들여다보니 구름에 반나마 걸린 달이 연못 속에 갇힌 듯 떠 있었다. 그 아이도 저 달처럼 떨고 있으려나.

"그럼 우리 집에라도 가자. 너도 보다시피 모두들 잠이 들었지 않느냐? 아침까지 이러고 있다가는 얼어죽고 만단 말이다."

심지가 한결같아서 한번 마음을 쏟은 사람에겐 웬만해선 등을 돌리는 법이 없는 배나졸을 애태우게 하는 저 자는 참으로 운 좋은 사람이로다. 사람이 한도 없이 좋아서 밤길 잃은 사람들을 많이도 데려다 재우면서도 생색 한번 내는 법이 없는 사람이다. 그런 사람의 눈에 뜨였으니 이 밤, 얼어서 떨지는 않을 터. 재효는 배나졸도 배나졸이려니와 넉넉한 품성을 가진 그의 안사람을 떠올리며 등을 돌렸다.

"이 늙은 것이 딸 같은 널 잡아먹을까봐 그러냐? 그런 걱정 말고 어서 일어나거라. 계속 그러고 있음 얼어죽는다잖냐."

딸이라? 휙 돌아섰다. 더벅머리 사내가 아니고 처녀란 말인가. 성큼성큼 동문을 향해 걸어가면서도 밖에 있는 처녀가 그 아이였으면 기대하는 스스로가 애처러웠다.

대문의 빗장을 열자 배나졸이 놀라 달려왔다.

"호장 어르신 이 야심한 시각에 어찌."

"누군가?"

"예. 새파랗게 젊은 처자가 성벽에 기대 있기에 데리고 왔습니다."

배나졸이 뒤를 돌아보며 손가락을 가리켰다.

"어? 어?"

"왜 그러는가?"

"어, 분명 저기 있었는데?"

재효는 빠르게 대문 밖으로 달려나왔다. 순간, 담 모롱이 뒤에서 자박거리며 멀어져가는 발소리가 들렸다. 달려갔다. 보자기를 안고 모롱이를 돌아가는 뒷모습이 분명 그 아이였다.

"자네는 그만 가보게."

"예?"

몰랐으면 몰라도 도망가는 아이를 보고서도 그냥 가보라는 말이 영 의외였던 모양이다.

"사정은 나중에 말할 테니 그만 가보게. 내 차후에 자네의 도움이 필요할 것 같으니. 그때는 거절치 말고."

고개를 갸웃하며 배나졸이 사라지자 재효는 채선을 뒤쫓았다.

빨랐다. 구름 속으로 숨어버린 달처럼 소리 없이 빨랐다. 서문을 지나 북문 쪽으로 내달리는 아이를 쫓으며 재효는 울음이 터질 것 같았다. 이대로 놓치면 다시는 만나지 못할 것 같은 조바심이 복받쳤다. 큰 소리로 부르고 싶었다. 이름도 모르는 아이를, 제 이름은 오직 광대라던 아이를 목놓아 부르고 싶었다. 후회스러웠다. 그동안 부를 이름 하나 지어주지 않은 것이 참으로 후회스러웠다. 진작 이름 하나 지어주어 이 야밤에 고창고을이 떠들썩하니 부르다 손가락질을 받아도 좋으련만.

"제발 좀 보여다오."

거의 울먹거리다시피 담장을 따라 걸어 북문 가까이 왔을 때였다. 빨래터 쪽으로 희고 작은 그림자 하나가 터벅터벅 내려가는 것이 보였다.

"너냐?"

검불을 헤치고 뛰어내려가 실버들을 걷었다. 언 실버들 줄기가 손바닥을 차게 때렸으나 아픈 줄도 몰랐다.

"너라면 거기서 멈추어라."

그림자는 멈추지 않고 얼음이 낀 물길 쪽으로 달려갔다.

저 징검돌을 건너가겠다는 뜻인가.

아이가 천을 건너가버리면 다시는 돌아오지 못할 것 같은 불안함에 더욱 크게 소리쳤다.

"멈추어라. 미끄럽다."

쩌렁쩌렁한 목소리에 그림자도 놀랐는지 멈추는가 했는데 또 팔짝 건너가기 시작했다.

재효는 소리쳤다.

"정녕 갈 터이냐? 가려면 한마디만 듣고 가거라. 네가 오늘 밤 그 냇물을 건너간다면 나는 세상에 없는 사람일 테니 너 다시는 나를 볼 수 없을 것이다."

빨래터 한가운데쯤까지 간 그림자가 징검돌 위에 우뚝 섰다.

그때였다. 멈춰선 그림자가 불안해 보이는가 했는데 중심을 잃었는지 휘청거리기 시작했다.

"안 된다. 중심을 잡아라."

재효는 필사적으로 달려 내려가기 시작했다. 미끄러운 징검돌을 겅중겅중 뛰어 가까스로 당도했을 때는 재효 자신도 중심을 잃고 말았다.

"잡아라! 나를 꼭 잡아!"

그러나 둘은 중심을 잃은 채 한몸이 되어 허공으로 날았다.

그 짧은 시간 동안 재효는 보았다. 자신의 품속에 안긴 채 차디찬 물속으로 곤두박질치는 아이의 눈 속에 출렁이는 깊고도 둔중한 슬픔을.

어떤 표정으로, 어떤 몸짓으로 속을 숨겨도 눈빛만은 숨길 수가 없는 법이다. 아이의 눈 속에는 부정할 수 없는 진실이 출렁거리고 있었다.

풍덩!

소리와 함께 차가운 물속으로 내던져진 순간, 재효는 모든 기억을 씻어내버렸다. 오십을 넘게 살아오며 덕지덕지 엉겨붙었던 몹쓸 기억들을 뼛속까지 씻어내었다. 네 명의 아내를 잡아먹은 저주 받은 팔자라는 기억도, 죽은 아내의 옥비녀를 가져간 사람이 바로 품 안에 든 이 아이라는 기억도 모두 씻어버렸다. 아리도록 차가운 얼음물 속에서 그간 얼룩지고 한스러웠던 모든 기억을 씻어내어 할퀴고 상처난 이 나라 조선에 새 살을 채우는 작업만이 자신에게 남았음을 아프게 자각했다.

제4장

시련의 길

석파란

오백 년 역사의 조선은 나아갈 방향을 잃고 흔들렸다. 러시아와 일본으로 편이 갈리고, 개화와 쇄국으로 편이 갈리고, 새 것과 헌 것으로 편이 갈렸다. 종친은 종친대로, 양반은 양반대로, 양민은 양민대로, 노비는 노비대로 나랏님이 자신들을 보호해주리라는 기대를 저버린 채 제 살길을 찾아나섰다. 나랏님은 결코 백성을 책임지지 못한다며 저마다 각자도생을 위해 눈알이 벌갰다.

그런 수많은 악재 속에서도 희망의 빛은 있었다. 양반들의 강력한 반대를 무릅쓰고 실시한 호포제가 성공 조짐을 보인 것이다. 빈사 상태에 빠졌던 나라 재정이 조금씩 호전되어 갔고 호포제 성공에 힘입은 홍선은 내친 김에 비변사 기능을 축소하여 안동 김씨를 비롯한 세도가의 목줄을 죄는 데도 성공했다. 그간 골육을 빨렸던 농민을 위해 사창제를 실시하는 것도 잊지 않았다.

꿈은 점점 커져갔다. 커진 꿈은 경복궁 중건으로 이어졌다. 경복궁을 중건하는 것이야말로 나라의 뿌리를 튼튼히 하는 일이라고 그는 굳건히 믿었다. 흐트러진 나라의 기강을 바로잡고 왕실 뿌리를 튼튼히 하기 위해 경복궁을 중건하려 하니 백성들은 직분에 맞게 동참하기 바란다는 방이 바람벽마다 나붙었다.

백성들은 홍선을 치사했다.

"궐이 떠억하니 서야 나라의 뿌리가 탄탄한 게야. 그러니 우리도 자진해서 부역을 나가세. 우리 세금을 줄여준 양반이니 도와야지 않겠나?"

호포제와 사창제의 직접적 수혜자인 백성들이 너도나도 부역을 자청하고 나섰다.

"어쩌겠나. 무리인 줄이야 알지만 우리라고 나 몰라라 할 수도 없고."

망설이던 일부 종친들도 기꺼이 재원을 내놓았다.

"우린들 별 수 있나? 나는 새도 떨어뜨린다는 대원위대감이 하려는 일 아닌가. 생떼 같은 세금을 거둬가는 것이 괘씸키야 하지만 한다면 한다는 양반이니 모른 척하고 있다간 어떤 보복을 당할지 모르잖나."

울며 겨자를 먹던지 웃으며 연시를 먹던지 주어진 할당에야 당할 재간이 없었다. 원납전 명부에 기꺼이 도장을 찍었고 숨겨놓았던 당백전도 내놓았다.

백성들이란 이끌면 이끄는 대로 따르게 되어 있는 족속들이다. 하지만 고마웠다. 그러하니 나도 그들을 위해 이 한몸 불태워야 한다. 홍선은 몸을 사리지 않는 부역자들을 위해 어식을 하사하기도 하였으며 소리마당을 열어 노고를 위로했다.

모든 일이 순조롭게 진행되던 어느 날이었다.

공사장에 큰 불이 났다. 조금씩 모습을 드러내던 건축물은 순식간에 무너져 내렸고 준비해두었던 모든 재목들이 숯덩이로 사라져버렸다. 홍선은 절망했고 백성들은 좌절했다. 모두들 경복궁 중건은 없던 일이 될 것이라 했다.

포기할 대원군이 아니었다. 일에 무리가 따르면 반드시 부작용이 생기는 법. 다시 공사를 시작하려니 전보다 더 많은 재원이 필요했다.

백성을 부리는 일에 있어 신중을 다할 것, 조정 고관에서부터 지방 수령까지 실력에 따라 재원을 보탤 것, 자진 원납하는 양반들에게는 관작을 내리고 포상할 것, 전국 종친들에게도 자진 협조를 요청할 것, 이라는 애초의 취지는 사라졌다. 사라진 목재를 마련하기 위해 양반들의 선산이나 성황당 나무가 베어져나간 것은 물론 원납전은 강납전 성격인 결두전으로 징수되었다. 뿐만 아니었다. 도성문을 출입하는 모든 백성들에게 문세門稅가 매겨지더니 급기야 기존 엽전보다 백 배나 값어치가 높다는 당백전이 발행되었다.

당백전은 처음 목적과는 달리 원활히 유통되지 못했다. 대부분은 재력가들의 금고로 들어가 나올 줄 몰랐다. 나라의 재원을 마련하려 했던 애초의 취지는 간 데 없고 재력가들의 배만 한정 없이 불리는 결과로 변질되고 말았던 것이다. 가진 자는 더욱 배가 부르고 가지지 못한 자는 더욱 궁핍해지는 악순환이 이어졌다.

원성이 생겨날 수밖에 없었다.

재효라고 예외일 수는 없었다. 끊임없이 재원을 요청해오는 사이사이 창자들을 차출해 보내줄 것을 요구하는 전갈이 쇄도했다. 오랜 부역에 지친 사람들을 위해 잔치를 베풀려는데 노래가 빠질 수 없다는 이유를 거절할 명분을 찾을 수가 없었다. 보낼 수 있는 한 다 보냈다.

그러나 최근에 온 요구는 질을 달리하는 것이었다. 이 나라 최고 명창이어야 한다 했다.

군이 그래야 할까?

재효로서는 종내 이해되지를 않았지만 그 또한 지엄한 명이었다. 거절할 엄두가 나질 않았다.

"이 일을 어찌한다?"

연지정에 올라앉은 재효는 고민에 빠졌다.

"뭘 그렇게 고민하십니까, 영감."

어느새 왔는지 세종이 계단 밑에 서 있었다.

"올라와 앉게."

세종의 얼굴은 축이 많이 나 있었다. 경복궁 중건이 시작된 후 몇 번이나 한양을 다녀왔는지 모른다. 거기에다 사방에서 불러대는 소리판에 창자들을 데리고 다니며 모자랄 땐 스스로 한 대목을 맡아야 하니 천하에 세종이라도 축나지 않을 수 없었다.

"이번에는 또 누굴 보내나 생각하고 있었네."

"그러게나 말입니다."

세종의 한숨도 전에 없이 깊었다.

연잎 위에 올라앉은 청개구리 한 마리가 두 사람을 빤히 올려다보다가 연못 속으로 폴짝 뛰어들었다. 재효는 자신도 어디론가 숨어버리고 싶었다. 배나졸에게 부탁해놓은 아이를 몰래 데리고 심심산골로나 숨어들어 북이나 두드리고 노래나 들으며 세상을 잊고만 싶었다.

사는 일이란 보이지 않는 끈과 끈에 묶여 버둥거리는 행위다. 한때는 조선 최고 풍류가였던 대원군과 호형호제하며 청루가를 휘저었다. 그

끈으로 살았고 그 끈이 있음으로 자신도 있다고 여겼다.

바보 같은 생각이었다. 세상사 변치 않은 것 없고, 변화가 주는 관계에 따라 죽음도 불사하여야 한다는 사실을 그때는 몰랐었다.

"제 생각에는 아무래도 금파뿐인 듯합니다만."

세종의 말에 재효는 정신이 번쩍 들었다.

"금파를?"

"예, 모험을 한번 해보지요. 모 아니면 도가 될 겁니다."

세종의 말은 맞다. 아직 이 나라에서 계집을 예인으로 키운 이는 없다. 소리나 춤이 귀격이라 해도 그저 계집일 뿐이다. 사당패를 따라야 했다.

그런데 자신이 키운 최고의 창자라며 금파를 보낸다면 대원위대감이 어떤 반응을 보일지 미지수였다. 그가 어떻게 받아들이느냐에 따라 이 나라 소리판이 완전히 달라질 수도 있다. 배나졸 집에 머물고 있는 아이가 떠올랐다.

뭔가 희망적인 느낌이 들었다. 막장에 처박힌 절망 속에서 빛을 보았다고 할까. 이번에 금파를 보낸다면 여자 소리꾼을 대하는 대원군의 반응을 살필 기회가 될 것이긴 하다. 며느리 일로 여자에 대해 더욱 마음을 닫아버린 양반이니 금파를 대표 소리꾼으로 보내는 것은 일견 위험한 일일 수도 있겠지만 외려 잘된 결과를 불러올 수도 있다. 멀쩡한 아이를 도둑으로 몰아붙이고도 태연히 밥을 먹고, 글을 읽고, 소리 공부를 하는 금파를 명분 좋게 내칠 수 있는 기회가 될지도 모를 일이었다.

"내 속이 어찌 이러누?"

재효는 머리를 저었다.

"뭐라고 하셨습니까, 영감?"

혼잣 생각에 젖어 중얼거린 것을 세종이 놓치지 않고 물었다.

"아, 아니네."

옹졸한 마음을 스스로 질타하는 속을 세종이 알 까닭이 없었다.

"금파라, 금파라…."

오래 풀지 못한 숙제를 풀 실마리이긴 하지만 또 한편으로 찜찜한 것도 사실이었다. 금파의 소리 실력이라면 대원군 귀호사야 넘치겠지만 눈이 문제될 소지가 충분했기 때문이다.

"왜요, 보내기가 싫으십니까?"

"싫기야 할까 마는."

흔쾌치 못해하는 재효를 쳐다보던 세종이 조심스레 입을 열었다.

"석파란 한 축이면 어떨까요? 금파의 추색을 삼키고도 남음이 있지 않겠습니까?"

"석파란?"

"예. 이번에는 소리채 대신 석파란 한 축만 주십시오, 하면 그분이 좋아하지 않을까 해서요. 나라 살림이 오죽해야지요."

"그러니 색이 좀 빠져도 어떻겠냐는 말인가?"

"그렇다고 그분께서 빈손으로야 돌려보내겠습니까. 말이라도 그렇게 해주니 고맙다 하시겠지요."

세종의 웃음이 의미심장하다 느꼈지만 재효는 개의치 않았다. 그런 것까지 챙길 정신적 겨를이 없었다. 딴엔 수지맞는 장사일 수 있다. 풍류를 아는 조선 여인치고 제 속치마에 석파란 한 촉 그려넣고 싶지 않은 이 없을 것이다. 금파라고 다르지 않을 터 금파를 보내어 석파란 한 촉 얻어온다면 명분도, 실리도 밑지지 않을 것이다.

"허락하셨다 생각하고 당장 준비를 하라고 이르지요."

연지정을 내려가는 세종의 뒷모습이 전에 없이 들떠 있는 것 같았다. 제가 끼고 키우겠다 호언한 아이가 사라졌는데도 궁금해하지 않는 속도 참 모를 일이다. 무슨 상관이랴. 지금은 심신이 너무 피곤하다.

재효는 정자 난간에 등을 대고 기대앉아 길게 한숨을 뿌렸다.

석파 홍선대원군 이하응

겹쳐진 쌍까풀이 깊디깊은 눈매엔 어느 먼 땅에 혼을 부려놓은 듯 때때로 텅 빈 우수가 드리운 외모의 홍선대원군 이하응. 그래서 더 깊고 어두워 보이는 인상을 가진 그를 처음 만난 것은 어머님의 첫 기일이었다.

한양 시절이었던 그날, 아버지 광흡이 급한 전갈을 가지고 고창으로 내려간 뒤 홀로 어머님 제상을 차려놓고 앉았으니 달은 밝은데 야속히도 귀뚜리까지 울어 어머님에 대한 그리움에 가슴이 사무쳐 앉아 있을 수가 없었다. 서둘러 이른 제사를 지내고 집을 나왔다.

북촌의 저자는 여느 때처럼 홍청거리고 있었다. 여기저기서 깔깔대는 여인네 소리, 취해서 혀가 고꾸라진 사내들의 호기가 질펀한 취기에 섞여 밤공기를 물들이고 있었다. 한데, 그 홍청거림이 전에 없이 편했다. 이도 저도 아니어서 이에도 저에도 속할 수 없는 중인이란 태생적

한계를 타파하기 위해 하나 있는 아들을 끊임없이 질책하던 아버지가 없는 한양의 밤은 정제되지 않는 객기를 부리기에 더 없었다. 어느 여인이든 좋다, 안기고 싶구나. 살품 철벅한 여인의 품이면 어디든 좋을 것 같았다. 어머니처럼 늙은 퇴기를 찾아 온밤 내 젖무덤을 헤치며 웃어도 보리라 울어도 보리라 자못 객기를 부리며 거리를 어슬렁거렸다.

살대 부러진 용수를 고깔로 씌운 홍등, 은은히 붉은 빛을 발하는 어느 주가 앞에서 발을 멈추었을 때였다. 포릇한 갑사 도포를 입은 사내 하나가 마주 오다 재효를 보고는 떡 걸음을 멈추었다. 차려 입은 입성으로 보아 난다하는 집안 도령이겠으나 양태 아래 숨긴 거무죽죽한 웃음기엔 무언가에 대한 야유와 불만이 검푸른 꽃잎처럼 피어 있었다.

네 놈은 운 좋아 부러울 것 없는 명문가에 태어났겠으나 꿈도 야망도 희망도 없는 빈 쭉정이 망나니로세.

사내는 그러한 속내를 꿰뚫어나 보듯 큼큼한 눈빛으로 재효의 머리에서 발끝을 훑어내리곤 만개한 매화 위로 벌 나비 날아드는 그림이 그려진 대문 안으로 획 들어서서는 소리쳤다.

"진주야! 우리 진주 있느냐. 서방님 오셨다 어서 나와 모셔라."

그 호방한 목소리는 족히 십여 리를 휘감고도 남음이 있음인데 안에서는 쥐도 새도 끽 소리가 없었다. 사내는 껄껄 한바탕 더 터뜨리고는 다시 소리소리 질러댔다.

"야, 이년아. 그 사이 귀가 먹었느냐. 서방님이 오셨다지 않느냐. 냉큼 나와서 서방님 뫼시지 않고 뭘 꾸물거리느냐?"

닫혔던 방문이 벌컥 열리더니 늙은 기생 하나가 튀어나와서는 팔짱을 끼곤 이죽거렸다.

"얼씨구. 오늘 또 한양 개술님이 납시셨구만."

천하디 천한 퇴기 주제에 어찌 저런 망발을 하는가 싶었지만 사내는 개의치 않았다.

"개? 암, 개지. 한양에서 제일 추잡한 개고 말고. 헌데 말일세. 수캐가 제 암컷 찾아온 것이야 당연한 일 아닌가?"

육근이 있으니 감정이 흔들릴 법도 한데 받아치는 언사가 퇴기보다 한 수 위였다.

"흥! 개도 개 나름이지. 어디서 굴러들어온 똥개가 우리 집 보배를 제 계집이라고 하는 거여 시방? 내가 죽 쒀서 개 줄라고 여태 그 앨 키운 줄 아나? 재수 없으니 썩 돌아가라 이놈."

늙은 기생이 쥐고 있던 소금을 사내 얼굴에다 대고 휙 뿌렸다. 소금 알갱이는 사내의 갓과 얼굴로 사정없이 쏟아졌으나 사내는 허허탕탕 웃어제꼈다.

"허허, 이 사람아. 오늘은 술값을 후하게 쳐줄 터이니 너무 야박하게 굴지 말게나."

재효는 사내의 짙게 쌍까풀 진 눈에서 엉뚱하게도 슬픔을 읽어냈다. 어머니를 여읜 자신의 슬픔과는 다른 것이었으나 감히 엄두내지 못할 깊고도 쓸쓸한 슬픔이었다. 야심한 밤에 홀로 앉은 여인네가 밝힌 촛불의 그늘 같기도 하고 솔가지를 걸타고 앉은 밤짐승의 울음 같기도 한, 서늘하면서도 막막한, 고달프고 지친, 연원 모를 슬픔에 빨려들고 싶지 않아 재효는 얼른 자리를 떠야겠다고 생각했다.

그때였다.

"이보시오!"

걸음을 멈췄으나 돌아보지는 않았다.

"어떤가? 그대가 오늘 내 술값을 좀 내어주시려오?"

그 순간의 끌림을 어떻게 설명할까. 먼 과거 생으로부터 여기까지 온 이유가 저 사내를 만나기 위한 것은 아닐까 싶었다. 저 사내에게 두텁디두터운 빚을 갚으러 온 건 아닐까 싶었다.

"내주시려오?"

망설이는 재효를 사내가 재촉했다.

사내의 눈빛에는 감히 거절치 못할 기운이 넘쳐 흘렀으나 그것 때문은 아니었다. 어차피 흐트러지자 작정한 길이다. 망설일 까닭이 없었다. 도리어 같이 망가질 동무가 되어주기에 충분할 것 같았다.

"내가 술값을 쳐주면 그대는 무엇을 주시려오?"

참으로 불경스러운 언사였음을 안 것은 바로 다음 순간이었다. 양태를 올리고 자신을 바라보는 사내 눈빛에는 천지를 품어 안고도 남을 호기가 서려 있었다. 가파른 절벽 끝을 단단히 쥐고 선 채 만천지를 바라보고 선 독수리의 눈빛이었다.

"무엇을 받고 싶소?"

섬뜩했다. 허공을 진동하는 사내의 음성이 나온 입술이 독수리 부리 같았다. 그러한 섬뜩함은 곧 무한한 은혜로움으로 바뀌었는데 아득한 절벽 끝 둥지에서 새끼를 밀어버리는 어미 독수리 모습을 발견한 때문이었다. 네가 살려한다면 날개를 펴라, 그리고 날아라. 재효는 예바르게 허리를 굽혔다.

"그 말씀이면 족합니다."

그리고는 허리춤을 올려 동전꿰미 하나를 풀어 퇴기의 발치 앞에다 던졌다. 눈이 화등잔만해진 퇴기가 꿰미를 주워 올리더니 집안으로 뛰어들어가며 소리쳤다.

"아야, 진주야! 어여 나와라. 나와서 니 서방 자알 모셔라."

석파 흥선대원군 이하응과의 인연은 먼 과거의 어느 날 그렇게 시작되었다.

꿈 같고, 환영 같았던 그 밤을 지내고 집으로 돌아온 재효의 기억 속에 남은 것은 어머니처럼 보듬어주던 기녀의 손결도 아니었고, 천길 벼랑을 타고 흐르는 듯한 비기의 술맛도 아니었다. 진주라는 기생의 펼쳐진 속치마자락에 피어났던 한 촉 난이었다. 허공을 가르며 휘어지다 접히며 떨어지는 난 잎의 굴곡은 바람 잘 날 없을 당신의 삶을 그린 것 마냥 굵고 가늘어지기를 거듭했다. 잎과 잎 사이에 피어난 난화는 꽃을 찾아 막 날개를 펼친 나비 같아서 묵향이 은은히 퍼지는 기녀의 방은 그 밤 난향만큼이나 안온했다. 말하지 않아도, 말을 듣지 않아도 뭔지 모를 말들이 서로의 가슴으로 깃드는 기묘함 속에서 흥선의 손은 흰 갑사 천 위에서 마음껏 날아다녔다.

"석파란이라…."

이제는 한층 농익었을 그 석파란이 금파 속치마에 그려질지도 모른다는 생각에 이르러 재효는 그간 지긋했던 압박감에서 어느 정도는 벗어난 듯한 가벼움을 느끼며 연지정을 떠났다.

은신

배나졸의 집에서 숨어살다시피 하는 채선의 하루는 길고 지루했다. 일단은 아무의 눈에도 띄지 말고 배나졸의 안사람인 김천댁을 돕고 있으라던 양반이 봄이 다 가도록 소식이 없으니 답답하기도 했다. 야심한 시각이면 누군가가 소식을 듣고 오진 않을까, 사립 밖을 살펴도 이집 저 집 개 짖는 소리만이 밤의 고요를 가를 뿐이었다. 책에다 눈을 박고는 있으나 머릿속으로는 도무지 잡히지 않는 어릴적 기억을 찾으려 온갖 상상을 하다 창호문을 열었다.

밤바람엔 아직도 찬기가 묻어났다.

건넌방은 불이 밝게 켜져 있었다. 김천댁이 아직도 바느질감을 앞에 놓고 있는 모양이었다. 건너가서 아까 다녀간 망구할멈이 무슨 말을 했는지 물어볼까 하다가 그만두기로 했다. 신호장의 기별을 가지고 왔다면 여태 아무 말 없을 까닭이 없을 터였다. 김천댁 아주머니가 무슨 말을 해오기 전에는 일절 바깥사람들에게 알려지지 않아야 한다고 신신당부하던 신호장의 명 또한 어길 수 없었다. 밥값도 못하고 얹혀 있는 주제에 괜히 나섰다가 배나졸과 김천댁 부부에게 해가 될지도 모를 일이기도 했다.

채선은 대나무 시렁 위에 층층이 쌓여 있는 책들을 바라보다 읽고 있던 책으로 시선을 내렸다.

"윗사람을 섬기는 자를 백성이라 하고 백성을 다스리는 자를 사라 하니, 사는 벼슬하는 자이고 벼슬하는 자는 백성을 다스리는 자이다. 지금 수령은 만백성 위에 홀로 외롭게 있으면서 간사한 백성 셋을 좌로 삼고 교활한 아전 육칠십으로 보를 삼고 사나운 자 몇 명을 막빈으로 삼고 성격이 뒤틀린 자 열여 명을 복인으로 삼고 있다."

몇 줄 읽지 않았는데도 어느새 마음이 둥둥 책을 떠나 동리정사를 향해 떠가고 있었다.

고개를 흔들었다. 쓸데없는 생각 접고 글을 읽자. 그분이 부르시면 그때 내 읽은 것들을 주저리주저리 들려드릴 수 있도록 읽고 또 읽자. 예인이란, 기능하는 사람이 아니고 세상의 모든 희로애락을 보듬고 쓰다듬을 정도의 소양과 인격을 갖추어야 하는데 그 길은 오직 책에서 찾을 수 있다고 하셨기에 주야로 책을 읽었노라 당당하게 말할 수 있어야 한다. 기억을 되찾아 집으로 돌아가기는 그른 것 같았다. 이제 길은 하나뿐이다. 때를 보아 이 나라 최고 명창이 될 수업을 시작하겠노라던 그분의 말을 의지할 수밖에 없다.

"그런데 왜?"

왜 아직도 기별을 넣지 않을까. 재효에 대한 서운하고 야속한 마음에 글자가 흐려졌다.

채선은 호롱 뚜껑을 덮어버렸다.

방금 전까지 형체를 드러낸 것들이 까맣게 사라져버렸다. 문득 나도 이렇게 사라져 버리는 건 아닐까 싶었다.

누군가 밤마실을 나섰는지, 멀리 개 짖는 소리가 들려왔다. 여기서 캉캉거리는가 하면 저기서도 컹컹거렸다. 캉캉, 컹컹, 소리가 소리를 받고 또 그 소리가 소리를 받았다. 묘한 장단이 느껴졌다. 채선은 소리에 가락을 담아 손가락으로 책상 테두리를 톡톡 치며 따라했다.

"캉캉, 컹컹, 캉캉, 컹컹."

리듬을 타니 노래 가락이 흘러나왔다.

"매화 넷등걸에 봄절이 또 돌아온다, 넷 뛰던 가지가지마다 뛰엄즉도 하다마는 춘설이 분분하니 필지말지 하다마는."

개 짓는 소리에 맞춰 얼씨구, 추임새까지 넣어가며 노래를 하다가는.

"어허, 숫제 귀곡성을 내는구만 귀곡성을! 그 부분에서는 수리성이 나와야 하는 것이여."

좀 잘해보려고 기교를 부렸을 때 단박 날아왔던 김세종의 꾸지람도 따라해 보았다.

소리를 높였을까. 건넌방에서 문 열리는 소리가 나는 것 같더니 발자국 소리가 마루를 건너왔다. 채선은 경솔한 자신의 행동을 후회하며 후다닥 이불을 뒤집어썼다.

"처자! 무슨 일 있는겨?"

"아, 아니어요. 아무것도 아니어요."

"잠이 안 와? 그래서 이러는겨?"

"예? 아 예에."

"그래, 우찌 안 그러겠나. 어쩌까, 좀 건너오려나?"

채선은 잠시 생각하다 후다닥 일어났다.

"들어와."

김천댁의 방으로 가니 콩기름을 먹인 방바닥엔 비단 옷감이 가지런히 펼쳐져 있었다. 또 일감을 받아온 모양이었다.

"배나졸 아저씬요?"

"밤근무 나갔지."

"예에."

옷감은 짙은 흑진주에 은사로 매화와 앵무 두 마리를 수놓은 백색 모본단이었다. 화려한 색이 아니어도 저렇듯 고급스럽고 우아할 수 있다는 사실에 내심 탄복하며 채선은 옷감을 쓸어보았다. 손바닥에 전해지는 촉감이 미끄러져 내릴 듯 촉촉했다.

"이렇게 배색을 해보려는데 어때?"

김천댁이 흑진주색 비단을 치마감으로 놓고 은사로 수놓인 백색 비단을 저고리감으로 배치해 보였다. 참으로 곱고도 품격이 느껴졌다.

"이걸 누가 입을까요?"

행여나 옷감이 밟힐세라 발끝으로 폴짝 뛰어 빈자리를 찾아 앉았다.

"어쩌까? 골선을 이리로 두어야겠지?"

김천댁이 비단의 가장자리 한 끝을 손가락으로 죽 눌러 그으며 물었다.

"그쪽보단 이쪽이 나을 것 같은데요?"

"그러까?"

"예. 그쪽으로 골선을 잡으면 새가 왼쪽을 보게 되잖겠어요?"

김천댁이 채선을 빤히 들여다보았다.

"새가 왼쪽을 보면 왜 안 돼?"

"네? 아 네에…. 그냥요. 근데 왼쪽에서 오른쪽으로 보는 게 안정감이 있을 거 같아요."

그냥 물어본 것이겠으나 채선은 깜짝 놀라 얼버무렸다. 어느 결에 동리정사를 가려면 여기서 나가 오른쪽 골목으로 가야 한다는 생각을 하고 있었기 때문이었다.

"처자!"

채선을 빤히 바라보던 김천댁이 옷감을 놓고 불렀다.

자신을 바라보는 김천댁 얼굴에 측은지심이 가득했다.

"예, 아주머니."

"신호장 어르신 기별이 많이 기다려지지?"

부창부수라더니 아주머니는 어찌 이리 자애로울까 싶어 코끝이 찡하니 아려왔다.

"그렇긴 하지만…."

"그래. 기별이 늦어지는 것도 다 이유가 있을 거야. 그간 나랑 이렇게 지내자 응?"

"네, 고맙습니다, 아주머니."

"그나저나 나한테 노래 한 곡 불러주려나?"

"예?"

채선은 깜짝 놀랐다. 이 집에 온 후 단 한번도 소리 내어 노래하지 않았다. 신호장의 당부가 있기도 했지만 스스로가 그러고 싶었다. 고창천에서 하나가 되어 곤두박질친 순간부터 물이 줄줄 흐르는 몸으로 자신을 업고 '너를 어쩌면 좋으냐? 고뿔에 들면 어쩌냐?' 달리는 동안 채선은 재효에게 속해버렸다. 말하지 않아도 그의 속을 다 알아버린 듯했다. 그의 기별이 오기 전에는 단 한 소절이라도 노래하지 않는 것이 의리라 여겨졌다.

"괜찮아, 해봐."

"아주머니, 전."

김천댁이 옷본을 밀쳐놓고는 바투 앉았다.

"왜? 노래 같은 거 못한다고 할 참이야?"

"네. 전 노래 못해요, 아주머니."

"무슨 소리. 나 다 들었어. 처자가 밤마다 잠꼬대로 소리 하는 거."

"네?"

"놀랐지. 내 오십 평생 처자 같은 목청은 처음 들었거든."

참으로 기이한 일이었다. 신호장이 허락하기 전에는 절대 아니하겠다 한 노래에 대한 갈증이 김천댁의 한마디에 그만 터져버리고 말았다.

갈 것이다. 동리정사로 갈 것이다. 가서 소리칠 것이다. 나, 노래하고 싶어요. 그러자 그냥 있을 수가 없었다. 채선은 슬그머니 일어났다.

"해볼 테야?"

그러나 채선은 홀린 듯 방문을 열고 나가버렸다.

"내가 괜한 소릴 했구만, 쯧."

사립문을 나서는 채선의 등 뒤로 김천댁의 혀 차는 소리가 이명인 양 들려왔다.

자리옷 차림이라는 것도 몰랐다. 동리정사를 찾는다는 일념뿐이었다. 그곳으로 가서 불켜진 동리당을 보고 싶다는 마음뿐이었다.

오른쪽 골목을 빠져나가자 개들이 일제히 짖기 시작했다. 꺼졌던 집들에 하나 둘 불이 들어왔다. 겁이 났지만 그냥 돌아가고 싶진 않았다.

자신의 존재가 세상에 드러나는 날엔 그분의 입장이 난처해진다는 것을 모르지 않지만 그분을 밝혀주고 있는 불빛 한 점이라도 보아야 견딜 수 있을 것만 같았다.

정신없이 걸었다.

하거리만 벗어나면 고창천 방둑이 나온다. 방둑길을 따라 빨래터로 내려가 돌다리를 건너면 된다. 그 밤, 둘이 하나가 되어 허공을 가르던 돌다리.

돌다리가 지나면 오거리가 나온다. 오거리를 지나면 아, 꿈결 같은 담장길이 나온다. 동리정사의 동서남북 사대문을 이은 담장길을 따라 걷다 동문에 이르면 걸음을 멈출 것이다.

포도넝쿨이 시렁 위로 얼기설기 얽힌 동문을 생각하자 채선의 마음은 더 급해졌다. 주검 직전이 된 몸으로 지게에 얹혀 들어갔으나 도둑이라는 누명을 쓰고 쫓겨나온 동문이다. 그런데 그 문이 이리도 그립다.

보폭이 더욱 빨라졌다.

동문 앞에 다다르자 '동리정사桐里精舍' 네 글자가 새겨진 목판이 달빛 속에 드러났다. 두드려 저 글자의 주인인 동리를 깨우고 싶었다.

차마 두드릴 수 없었다.

서성거리던 채선은 돌연 모양성을 향해 내달리기 시작했다. 지난 날 옥비녀 사건으로 누명을 쓰고 쫓겨났을 때 갈 곳 없어 올랐던 그곳에서 보았던 동리정사 정경이 생각난 것이다.

숨이 턱에 차오를 쯤, 어둠에 익숙해진 눈 속으로 모양성 망루가 유

령처럼 들어왔다. 순라꾼이 오나 살펴가며 망루 위로 올라갔다.

부러 동리정사를 비켜 오거리 넓은 장터를 눈으로 더듬었다. 북적거림이 사라진 장터는 음산하고 퀴퀴해 보였다. 시야를 장터 곳곳으로 옮기며 눈에 익은 곳들을 찾았다. 대장간을 기웃거려보고 어물전을 기웃거렸다. 갖가지 옷감이 진열된 포목점을 지나 한참을 달려 장터를 빠져나온 시선은 하늘을 가릴 듯한 느티나무 우람한 당산에서 멈추었다. 수북한 돌무더기 위에다 마음으로 돌 하나를 올린 후 오색천을 두른 당산나무로 걸어가 합장했다. 다음으로 실버들이 주렴처럼 드리워진 고창천 빨래터를 눈으로 더듬었다. 달빛에 비친 돌다리가 어슴프레 드러났다. 차가운 징검돌이 미끄럽다고 느끼는데 누군가 부르는 소리가 들렸다. 중심을 잃고 쓰러지는 자신의 몸을 받다가 한몸이 되어 곤두박질치던 신호장의 하얀 두루마기도 보였다.

찌찌, 울음기가 밀려 올라왔다. 견디지 못하고 벌떡 일어나 성벽길을 타고 내려갔다.

멀리 순라를 도는 걸음 소리가 들려왔다.

사려사려 동문 앞에 다다랐을 때 채선은 또 가슴이 아렸다. 자신의 모든 것을 맡겨버린 사람이 저 안에 잠들어 있는데 나는 왜 들어가지도 못하고 숨어 지켜보아야 할까. 떨칠 수 없는 서운함을 누르며 그나마 행복했던 시간들을 되짚었다.

조금 있으면 또 포도가 열리겠네. 넝쿨에 잎이 달리고 꽃이 피고 포도알이 맺히면 동네 아이들이 몰려들 거야. 그러면 나리께선 타이르시겠지.

— 얘들아, 포도가 익거든 오너라. 이 포도는 어차피 너희들 것이란다.

아이들은 그래도 눈을 떼지 못할 것이고 나리는 다시 한번 낮고 고요히 이르실 거야.

— 아무리 그래도 소용없다. 아직 먹기엔 이른 것을. 무엇이든 때가 있는 법이니 때를 기다릴 줄 알아야 하느니.

그러다 포도가 익으면 참새 같은 아이들 오종종 몰려들겠지. 어떤 일이든 적당한 수확기가 있고 그 수확은 노력하며 기다린 끝에야 거둘 수 있다는 진리를 나리는 이 포도송이로 가르쳐주신 분이다. 그런 포도넝쿨로 고개 숙일 줄 모르는 양반들을 고개 숙이게 하신 분이다. 어떤 영민한 판관보다 더 영민한 처신을 하시는 분이다. 그런 분이니 내게 소식 안 주심에도 다 뜻이 있을 것이야.

"그래도…."

그 뜻이 무엇인지 못내 서운하고 궁금하였다. 그러자 울먹거림이 섞인 노래가 입안에서 맴돌았다.

"그것이 무엇이냐?"

"예, 변학도의 방에서 발견된 명부이옵니다."

"무슨 명부가 그리 많기에?"

"예, 죄인들 명부이옵니다."

내친 김에 암행어사 출두 후의 한 장면을 상상하며 일인이역으로 나직이 사설을 읊었다.

"그래? 어디 보자. 무슨 죄인이 그렇게나 많은지. 하이고나 한나, 두

울, 세엣, 네엣….”

그러자 서럽고 원망스러웠던 마음은 간 데 없고 대청 아래 엎어진 채 슬슬 기는 변학도를 바라보는 이도령이 된 듯한 착각이 들었다.

그때였다. 남문쪽 성벽을 따라 재효가 걸어오다 걸음을 멈추었다. 채선은 눈치채지 못했다.

“죄수 명부를 펴놓고 각기 죄목 따져가며 차차 조사하여 보니, 본관 사또가 돈 꿔달라고 할 때 아니 바친 부민이며 현직 자리 뺏으려나 아니 들은 아전이며 출패 사령 대접 잘못하여 사사로운 혐의 있는 백성들 모두 원통한 죄인들이라….”

흠뻑 빠져들어 소리를 하는데.

“어찌 이 밤에.”

분명 자신의 소리가 아닌 음성이 들렸다.

채선은 화들짝 놀라 눈을 떴다. 자리옷 차림의 재효가 눈앞에 서 있었다.

“나리….”

달빛에 젖어 푸릇해진 재효의 얼굴은 굳어 있었다. 질책하고 있었다. 어이하여 이리도 경망스러운 짓을 하고 있느냐는 무서운 질책을 침묵으로 전하고 있었다. 꾹꾹 누르고 있던 속을 채선은 그만 뱉아내고 말았다.

“어르신이 너무 보고 싶어서.”

“입을 닫아라.”

무겁고도 엄중한 음성이었다. 채선은 저도 몰래 한 걸음 물러나며 또 말했다.

"그래서 이렇게…."

"아무 말 말라 하였다."

낮고 무거운 음성에는 그러나 물기가 그렁그렁하였다.

"아무 말 말고… 고개도 까딱이지 말고… 눈빛으로… 그저 눈빛으로 내 묻는 말에 대답을 하거라."

가슴이 터지는 것 같았다. 그리도 기다리고 기다리던 음성이었다.

"너는 좋으냐?"

"나리…."

"소리 내지 말고 답하라 하였다!"

질책이 아니었다. 반가움이었다.

소리 안 낼게요. 그러니 이렇게 온 절 나무라진 마세요.

채선의 눈에서는 반가움과 원망이 뒤죽박죽 된 눈물이 줄줄 흘러내렸다. 재효가 다가왔다.

"너는 죽어도 좋으냐?"

"…."

"너는 소리하다 죽어도 좋으냐 물었다."

일순, 채선의 얇디얇은 눈꺼풀이 크게 열렸다.

재효는 얇은 눈까풀 안에서 일렁이고 있는 채선의 눈물을 보며 읽어냈다. 열망이었다. 간절함이었다. 애타는 사랑이었다.

오, 지상에 저토록 청명한 빛이 또 있었단 말인가.

채선의 눈빛에 담긴 애절한 긍정을 읽어내곤 그간 속에 담아두었던 말을 꺼냈다.

"그렇다면 이제부터 내가 시키는 대로 할 터이냐."

"…."

"그 누구의 말도 듣지 않고 오직 내가 하는 말을 하늘의 말이라 여기고 따를 자신이 있느냐?"

"…."

"오장이 녹아내리는 외로움을 참아야 하고, 사지가 마르는 고립감을 견뎌내야 하고 땀을 몇 말이나 흘리고 피를 몇 동이나 쏟아내어야 할지도 모르는 고통스러운 길이다. 그래도 하겠느냐?"

채선은 견딜 수 없었다. 소리 내어 대답하고 싶어서 견딜 수 없었다. 그래도 견뎌야 했다. 세상의 모든 것인 사람의 명이니 말하지 않고 듣기만 해야 했다.

"내가 때로는 너에게 마귀가 될 수도 있다. 저승 야차가 될 수도 있다. 그래도 하겠느냐."

"예, 스승님."

순간, 재효가 벽력처럼 소리쳤다.

"입 벌려 소리 내지 말라 하지 않았느냐. 너의 입술이 움직이면 움직이는 만큼 바람이 스치는 것을! 달빛이 묻어나는 것을! 나는 세상 그 무엇도 너의 입술을 움직이게 하는 것을 용서치 못한다. 그래도 하겠느냐?"

채선은 풀썩 주저앉았다. 그리고 재효의 정강이를 부여잡았다. 고개를 숙였다. 발끝에 이마를 묻었다.

그리하지요. 기꺼이 그렇게 하겠습니다.

달이 구름 속으로 숨었다 다시 나왔을 때까지 둘은 그렇게 한참을 정지해 있었다.

이윽고 거대한 슬픔에 휘감겨 있던 자그마한 노구가 돌아섰다.

"가서 기다려라."

혹독하여라

어둠이 짙은 어느 늦은 밤이었다.

선달차림의 한 사내가 배나졸의 집을 찾아왔다. 사내는 배나졸 내외와 잠시 이야기를 나눈 후 채선의 방문을 열었다. 김천댁의 언질이 있었기에 채선도 방안을 말끔히 정리하고 기다리던 중이었다.

"이것만 주셨나요?"

선달이 건네준 것은 한 통의 봉인된 편지였다.

편지에는 이선달이 인도하는 길로 가라고만 적혀 있었다. 필적은 분명 신호장의 것이었으나 어디로 왜, 무엇을 하러 가라는지에 대한 일체의 첨언은 없었다. 조금 서운했다.

"제 말이 곧 그분의 말씀이라는 것만 명심하십시오."

채선의 속을 읽었는지 선달이 짧게 일침을 가했다.

밖으로 나왔을 때 마당엔 노새 한 마리가 대기하고 있었다. 옆구리에는 얼마간의 짐과 함께 커다란 북 하나가 매달려 있었다.

이 사내가 이제부터 나의 소리 선생이란 걸까.

사내의 생김생김을 다시 한번 살폈으나 초면이 분명했다. 차분하니 곱상하게 생긴 것이 동리정사에서도 한번 보지 못한 얼굴이 확실했다. 그렇거나 말거나 이 사람 말이 곧 그분의 말이라니 믿고 따르는 수밖에.

밤을 꼬박 새워 도착한 곳은 인가 한 채 보이지 않는 깊은 산속이었다. 뒤로는 하늘을 인 듯 높은 봉우리가 쏟아질 듯 솟아 있고 앞으로는 크고 작은 계곡이 겹겹이 누워 있었다. 소리를 지르면 메아리가 돌고 돌아 귓바퀴 안으로 되돌아올 만큼 골이 깊은 산중이었다.

"아가씨가 머물 곳은 여깁니다."

감정이란 감정은 모두 제거해버린 듯한 선달의 건조한 목소리는 출처를 알 수 없는 문서처럼 의심스러웠다.

"앞으로 저를 이선달이라 불러주십시오."

사내가 버섯처럼 엎드린 오두막 앞에 서서 입을 열었다. 밤새 몇 개의 재를 넘어오면서도 단 한마디 하지 않던 사내였다. 조그마한 오두막에 어울리지 않게 높다랗게 쌓아올린 돌담 역시 뭔가 의심스러웠다.

"들어가십시오."

멀거니 선 등에 이선달의 재촉이 꽂혔다. 채선은 허리를 돌려 고삐를 쥐고 있는 이선달을 내려다보았다. 밤새 걸었음에도 양태 아래 숨은 얼굴엔 피곤한 기색 하나 없었고, 날카롭지만 의외로 고운 데가 엿보였다.

"딛고 내리십시오."

이선달이 손바닥을 채선의 발 아래다 놓았다. 어쩔 수 없었다. 손바닥을 짚고 나귀에서 내리는 수밖에.

"저 방이 아가씨의 방입니다."

나귀에서 내려서자 이선달이 마주 보이는 방을 가리켰다. 오두막이 기역 자로 되어 있었기에 선달의 방은 돌담 대문에 접한 입구 방이 될 터였다. 선달을 돌아보았다.

"뭘 하십니까. 방으로 드십시오."

채선은 선달을 쏘듯 보았다.

"다시 보시겠습니까?"

이선달이 소맷동에서 봉투를 꺼냈다.

채선은 쐐기 눈을 거두었다. 배나졸 집에서 이미 본 봉투였다. 재효의 전달사항이 적힌 편지가 그 속에 있었다.

이선달이 빙긋 웃으며 다른 봉투 하나를 꺼내 내밀었다.

"무엇이기에요."

"들어가셔서 읽어 보십시오."

방은 깨끗했다. 벽지는 빳빳했고 바닥의 콩기름은 잘 스며 들었다.

푸른 비단과 흰 비단이 조화된 질 좋은 이불이 한 채, 소박하나 고급스러운 서안이 하나, 청동으로 만든 나비 문양 등잔이 하나, 그리고 윗목에 잘 닦여진 놋요강이 하나였다.

놋요강을 물끄러미 바라보다 채선은 몸을 내렸다.

피곤이 먹물처럼 퍼졌다.

따스한 온기가 엉덩이를 타고 전신으로 퍼져나갔다. 밤새 걸어온 노정에 비로소 피곤함이 몰려온 것이다. 채선은 엎드린 채 이선달이 준

봉투를 열었다. 신호장의 필체가 적힌 종이 한 장이 나왔다.

인시에는 일어나야 한다.

일어나면 이선달이 들이는 물에 눈을 씻는다.

바로 좌선을 한다.

좌선이 끝나면 소리 연습을 한다.

진시 무렵에 아침이 들 것이다.

아침 후에 독서를 한다.

사시에 다시 소리 연습을 한다.

오시에 참이 들어올 것이다.

참 후에 다시 독서한다.

미시에 오후 소리 연습을 한다. 오후 연습은 신시가 끝날 때까지다.

유시에 저녁을 먹는다.

저녁 후 다시 독서한다.

술시에는 하루 일과를 기록한다. 기록지는 문 밖에 내놓아라. 이선달이 챙길 것이다.

잠자리 드는 시간은 절대 해시를 넘겨서는 안 된다.

오물은 요강에 처리할 것이며 양치도 물론 방안에서 해결한다.

너는 절대 내 명이 있기 전에 그 방안에서 나올 수 없다는 뜻이다.

새겨들어라.

이 규칙을 어기는 날, 나는 너를 모른다.

"말도 안 돼."

벌떡 일어나 앉았다.

적어도 이런 건 아니었다. 알지도 못하는 저 이상한 사내를 따라오면 소리 공부를 마음껏 할 수 있는 환경이 기다리고 있을 줄 알았다. 한데, 이런 첩첩산골에, 그것도 성냥곽 같은 방안에 홀로 가두어놓고 어떻게 하라는 것인가. 똥오줌도 받아 나가겠다는 심사는 무엇이란 말인가.

뭔가 잘못되어 가고 있는 것 같았다. 함정에 빠진 것인지도 몰랐다. 만약, 이 상황 모두가 저 자의 꾸밈이라면 어찌되는가? 꼼짝없이 우리에 갇힌 짐승꼴이 되고 마는 것이다. 채선은 비수에 꽂힌 짐승처럼 풀썩 쓰러지고 말았다.

민달팽이 한 마리가 기어가고 있었다. 까만 점이 다닥다닥 찍힌 달팽이 등짝으로 뜨거운 볕이 쏟아지고 있었다.

— 이렇게 뜨거운데 어디로 가니?

채선은 쪼그리고 앉아 달팽이에게 물었다. 달팽이는 상체를 훌쩍 들어 이리저리 꿈틀거렸다.

— 길을 잃었니?

대답할 리 만무였다. 주위를 둘러보았다. 어디에도 그늘 한 점 보이질 않았다.

— 어떻게 하니? 너 이러다 말라죽겠어.

달팽이는 그런 채선을 두고 끈질기게 기어만 갔다. 구불구불 은빛 흔적이 생겨났다.

— 그러니까 왜 집을 나와.

채선은 발을 동동 굴렀다.

시간이 지나자 달팽이의 몸이 점점 말라가기 시작했다. 고통스러운지 더듬이를 뽑아올리곤 상체를 들어 허우적거렸다. 허공에 그늘이 있을 까닭이 없었다.

— 그러니까 돌아가란 말야.

그러나 달팽이는 한사코 앞으로만 앞으로만 기어갈 뿐이었다. 속도를 느낄 수 없는 느리디느린 걸음으로 무작정 앞으로만 나아갔다.

— 제발 돌아가란 말이야. 그늘을 찾아가라구.

땀을 뻘뻘 흘리며 절규하는 채선을 보았을까. 달팽이가 돌연 온몸을 뒤틀더니 휙 뒤돌아보았다.

— 악!

채선은 뒷걸음쳤다. 달팽이의 얼굴에 시퍼런 작둣날이 박혀 있었다. 그때였다.

"일어나십시오."

누군가 방문을 두드렸다.

"점심입니다."

땀으로 범벅된 손으로 문을 밀자 이선달이 보가 덮인 밥상을 들고 서 있었다.

차림이 변해 있었다. 철릭에 전대, 주립 대신 짙푸른 색의 더그레를 걸친 평복에 두건을 질끈 동여매고 있었다. 전열을 풀어버린 병사 같은 차림이었다.

"입맛이 없습니다."

편안했던 이선달의 표정이 차갑게 굳었다.

"저에 반하는 것은 어르신에 반하는 것임을 모르십니까? 입맛이 있든 없든 드십시오. 남기지도 말고 더 들겠다 하지도 말고 딱 드리는 것만 비우십시오."

반박할 수 없는 어투였다. 할 수 없이 밥상을 받아 방안에 들여놓고 물었다.

"궁금한 게 있어요."

"말씀하십시오."

"여기가 어딘가요. 그리고 당신은 누구죠?"

"묻지 마십시오."

이선달이 칼처럼 돌아서 버렸다.

하루의 살이에서 채선이 결정할 것은 없었다. 세세한 모든 것까지 이선달의 명령에 따라야만 했다. 홀로 입정에 드는 것이 마땅한 좌선 시간까지도 선달의 앞잡음을 따라야 했다.

"내가 굳건하기를!"

문 밖에서 선달이 선창을 하면 채선이 따랐다.

"내가 굳건하기를!"

따라하면서도 생각했다. 나는 지금 세뇌당하고 있다고. 한데도 그게 참으로 묘해서 자꾸 따라하다 보니 마음이 평온해지며 어떠한 일도 하지 못할 것이 없겠다는 자신감이 생겨나는 것이었다.

좌선이 끝나면 가장 기다리던 소리 연습 시간이었다. 이 역시 어느 부분에서 어디까지 몇 번을 하라고 하면 그대로 해야 했다. 딱 그뿐이었다. 선달은 채선의 소리에 대해 어떠한 반응도 보여오지 않았다.

소리 연습이 끝나고 잠시 쉬고 있으면 아침이 들었다. 정갈하고 소박하나 초라하지 않는 밥상이었다. 밥 짓는 냄새도 나지 않는데 어디서 이 밥상이 올까 궁금했지만 굳이 알 필요는 없었다. 그저 주는 대로 먹고 시키는 대로 책 읽고 소리 연습하는 것만이 할 수 있는 모든 일이었다.

그렇거나 이상한 것 투성이었다. 이선달이라는 사람도 이상했고 이러고 있는 자신도 이상했으며 신호장의 뜻 역시 이상하기 짝이 없었다. 산속에 젊디젊은 처녀와 단 둘이 지내면서도 표정 하나, 행동 하나 흐트러지지 않은 채 묵묵하기만 한 저 사내는 정녕 누구일까.

"준비되셨습니까?"

신호장의 뜻이니 어떻게든 따라야 한다는 생각으로 하루를 시작한 그날도 이선달이 예의 좌선 시간임을 알려왔다.

"준비되었느냐 물었습니다."

"예."

채선은 방석을 접어 엉덩이를 깔고 앉아 대답했다. 허리가 태산처럼 단단하니 이제는 스스로 할 수 있을 것도 같았다. 그런데도 변함없이 따르라고만 하니 조금 반발심이 일었다.

"그럼, 눈을 감으십시오."

"저기요!"

이선달이 감았던 눈을 번쩍 떴다. 그리고 소리쳤다.

"제가 누굽니까?"

그러자 반발심이 더욱 치솟았다. 누구긴 누구겠어? 나리의 명을 받아 나를 보필하는 사람이지. 근데 지가 나리야? 그건 아니잖아? 채선은 피식 웃어보이곤 못 이기는 척 눈을 감았다.

"발을 잊는 것은."

또『장자』의 외경편에 나오는 구절이었다. 어제도 이 구절을 시작으로 하루를 열었고 그제도 그랬다. 지겹다.

"발을 잊는 것은."

"신발이 꼭 맞기 때문이고."

"신발이 꼭 맞기 때문이고."

"허리를 잊는 것은."

"허리를 잊는 것은."

"허리띠가 꼭 맞기 때문이고."

"허리띠가 꼭 맞기 때문이고."

비록 따라 읊고 있긴 하지만 동감할 수 없는 구절들이었다. 아무리 발에 맞다 해도 신발을 어찌 잊을 것이며 허리를 두른 띠가 맞다고 그것을 잊을 수는 없는 일이기 때문이다. 그럼에도 이 구절을 자꾸 반복하여 읊게 한다는 것은, 아무런 의식도 하지 말고 이 생활에 푹 젖어들라는 소리이리라. 웃긴다. 나는 지금 전혀 나와 맞지 않는 신발을 신고 허리띠를 두르고 있다. 명백한 올가미다.

반발심이 더 깊어졌다.

오냐 좋다. 조여주고 갇혀주마. 숨이 멎을 때까지 당해줄 터이다. 머지않아 신호장 나리가 나타나면 조목조목 따질 것이니 그때 당신이 어떤 대답을 할지 궁금하구나.

그때였다. 이선달이 소리쳤다.

"지금이 어느 때인데 망념에 휘둘린단 말입니까? 지금 아가씨는 시시비비에 흔들릴 때가 아닙니다. 싹 뽑아버리세요! 이래가지고서야 어떻게 득음에 이른단 말씀입니까?"

칫, 옳고 그름을 뽑으라니. 그 시비가 내게서 생겨난 것인가.

채선은 참지 못하고 벌떡 일어나 문을 열어 젖혔다.

"당신은 누구죠? 그리고 여긴 어디인가요?"

방문을 연 채 돌부처처럼 앉아 있던 이선달이 달려나왔다.

"아가씨!"

"비켜요."

뛰쳐나가는 채선을 이선달이 석상처럼 막아섰다.

"안됩니다!"

"나는 알아야겠어요. 당신은 누구며 여긴 대체 어디며 왜 나를 이렇게 가둬두고 감시하는 건지 알아야겠어요. 이게 득음에 이르는 길이라구요? 이 나라 최고 명창으로 가는 길이라구요? 아니요. 차라리 김세종 선생님께 저를 보내주세요."

득달같이 쏟아내는 채선이 의외였는지 이선달의 눈이 휘둥그레졌다.

"가시겠다구요? 다시 말씀드립니다. 이 일은 제 뜻이 아니라 그분의 뜻입니다."

"그분이라고 해도 마찬가지예요. 지금 이대로라면 그분도 저를 죽이는 것입니다. 아시겠어요? 당신은 진짜 누군가요?"

"궁금하십니까?"

"그래요. 궁금해서 돌겠어요. 그러니 말을 해주세요."

어둔 새벽빛 속에서도 보였다. 이선달의 동공이 흔들리는 것을.

"저는… 저는."

"그래요, 당신은요? 당신은 누구죠?"

"저는… 아가씨. 이미 이 세상에 없는 사람입니다."

순간, 채선은 현기증이 일었다. 이선달의 모습에서 다름 아닌 재효를 보았기 때문이었다.

그러나 채선의 입에서는 피식, 웃음이 터졌다. 이 무슨 어설픈 연극이란 말인지.

"당신들 웃기지 않나요? 무엇이 모자라 이러는가요? 재물이 차고 넘치면 삼시세끼 먹고만 사는 게 지루한가요? 애먼 사람 잡아다 이렇게 가지고 노니 즐거운가요?"

쏟아내곤 깔깔거렸다. 더 이상 천박할 수 없을 만큼 천박하게 웃었다.

"그렇게 웃으면 안 됩니다."

"왜요! 왜, 나는 웃지도 못합니까? 우스워서 죽을 것 같은데 웃지도 말라는 당신이 사람인가요? 그런가요?"

"그런 뜻이 아니질 않습니까. 다만…."

"다만?"

"다만, 웃되 아가씨처럼 그렇게는 웃지 말란 말입니다."

"이것 보세요. 나는 내 맘대로 웃지도 못하는 짐승이란 말인가요?"

채선의 악다구니가 길어지자 이선달이 정색했다. 그리고는 낮고 엄중한 음성으로 말했다.

"오늘부터 훈련 목록을 한 가지 더 늘리겠습니다."

"갈수록 태산이군요."

"아가씨는 오늘부터 웃는 것, 걷는 것, 말하는 것, 즉 웃음소리, 걸음새, 목소리의 농도까지 확 뜯어고치는 연습을 해야 합니다."

"이것 보세요, 선달님!"

"아가씨의 웃음에는 천하에 몹쓸 천박함이 묻어나고 아가씨의 걸음새는 과히 입에 담기 민망할 가벼움으로 달떠 있고, 아가씨의 음성에는 삼패들에게서나 들을 수 있는 조잡한 음파가 섞여 있습니다. 그게 뭔지나 아십니까? 요기란 말입니다, 요기!"

"뭐라구요?"

"그래가지고 만 청자를 울리고 웃기는 예인이 되려 하였습니까? 그래가지고선 사내들 입속에서 군침이나 되어 돌고 손아귀에서 주물주물 녹아나는 단것이나 되기 딱 십상입니다. 제 말 아시겠습니까?"

"그만! 그만두세요. 그만두고 그분을 만나게 해주세요. 신호장 어르신을 만나게 해주세요. 더는 안 하겠다 해야겠어요."

악다구니가 극에 달하자 꺽꺽, 울음이 차올랐다. 그래서 울었다. 무너진 채 마구마구 울었다.

"숨어서 가르칠 것이 아니라 모습을 보이시어 저를 가르쳐달라 전해주세요. 그렇게 전해주세요, 네?"

이젠 숫제 애원이었다.

"제발, 제발 저를 그곳으로 데려다주십시오. 네? 선달님."

이선달이 매몰차게 뒤돌아서며 말했다.

"그곳은 안됩니다. 그곳에서 아가씨는…."

"알아요. 내가 도둑년으로 낙인 찍혀 있는 거."

"그런데 그런 말씀을 하십니까?"

"아니요. 나는 비녀를 훔치지 않았어요. 그분도 잘 알고 계십니다. 그러니 내가 이렇게 숨어지낼 필요는 없지 않나요? 저를 제발 이곳에서 꺼내주세요."

뒷짐을 진 채 돌아서는 선달을 향해 채선은 울부짖었다.

"제발요! 제발 저를 보내주세요!"

더는 못 견디겠다 한계를 느끼던 날이었다. 아침 밥상을 물린 이선달이 적벽가 가사본을 들이며 오늘은 완창을 하라고 했다. 채선은 대답하지 않았다. 시작했다 하면 세 시간이 족히 걸리는 적벽가를 완창하라니. 심하다 싶었다. 아무도 들어주지 않는 소리, 도무지 발전이 있는지 없는지 평가도 없는 소리를 언제까지 홀로 연습해야 하나 싶어 채선은 가사본을 밀쳐버렸다.

평소 같았으면 부엉이 눈을 할 선달이었다. 그런데 모른 척 버려두고 봇짐을 꾸리는 것 같았다. 어딜 가려는가 물으려다 입을 다물었다. 절호의 기회가 올 수도 있었다.

"가까운 곳에 잠시 다녀올 일이 있으니 드린 것을 두 번 완창하십시오.”

예상대로였다.

속으로 춤을 추고 싶을 정도로 기뻤으나 부러 매달리는 척했다.

“저를 혼자 두고요?”

“저도 그러고 싶지 않습니다만…. 아무튼 절대 나오지 말고 연습하십시오.”

이선달이 나서려던 걸음을 잠시 멈춰서는가 했는데 다시 나가버렸다.

얼씨구나.

채선은 냉큼 방을 뛰쳐나가 마당 한가운데 서서 두 팔을 활짝 벌렸다. 무성한 나뭇잎 사이로 내리는 햇살이 품 안으로 가득 들어왔다. 깊숙이 심호흡을 하고선 빙그르르 돌자 옅은 현기증이 돌았으나 곧 괜찮아졌다. 문득 뒤돌아서 문간방으로 달려 들어갔다.

이선달의 방 안에는 아무것도 없었다. 이부자리 하나 없었다. 옷가지는 물론 먹고 잔 흔적조차 없었다. 후다닥 뛰어나와 뒤란을 돌아 부엌을 찾았다. 황토로 바른 부뚜막에 자그마한 솥단지가 하나 걸려 있었지만 역시 밥을 한 흔적 따윈 없었다.

채선은 부엌을 달려나왔다. 진정 귀신이 아니고서야 나 모르는 비밀이 있을 터이다. 사립을 뛰쳐나갔다.

오두막을 지나는 계곡을 따라 급히 뛰었으나 걸음은 곧 하느작거리기 시작했다. 좁은 방에 오래 갇혀 있던 몸이 금방 지쳐버렸다. 풀섶 위에 내려앉아 차오르는 숨을 도닥였다.

가쁜 숨이 가라앉자 풍경이 들어왔다. 투명한 빛을 머금은 나뭇잎들이 점점이 매달려 맞닿기도 하고 나란하기도 하고 저만치 떨어져 있기도 했다. 그 사이로 푸른 하늘이 조각조각 드러나 있었다. 천천히 일어나 사방을 둘러보았다. 길 아래 계곡엔 기묘한 모양의 바위들이 이어져 있었다. 바위들이 겹겹이 쌓인 사이로 맑은 물이 흘러나왔다.

이선달의 비밀을 알아내겠다는 생각은 온 데 간 데 없고 계곡 저쪽에서 물까치 한 쌍이 서로를 희롱하고 있는 것을 바라보았다. 한 마리가 바윗덩이 위에 내려앉으면 파닥거리며 날던 나머지 한 마리가 따라 앉고, 그 녀석이 날아오르면 또 따라 날아오르는 것을 보다보니 절로 재효가 떠올랐다.

어떻게 지내고 계실까. 어디가 편찮으신 건 아닐까.

원망 대신 궁금하고 그리워지는 심사를 달래다 처벅처벅 길을 따라 또 걸었다.

펼쳐진 무성한 숲을 벗어났나 했는데 어디선가 목탁 소리가 들려왔다. 이 깊은 산중에 또 누군가가 있다는 사실에 채선은 안심이 되었다. 가서 기도하고 싶었다. 제발 나리께서 빨리 와주십사 부처님께 기도해야겠다는 생각에 힘이 드는지도 모르고 뛰어올랐다.

금방 나타나리라던 절은 쉬이 나타나지 않았다. 땀이 흘러 목덜미가 따가웠다. 채선은 걸음을 늦추고 계곡 아래로 내려갔다. 계곡물에 발이라도 담그면 땀이 좀 식을 것 같았다.

작은 소 하나가 보였다. 바위의 틈과 틈을 비집고 흘러와 모여서 웅덩이가 된 소에는 발간 꽃이파리 몇 개가 동동 떠 있었다.

"곱기도 해라."

훌쩍 바위를 건너 떨어진 꽃잎을 주워올릴 때였다.

"내 이럴 줄 알았다!"

길 위쪽에서 벽력 같은 소리가 들렸다. 놀라 돌아다보았다.

놀랍게도 재효가 노기 띤 얼굴로 바라보고 있었다.

"나리!"

뒤에는 이선달이 그림자처럼 서 있었다.

"이선달에게 일부러 집을 좀 비워보라 했더니 역시 예상대로구나. 이선달!"

이선달이 허리를 굽혔다.

"내가 정한 목록에 이렇게 나와 돌아다니란 말이 있었던가?"

이선달이 어정쩡한 표정을 지었다.

"그렇다면 어찌해야 하는가."

"하명대로 하겠습니다."

이선달이 내려와 채선의 팔을 움켜잡았다.

"나리!"

"어허! 따라가지 않고."

야멸차게 돌아서는 재효 등짝을 숲그늘이 내려와 덮어버렸다.

"왜요? 나리는 저한테 왜 이러시는데요?"

채선은 이선달의 손길을 뿌리치며 재효를 불렀다.

재효는 걸음을 멈췄으나 뒤돌아보진 않았다. 등짝이 찍은 듯 움직이지 않았다.

"너를 왜 그렇게 방치해두느냐 말하는 것이냐?"

폐부를 뚫는 반문에 채선은 대답도 못한 채 눈물만 흘렸다.

"묻겠다. 네가 조선 최고 창자가 되고 싶다 한 말은 진심이었느냐?"

"예."

"아니! 너는 지금 거짓말을 하고 있다."

채선의 대답을 재효가 잘랐다.

"아닙니다. 전 거짓말 하지 않았습니다. 저는 조선 최고 소리꾼이 되어 힘든 백성들에게 희망이 되고 썩어빠진 관료들을 꾸짖을 겁니다."

"이래가지고?"

숲이 쩌렁쩌렁 울리는가 했는데 재효가 돌아섰다.

"이래가지고 그럴 수 있다고? 잘 들어라. 매미가! 겨우 열흘 울고 죽을 매미가, 날개를 달기 위해 어둡고 컴컴한 땅 속에서 얼마나 긴 시간을 참고 견디는 줄 아는가? 아무도 보아주지 않는 깊은 땅 속에서 언젠가 날개를 달 그날을 기다리며 견디고 또 견디는 시간이 얼마인지 너는 정녕 아는가!"

내리치는 철퇴에 채선은 온몸이 으깨어지는 느낌이었다.

"나리…."

"너는 아니다. 너는 그저 운 좋아 목청 하나 잘 타고 났으니 그 목청에 기대어 홍청망청 살고 싶은 싸구려 광대에 지나지 않는다."

"어르신 제 말을 좀 들어주셔요."

"입 닫고 내 말을 들어라. 특별해지기 위한 자는 특별한 노력을 하지 않으면 안 된다. 피를 몇 동이나 쏟고 땀을 몇 말이나 흘려야 하는지 모른다. 몸속의 진액이란 진액을 다 쏟아내며 뜨겁고 황량한 황무지를 건

너는 민달팽이가 되지 않으면 꿈도 꾸지 못할 일이다. 너의 그 간드러진 걸음걸이, 헤프기 짝이 없는 웃음, 요기가 조랑조랑 묻어나는 목소리를 벗어던지고 천하를 호령할 목청을 얻기 전에는 기생꼬투리나 해먹기에 딱 알맞단 말이다. 이 나라 조선에서 여자가 예인으로 살아가려면 어때야 할 것 같으냐? 난설헌의 격조와 황진이의 독기와 사임당의 소양을 갖추어도 사당년으로 취급받기 십상인 나라다. 요망스럽기 짝이 없는 정신상태로 얼마나 엎드려 있었다고 이리 발광을 쳐대는 것이냐?"

채선의 눈에 기어이 눈물이 고이기 시작했다. 굽이굽이 틀린 말이 없었다. 그간 자신의 경망됨이 부끄럽기 짝이 없었다.

"지금까지 내 너를 지켜봐왔다. 너에게는 진정성이 없었다. 더 높은 꿈과 더 높은 이상으로 똘똘 뭉쳐 타고난 요망기를 없애려는 간절함도 없었다. 얄팍한 미색과 요망한 몸짓으로 내 마음을 가질 생각에만 사로잡혀 있었다. 어떻게 하면 이곳을 벗어나 동리정사 소리청의 안락한 환경 속에 묻힐까만 소망했다. 그리고 너는 나를 원망하고 믿지 않았다. 나는 나를 원망하고 믿지 않는 사람을 위해 여생을 허비할 여력도 시간도 없다. 예인의 길을 가고자 하는 길을 갈구하는 사람은 얼마든지 있기 때문이다."

"나리…."

시야를 가리는 눈물 너머로 재효도 자신처럼 울고 있음을 채선은 보았다.

"누군가를 지옥으로 보내는 자는 지옥길을 그 누구보다 더 잘 알고 있다. 지옥훈련을 시키는 자의 하루는 더욱 지옥이라는 뜻이다. 네가 일어날 때 나는 이미 일어나 정좌하고 있었다. 네가 좌선을 할 때 내 의식은 오직 너를 위해 열려 있었다. 아침 독서를 할 때 나도 책을 읽었고 소리 연습을 할 때 북을 앞에 놓고 있었다. 네가 잠들기 전에 나는 단 하루도 먼저 자리에 든 적 없었다. 그랬으면서도 네 앞에 나타나지 않은 것은 의지를 시험해 보기 위해서였다. 이래도 내 말에 반박할 참이냐?"

"아닙니다. 아닙니다, 어르신."

채선은 태산처럼 크고 높은 한 사내를 앞에 두고 끝도 없이 허물어져 내렸다. 온몸의 열기를 품고 쏟아져내리는 눈물에 그간의 어리석음을 씻어내었다. 우뚝하니 장대한 분이 내 앞에 서 계심이니 나는 얼마나 복이 많은 아이인지. 기억 속에 묻혀 드러나지 않는 시간 따위 이제 잊을 것이다. 내 삶은 포도넝쿨 주렁주렁 휘늘어진 동리정사 동문에 든 순간부터 시작된 것이니 이제 이 분은 나의 아버지요, 스승이요, 연인이요, 친구이다. 내겐 오로지 이렇게 크신 한 분이면 족하다.

채선의 처절한 진정성을 읽었을까. 피곤함이 역력한 음성으로 재효가 물었다.

"내가 미우냐?"

"아닙니다."

"그렇다면 다시 시작하려느냐?"

"예. 스승님."

자기도 모르게 스승이라는 소리가 튀어나왔다.

"누가 감시하지 않아도?"

"예."

"누가 시키지 않아도?"

"예. 할 것입니다. 저 혼자서도 묵묵히 하겠습니다. 껌껌한 어둠 속에서 인고의 시간을 보내며 우화등선의 날을 기다리는 한 마리 굼벵이처럼 기어가겠습니다."

"그 말이 진심일 터."

이번에는 대답하지 않았다. 차마 알량한 말 한마디로 자신의 깨달음을 전하고 싶지 않았다.

"그래…. 내 한번 더 지켜보도록 하겠다."

하늘을 올려다보던 재효가 계곡 쪽으로 천천히 내려왔다. 그리고 채선 앞에 이르러 무릎을 꿇었다.

"아가, 나는 명창이 되고 싶었다. 왜? 한 때문이었다. 내게는 너보다 더한 한이 더께더께 앉아 있다. 나는 그 한을 소리로 풀어내고 싶었다. 허나, 나는 좋은 목을 타고 나지 못했다. 아무리 연습해도 철성이나 파성이 되는 생목을 타고 났다. 어찌하여도 통성이나 천구성을 낼 수 있는 목이 아니었다. 그런 목으로 명창 반열에 오를 수는 없는 법이다. 대신에 나는 석파께서도 졌다 하는 귀명창이다. 지난 날 멋대로 토해내는 너의 배비장을 들었을 때 나는 작정했다. 너에게 내 여생을 걸자. 내가 가지고 있는 모든 것을 너에게 주자."

숨이 차는 모양이었다. 재효는 잠시 말을 멈추었다가 다시 이었다.

"내가 너의 목숨을 살려주었듯이, 니가 나의 목숨을 살려주었듯이 우리는 다시 한번 서로를 살리자. 너는 이 나라 조선의 둘도 없는 명창이 되고 나는 그런 너를 목숨 바쳐 지원하는 것은 어떠하겠느냐?"

"예, 스승님. 저는 스승님의 것입니다. 스승님도 제 것입니다."

자신의 신발 끝에 이마를 묻고 대답하는 채선을 두고 재효는 천천히 돌아섰다. 그리고 입엣말처럼 중얼거렸다.

"그래, 이제 우리는 하나다. 네가 곧 나이고 내가 곧 너이다."

제5장

득음의 길

도리화

동리 보시게.

기녀도 아니고 사당패도 아닌 계집을 소리꾼으로 키워낼 생각을 했다니 역시 동리 당신이야. 나랏법에도 없는 짓을 했으니 내가 당신을 어찌해야겠나.

그렇다고 나랏법에 계집은 소리를 할 수 없다고 명시한 것도 아니니 처벌하기도 모호할세.

어쨌거나 덕분에 며느리 생일은 그럭저럭 치렀다네. 승냥이 같은 며느리야 탐탁해하든 말든 무슨 상관이겠나. 내 귀가 넘치게 호강한 것을.

허나, 말일세. 무릇 광대란 눈과 귀를 다 즐겁게 해주어야 일패라 할 수 있질 않겠나. 기왕 하는 일, 내차에는 미색을 겸비해서 골라 보내주시게나.

그렇다고 해서 내 말을 너무 고깝게는 여기지 말게. 나야 아무려나 동리 당신에게 빚진 인생 아닌가. 당신이 주는 대로 넙죽 받아먹을 수밖에.

약을 주었으면 병을 주지나 말던지, 병을 주었으면 약을 주지나 말던지 약도 주고 병도 주고 또 다시 약을 주니 그 속을 헤아릴 길이 없었다.

허나, 대원군의 평소 성정으로 보아 속이 불편한 게 맞을 것이다.

예상한 일이긴 했다. 금파를 한양으로 보내는 것을 세종에게 맡긴 후 채선에게 마음을 쏟느라 잊고 있었는데 기어이 질타하는 편지를 받고

만 셈이다.

재효의 불편한 마음을 정작 더 힘들게 한 건 다음 대목이었다.

궁이 점점 모습을 드러내니 내 마음이 여간 설레질 않는구먼. 그래서 말일세. 경회루 낙성식 땐 연회를 거하게 열려 하네. 경회루 낙성식이 어떤 기회인가. 각국 사절들에게 이 나라 조선의 면모를 제대로 보여줄 수 있는 기회가 아닌가? 그땐 귀호강에 눈호강도 할 수 있도록 신경을 좀 써주시게.

또 전갈 넣으리다.

아참, 보내준 원납전은 심히 과하다 여겨졌으나 고마웠소.

편지를 접는 재효의 마음은 복잡하기 이를 데 없었다. 금파의 인물이 사내의 마음을 후릴 정도야 아니지만 그렇다고 눈을 시큼하게 할 추색이라고 하기에도 애매하다. 인물이야 보는 사람마다 다 다를 터. 해도 '소리채 대신 석파란 한 장'에 귀호강을 그렇게 하고도 내심 불만을 적어 보낸 것을 보면 참으로 욕심이 과한 양반이다. 뿐인가. 금파의 속치마 어디에도 석파란은 없었다.

속을 알길 없기는 금파도 마찬가지다. '석파란 한 촉'이란 조건을 분명 일렀는데 제 미색 아무리 빠진다 하나 그것도 한 촉 못 얻고 돌아왔다는 것이 믿어지질 않았다. 금파라면 한 촉 아니라 세 촉, 열 촉도 얻어오고도 남음이 있는 아이라 여겼다.

아내의 옥비녀를 훔쳐가고도 멀쩡한 사람에게 뒤집어 씌우고는 천연덕스레 웃는 아이다. 대체 무슨 내막이 깔려 있는 걸까. 석파란 한 촉이면, 그것도 아녀자 속치마에 피어난 석파란이라면 금전적 가치를 넘어 대단한 의미가 될 것이다.

계산에 관한 한 거의 동물적인 감각을 타고났다고 자부해온 재효였다. 남들이야 이름도 성도 모르는 떨거지들을 다 받아들여 입히고 재우고 소리 공부까지 시켜준다고 치사가 미어졌으나 그것 또한 계산이 통 없어서 그런 건 아니다. 작게는 벗을 길 없는 자신의 전생 업장을 벗기는 길이요, 크게는 이 나라 썩어문드러진 사대부가에 일침을 놓을 인재 하나 키우는 일이다. 그 인재가 이 나라 조선의 명운을 가름하지 않는다 누가 호언할 수 있으리. 그 일을 금파라고 하지 못할 것 무엇인가.

"또 그 말씀을 물으십니까. 어제도 말씀드렸듯이 대원위대감의 천 길 속을 제가 어찌 헤아리겠습니까, 영감."

처소를 찾았을 때 아직도 풀리지 않은 여독으로 눈이 퀭한 세종이 약간 언짢은 투로 대답했다. 벌써 몇 번을 찾아와 한양행에 대해 물으니 그도 짜증이 날 만하다 여겼으나 찜찜한 마음을 달래야 하기에 어쩔 수가 없었다.

"그 양반이 금파를 영 탐탁치 않아했는가, 정말로?"

"대감. 대체 제게서 무엇을 원하시는 겁니까? 이미 다 말씀을 드렸는데요."

재효는 자신이 조급해하고 있다는 것을 느꼈다. 그렇지만 뭔지 모를 불안감이 자꾸만 대답을 다그쳤다.

"대답을 해보게. 정말로 그 양반이 금파를 못마땅해 하셨는가?"

"그럴 리가요. 아주 흡족해 하셨습니다. 금파를 따로 부르기까지 하셨다고 하지 않았습니까. 그런데 영감, 영감이 오늘 따라 낯섭니다. 왜 그렇게 불안해 보이십니까."

"묻는 말에만 답을 하게. 그랬다면 말일세. 그랬다면 왜 약속한 석파란을 그려주지 않았을까?"

"그러게나 말입니다."

재효는 세종의 피곤한 얼굴이 채선에서 기인하다고 생각했다. 제 품에 넣고 한번 키워보려고 아이를 쫓아내버린 소견을 내심 못마땅해하는 것이 틀림없었다.

"혹시 무슨 내막이 있는 건 아닐까?"

"참으로 영감답지 않습니다."

재효는 포기하기로 했다. 사내란 그런 것이니까.

"쉬게."

세종의 다소 짜증서린 얼굴을 뒤로 하고 돌아나올 때였다. 세종의 음성이 뒷자락을 잡았다.

"그런데 말입니다, 영감."

"뭔가?"

"제가 없는 동안 무슨 일이 있었습니까? 망구할멈이 보이지 않습니다. 들리는 소리로는 영감도 그간 집에 계시지를 않았다고 하던데요. 혹, 제게 숨기는 게 있으신 건 아닙니까?"

몹시 피곤했다. 이쯤해서 털어놓아야 하는 건 아닌가 싶었다. 망구할멈은 지금 도솔암에 가 있고 나 역시 한동안 그곳에 머무르면서 그 아이를 돌보고 있는데 그런데 지금 그 아이가 위험한 것 같다고. 고양이에게 빼길까 숨겼더니 호랑이에게 빼기게 생겼다고 털어놓으면 교활하다고 할 만큼 영민한 세종이 어떻게 생각할까. 제게서 빼앗아가더니 결국 흥선군의 아가리에 쑤셔넣게 생겼습니다며 탕탕 웃어젖힐까.

재효는 고개를 저었다.

"무슨 걱정이 있으십니까?"

"아니네."

재효는 서둘러 세종의 처소를 나왔다. 금파가 내려왔단 전갈에 집으로 돌아왔지만 심중에 가득한 것은 채선이었다. 그 아이가 어떻게 하고 있는지 궁금해서 견딜 수 없었다. 내가 되고 싶었던 명창의 꿈을 네가 대신 이루어주겠느냐 물었을 때 바라보던 눈 속 가득했던 물기, 세상 어떤 약속의 말보다 진실했다.

이제는 체면 따위, 명분 따위 벗어던질 것이라 재효는 생각했다.

자신의 내면이 시키는 대로 행할 것이다. 그러려면 이선달을, 아니 예인 스님을 본래 자리로 보내드려야 한다. 착용했던 두건과 더그레를 벗게 하고 가사장삼을 입혀 드려야 한다. 될 성 부른 싹 하나 키워보자고 부처님 시봉하며 수행 생활하는 분께 어렵게 부탁을 드렸는데 좋은 일하는 데야 중이라고 못할 것 있겠느냐 흔쾌히 승낙을 해주신 분이었다. 비구니의 몸으로 무술을 익혔으니 다행한 일 아니냐는 말까지 해주셨다. 참으로 불경을 저질렀다.

망구할멈도 마찬가지다. 집안에서 없어서는 안 될 사람이 그 아이의 먹을 것, 입을 것, 잘 것들을 챙기게 도솔암에 머물러달라 했을 때 군말없이 따라주었다. 그러고 보면 나도 인덕이 통 없는 게 아니구나 싶었다. 하지만 이제는 그 모든 일들을 내가 도맡을 것이다. 여생을 모두 바쳐 울창한 나무 한 그루 키우는 것이 이승에 온 몫일 터이다. 동리정사를 떠나 당장 오두막으로 돌아가야겠다고 작정했다.

달이 지고 있었다. 서천 우거진 잡목 사이로 떨어진 달은 조각이 났다가 뭉쳤다가 또 조각나기를 반복하다 결국은 하나의 덩어리가 되어 기울어갔다.

조각이 나도 흩어지지 않는 저 달처럼 아가, 너와 나도 수백 번, 수천 번 부딪치고 깨어져도 다시 하나 되어야 하느니. 각각이 되어서는 결코 득음의 경지에 이를 수 없느니. 진동하는 울대를 뚫고 올라오는 웅장하고 장엄한 성음을 들으며 핍박받는 자의 울분을 쓰다듬고 착취하는 자의 모가지를 눌러야 하느니. 그리하여 우리 이 나라 조선의 한덩이 혼이 되어야 하느니. 아가, 우리 함께 기쁨이 되자. 비록 네가 곧 나임을 약속하였으나 아니다. 너는 나만의, 나는 너만의 것이어서는 안 된다. 그 사욕의 담을 넘어 우리 조선의 기쁨이 되어야 한다.

불 꺼진 채선의 방문 앞에서 주먹을 불끈 쥐었으나 심장의 살점들이 조각이 나 어둔 허공을 가르며 쏟아지는 것만 같았다. 만인의 기쁨이 되기 이전에 단 한 사람의 기쁨이 되고 싶은 늙은 사내의 보잘것없는 본능 때문이었다. 보잘것없으므로 본능을 따르는 순간, 역사의 바퀴살은 떨어져 나가 구를 것이고 하늘은 조각 나 한 뼘 웅덩이 속으로 곤두박질칠 것이다. 인간의 삶이란 현생에서 행하는 것만이 전부는 아닐 것이므로 한생이 지고 다시 태어나 윤회하며 역사는 이어지는 법이다. 그러므로 역사의 사슬에서 결코 자유로울 수 없는 너와 내가 아니냐. 아가, 그러니 어찌해야 하겠느냐. 거슬러 십여 리를 올라야 있는 도솔암이 아니라면 이 숲 속엔 다람쥐와 더불어 우리 둘뿐이질 않느냐. 예인스님과 망구할멈을 떠나보낸 후 나는 몹쓸 망념으로 괴로웠다. 너무 괴로웠다. 하루가 다르게 피어오르는 너를 사심 없이 훈육하는 일이 내겐 형벌이었다. 뿜어대는 정욕을 참아내야 하는 청춘의 수행승과 다를 바 없었다. 새벽녘에 깨어난 너의 모습은 봉오리를 터뜨린 도화꽃 같았고, 아침 공부를 끝낸 네가 기지개를 켜면 이파리를 활짝 펼친 오얏꽃 같아서 나는 너에게 질끈 날아가 주둥이를 처박고만 싶었다. 나는 아득한 전생 어느 날에 도리화 마냥 물든 얼굴로 가마에 오르는 너를 향해 숨어 손 흔들던 어린 마당쇠였는지 몰라. 너의 송긋한 도리화 웃음 한 다발이면 내 긴긴 평생은 너의 향기로 겨웠을지도 몰라. 설레게 고운 석양빛 물드는 하늘을 보면 너의 고운 볼을 물들이는 노을이 되고 싶었을지 몰라.

하고 싶음과 해서는 안됨 사이에서 사지가 찢기는 통증을 감내해야 하는 자신을 재효는 갈등하고 질책했다.

"아가…."

터져나는 탄식을 목울대로 밀어넣고 발을 돌리는데 방안에서 채선의 음성이 새어나왔다. 재효는 바짝 다가가 귀를 세웠다.

"들로 내려가면 초동목수 아이들이 몽둥이 들어 메고 으음 산토끼 잡으러 가자."

수궁가 한 대목이었다.

"무심한 것."

내 저의 잠자리 밖을 서성이며 이리 괴로워하는 줄도 모르고 잠결에도 노래 연습을 하는구나 싶으니 대견하면서도 야속한 마음이 들었다.

"거의 죽어서 죽을 토끼, 목궁기 쓴 내 나고 밑궁이 조총 놓니, 이 아니 팔난인가."

돌아서려던 재효는 다시 귀를 세웠다.

"거의 죽어서 죽을 토끼, 목궁기 쓴 내 나고 밑궁이 조총 놓니, 이 아니 팔난인가."

잠꼬대로 부르는 노래가 출구를 찾지 못한 물도리처럼 자꾸만 되풀이되고 있었는데 소리가 이상했다. 아무리 잠꼬대로 부르는 소리라 하나 간헐적으로 섞여나는 쉿소리가 귀에 거슬렸다. 그저 잠꼬대로 부르는 소리라서 그런 건 아닌 것 같았다. 분명 이상이 있음이었다.

졸이는 마음으로 두 발을 댓돌 위에 올렸지만 망설이지 않을 수 없었다. 아무리 딸 같은 아이라 하나 잠든 처녀 방이 아니냐. 차마 댓돌을 내려서지 못했다. 그렇다고 그냥 두기에도 불안했다. 창자에게 목은 생명이 아니랴. 결국 발 하나를 쪽마루 위로 성큼 올려놓았다.

어둠 속에서 채선은 모로 돌아누운 채 잠들어 있었다. 작고 가냘팠다.

내려앉아 윗목에 놓인 호롱을 당겼다.

옅은 호롱빛 아래 드러난 채선의 얼굴은 박꽃보다 창백했다. 창백한 관자놀이 위를 두어 가닥 흘러내린 머리칼이 눈꼬리에 걸려 있었다.

"아가…."

천천히 손을 내려 머리칼을 걷으려는데 채선이 돌아누웠다. 손가락 끝에 관자놀이 부분이 살짝 닿았다. 전신이 녹아내리는 것 같았다.

"내가 너를 어찌하면 좋으냐, 아가."

연배가 맞는 총각을 만나 봄이면 산으로 들로 나물을 뜯고, 여름이면 시원한 냇물에 발을 담그고, 가을이면 색색이 든 단풍을 주워 머리에 꽂으며 피어날 너를 내가 어찌해야 좋으냐.

재효는 양 손을 모아 자신의 얼굴을 쓸어내렸다. 거칠고 메마른 손바닥으로 골 깊은 주름이 우글거리며 기어가는 것이 느껴졌다. 서글펐다. 외로웠다. 평생을 퍼내어도 마르지 않을 재물이 있으면 무엇을 할 것이며, 그 재물로 인심을 얻었으면 무엇을 할 것인가. 저 많은 소리청 창자들을 키워 세상에 내놓는 일들로 전생 업을 닦을 수나 있을까. 차라리 너를 데리고 아무도 모르는 곳으로 가서 들꽃처럼 사는 것이 어떨지. 그렇게 생각하자 시간을 거꾸로 돌리고만 싶었다. 그럴 수만 있다면 모든 재물을 던져서라도 시간을 사고 싶었다.

다음 날 새벽, 호롱이 켜지는 것을 보고 재효는 채선의 방 앞으로 갔다.

"일어났느냐?"

잠시 후, 방문이 열렸다.

밤새 뜬 눈으로 저를 지킨 것을 알면 외려 불편해하리라. 짐짓 음색을 가다듬어 물었다.

"들어가도 되겠느냐?"

"예, 스승님."

개던 이부자리를 정리하고 다가앉은 채선의 얼굴에는 예상했던 창백함 대신 젖빛 홍조가 폭삭하니 드리워져 있었다. 젖빛은 월하의 이화梨花요, 홍조는 이슬 갠 도화挑花이니 너의 낯빛을 내 도리화 같다고 말하고 싶구나. 속엣말을 침에 섞어 넘기고 물었다.

"밤새 열은 없었느냐?"

"미열이 있긴 하지만 괜찮습니다."

아직 잠기가 가시지 않은 얼굴이 더 고왔다.

"목은 어떠하누?"

"저보단 스승님의 목소리가 불편해 보이십니다. 어디가 편찮으신지요."

"펴, 편찮긴. 내가 그럴 일이 있겠느냐. 그보다… 그보다 너는 내가 싫지 않느냐?"

채선이 비켰던 시선을 돌려 재효를 보았다.

"어찌 그런 말씀을 하십니까."

"이 늙은이가… 이 늙은이가 너를…."

복장 안에서 뭔가가 울컥 올라오려 했다. 기침을 핑계로 얼굴을 돌렸다. 잠시 침묵하던 채선이 나직이 말했다.

"나이를 먹는다는 것은 스승님. 사람이 나이를 먹는다는 것은 먹는 만큼 지혜를 키우는 일인 것 같습니다."

목소리가 도리화 꽃잎에 떨어지는 이슬 같았다.

"그렇다면 스승님께서 살아오신 긴 세월은 스승님이 지닌 지혜의 크기가 아니겠습니까. 저는 아직 미숙합니다. 미숙하니 지혜란 것이 있을 턱이 없지요."

채선의 말에 재효는 심장이 베이는 것만 같았다.

"스승님께서 말씀하지 않으셨습니까. 우리는 하나라구요. 스승님은 곧 저이고 저는 곧 스승님이라 말씀하셨습니다. 그렇다면 스승님의 지혜는 제 것이요, 저의 젊음 또한 스승님의 것이 아닙니까. 무엇이 부족하시어 그런 못난 말씀을 하십니까. 스승님께서는 될 성 부른 싹을 볼 줄 아는 매의 눈과 절벽 둥지에서 밀어내어 새끼의 독립을 돕는 독수리의 강인한 육아법을 아시고 계십니다. 누가 이러한 스승님을 늙은이라 부른단 말씀입니까."

모르는 사이 이 아이가 이렇게 컸구나. 이렇게 성장했구나. 예인 스님께 맡겼던 시간들이 결코 헛되지 않았구나. 고맙고 또 대견했다.

"그래. 어젯밤 잠자리 들기 전 입정에서는 무엇을 알아차렸느냐?"

"제가 참으로 운이 좋은 아이라는 사실을 알아차렸습니다."

"운이라니. 무슨 말이냐."

"저는 원래 죽었어야 할 몸이지 않습니까. 이렇게 살아 스승님의 모든 것을 받으며 소리꾼으로 커가고 있으니 어찌 운이 좋지 않다 하겠습니까. 게다가 성스러운 수행자의 수발을 받았습니다. 이승 빛이 하늘을 찌릅니다."

우문이었으나 돌아온 대답은 현답이었다.

어찌 이런 것이 내게 왔나 싶었다. 내 전생에 지은 악업으로 아내를 넷이나 앞세운 박복한 사내다. 그런 남귀팔자를 타고난 내가 이렇게 복이 많아도 되는 것인지 두렵고 또 두려웠다. 이 아이를 내게 보내준 사람이

혹 죽은 네 명의 아내가 아닐까. 착했거나 후덕했거나 바지런했거나 검소했거나 그러했던 아내들이 아닐까. 그렇다면 더욱 열성을 낼 일이다. 머지않은 날에 이 아이를 조선 최고 명창으로 우뚝 세울 일이다. 재효는 그 일 하나를 위해 여생을 바치리라 다짐하고 또 다짐했다.

"아가."

"예, 스승님."

"너는 소리가 뭐라고 생각하느냐?"

부드럽게 바라보던 스승의 시선이 채찍처럼 날아온다 싶었는데 눈앞이 노래졌다. 늘 하고 있던 소리이건만 정작 소리가 무엇인가 물으니 대답할 말이 떠오르지 않았다. 그러고보니 소리가 무엇인지 생각해본 적이 단 한번도 없었다.

"대답하여라. 판소리가 무엇이냐?"

판이 주어지면 그 판 위에서 노래로, 너름새로, 아니리로 청자들을 웃고 울리는 것이 판소리다. 그것 말고 더 무엇이라 설명할까. 채선은 대답을 찾으려 눈을 깜빡거렸다.

"그런 것이다. 우리는 늘 자기가 하는 일에 대해 잘 알고 있다고 착각하며 살아간다. 그러나 알아야 한다. 자기가 모른다는 것을. 특히나 한 분야에서 최고가 되려는 자들은 더 잘 알아야 한다. 자기가 가장 잘 안다고 생각하는 자기의 일을 실은 제일 모른다는 것을 말이다. 최고는 그것으로부터 만들어진다. 이제부터 너는 네가 알고 있다고 생각한 판소리에 대한 믿음일랑 모두 버려라. 파도가 왔다간 모래사장처럼 완벽히 지워내어라. 무슨 말인지 알겠느냐."

채선은 고개를 끄덕였다. 알 것도 같고 모를 것도 같았지만 이분의 말씀이라면 모래를 바위라고 해도 믿고만 싶었다. 화사하게 익은 복숭아를 따는 농부도, 붉게 물든 자두를 따는 농부도 이 열매들이 잘 익으리란 믿음으로 그 많은 땀을 흘렸을 테니까.

채선은 주먹을 쥐었다. 어떤 어려움도 견뎌내리라. 어떤 불길이라도 뛰어들리라. 스승님이 지금처럼 내 곁에 계셔주시기만 한다면.

득음의 길

가을이 갔다.

재효의 북채는 닳아서 반질거렸고 채선의 부채는 귀가 낡아 너덜거렸다. 북채를 잡은 재효의 팔은 들어올릴 수 없었고 허리는 곧추세우기 힘들 정도였다. 채선의 목소리 역시 너덜거리는 부채처럼 갈라져 때로는 나오지 않았다.

두 사람은 실망하지도, 멈추지도 않았다. 명기 하나가 만들어지기까지 얼마나 많은 망치질과 담금질이 있어야 하는지 아는 두 사람이었다.

하루하루 연습에 목숨을 걸었다. 비가 오면 비를 맞았고 눈이 오면 눈을 맞으며 산을 올랐다. 바위를 뚫고 내리는 작은 물길 앞에서는 낮고 가는 소리를, 허공을 가르며 내리꽂는 폭포수 앞에서는 피를 토하는 우렁찬 소리를 뽑아올렸다. 그렇게 채선의 목청은 노래의 구비를 따라 흐르며 석간수가 되기도 하고 천 길 폭포가 되기도 했다. 광활한 들처럼 넓어졌고, 천 길 수심처럼 깊어졌다. 채선은 넓고 깊어지는 자신의 목청이 스승 재효의 살과 뼈와 피와 땀을 파먹은 결과라 굳게 믿었다. 뿌리도 모르는 계집 하나를 위해 노구를 보살피지 않는 스승에게 보은할 길은 이 나라 최고 명창이 되어 천하를 농락하는 일이라 믿고 또 믿었다.

어느 아침이었다. 눈을 떴을 때 채선은 깜짝 놀랐다. 창호문이 희푸르게 밝아 있었다. 늦잠을 잔 것이다. 채선은 후다닥 일어나 이부자리를 정리했다.

이상했다. 평소 같았으면 호통을 치고도 남을 것이었다. 이렇게 날이 다 밝아올 때까지 왜 아무 말씀이 없으실까.

호롱을 밝히자 구석자리에 있어야 할 요강이 보이지 않았다. 대신 세숫물이 담긴 놋대야가 머리맡에 놓여 있었다.

문을 확 밀었다.

채선은 또 한번 놀라지 않을 수 없었다. 주먹만 한 눈송이가 푹푹 떨어지고 있는 마당 한가운데 재효가 북을 앞에 놓은 채 정좌하고 있었다.

"스… 승니임."

눈을 소복이 덮어쓴 작은 체구가 마치 설인이 되어버린 것 같았다.

"일어났느냐?"

입술 위에 올라앉았던 눈송이가 후드득 떨어졌다. 채선은 고개를 들 수 없었다.

"무엇을 그리 미안해하느냐. 늙으면 이렇게 잠이 없는 것을."

재효가 곁에 놓인 부채를 훌쩍 던졌다. 허공을 날아오는 부채와 함께 어깨 위에 올라앉았던 한 덩이의 눈이 또 부서져 내렸다.

"지나간 잘못에 매이지 마라. 일어났으니 시작을 하면 될 것을. 대신, 다시는 잘못하지 말아라."

입술이 얼었는지 발음이 정확하지 않았다.

"그래, 오늘은 무엇을 하려느냐?"

스승님의 뜻대로 하겠다고 대답하려는 찰나, 설인처럼 꼿꼿이 앉은 재효의 모습과 비슷한 형상이 머릿속에 떠올랐다. 아미를 찌푸려 모았다.

내리는 햇살을 등으로 받으며 앉은 사내의 등이었다.

조금만 더….

촉수를 모으자 영상이 조금씩 뚜렷해졌다. 사내는 하얀 도포를 입은 채 정좌하고 있었다. 앞에는 북이 놓였고 북채를 잡은 손등에는 검버섯이 듬성듬성 피어 있었다.

채선의 눈이 재효의 손등으로 가 꽂혔다.

자기도 몰래 뒷걸음이 처졌다. 설인처럼 앉아 북채를 잡은 스승의 손등에도 검버섯 몇 개가 듬성했기 때문이다. 그러자 전혀 생각지도 못했던 일이 일어났다. 영상 안으로 무언가가 걸어오는 듯하다가 쭈볏 섰는데 그만 자신을 보더니만 마구 달려와 몸을 휘어감는 것이었다.

— 이년아! 이년. 니년이 미치지 않고 이러지는 못한다.

쪽을 반듯하게 진 아낙이었다. 아낙의 손아귀에서 벗어나려 발버둥을 치는데 어느 순간, 차갑고 예리한 감촉이 발바닥에 느껴졌고 그 감촉 사이로 아릴 듯한 통증이 온몸으로 퍼져 올랐다.

— 거기 서라, 이년. 네 년이 그렇게 도망을 간다고 내가 못 잡을 줄

아느냐 이년!

그악하게 소리 지르며 달려오는 아낙을 뒤로 하고 어딘가를 향해 뛰고 또 뛰는 자신이 보였다. 허공에서 흰 갑사 천이 자신을 향해 너풀거리며 따라왔다. 호위라도 하듯 천은 달음박질에 맞춘 속도만큼 날아왔다. 숨은 턱에 차고 의식은 가물거릴 즈음 어디선가 너울이 밀려왔다. 너울 속으로 자신이 걸어들어가는 것이 보였다. 흰 갑사천도 너울거리며 주위를 돌았다.

채선은 그만 쓰러지고 말았다.

— 아가… 아가… 괜찮느냐?

아득히 누군가가 부르는 소리가 들렸다. 아버지라 생각했다.

있는 힘을 다해 눈꺼풀을 밀어올리려 했으나 천 근 돌덩이를 매단 듯 눈꺼풀은 꼼짝하지 않았다.

— 채선아, 아가 채선아!

눈을 감은 채 물었다.

— 제 이름이 채선인가요?

— 그래, 네 이름은 이 아비의 성을 받아 진채선이다.

그리고는 모든 것이 환해졌다. 어릴 때 같이 놀던 금파도 생각났고, 정월 대보름 무렵이면 어디서 왔는지 몰려오는 또랑광대를 따라 뛰어놀던 것도 생각났고, 신당에서 종이옷을 접던 것도 떠올랐고, 물지게를 지고 염정으로 나간 아버지를 마중나간 것도 떠올랐고, 자신을 세습무로 만들려던 어머니 월녀도 떠올랐고, 어쩔 수 없어 장만신 집에서 머물며 내림굿 준비를 한 것도 떠올랐고, 굿당굴에서 신을 받던 것도 떠올랐다. 혹여나 자기도 몰래 공수가 터질까봐 이를 악물고 홍보를 부여잡고, 배비장을 부여잡고, 심청을 부여잡고, 춘향을 부여잡은 애타던 심정도 고스란히 느껴졌다. 결국 장만신과 무당들과 악사들과 어머니 월녀의 힘에 밀려 작둣날 위로 올라갔으나 심줄처럼 잡고 있던 이 나라 최고 명창이 되려는 집념이 작둣날로 하여금 발바닥을 그어버리게 했고, 사방이 피로 물드는 것을 본 어머니 월녀와 장만신이 넋을 놓은 틈을 타 산을 달려 올라간 것도 떠올랐다. 밤을 새워 산을 넘고 또 넘어 바다에 닿은 것까지는 기억났지만 그 이후론 하얗게 지워져버렸다.

아, 내 이름 진… 채… 선.

일순, 눈이 번쩍 떠졌다. 그러곤 훌쩍 일어나 앉았다.

"스승님. 저는 지금 별주부전 계변양류 편을 해보고 싶습니다."

입술을 앙다문 채선을 보고 재효가 어리벙벙한 표정으로 물었다.

"괜찮느냐?"

"그럼요. 괜찮고 말고요. 괜찮습니다."

재효의 걱정 어린 시선을 받으며 채선은 부채를 집어올렸으나 울음이 터질 것 같았다. 어쩌자고 이 저주 받은 기억은 돌아왔단 말인가. 잊을 것이다. 이름도 잊고 세습무의 딸이라는 것도 다 잊을 것이다. 그러므로 계변양류를 불러야 한다. 계변양류는 주술이다. 별주부가 땅 위로 나가 토끼를 만나기 위해 온 정성을 다해 비는 주술이다. 사지는 파김치처럼 널브러지는 듯했지만 이를 악물었다.

"저는 스승님. 꼭 계변양류를 해야 합니다."

"그래, 그렇게 하여라."

채선의 얼굴에 드리운 혼란을 그대로 알아차린 재효는 북채를 잡은 손에 힘을 주었다.

"별주부가 토끼를 만나기 위해 제단을 배설해놓고 비는디! 계변양류 늘어진 산과목실을 주워다가 방위 가려 갈라놓고 은어 한 마리 잡어내어 어동육서로 꾸며놓고 지성으로 독축을 하는구나."

"허이!"

"유세차 갑진 오월 갑진삭 임자 초구일, 남해 수궁 별주부 자라, 감소고우 상천이리월 성신후토 명산 신령님전 지성봉축 하나이다."

"얼씨구!"

"용왕이 우연 득병하야 천의 도사 문병 후에 토끼 간이 약이라 하오니, 산중 토끼 한 마리만 내려주시길 천만축원 근이청작 상사 상향."

비손하는 대목에 오자 목구멍이 막혀오기 시작했다. 해서 소리는 잠시 쉬고 간절한 마음으로 두 손바닥을 비볐다. 비비고 비비고 또 비볐다. 제발 돌아온 기억이 다시 사라지길. 그래서 스승과 함께하는 이 길에 걸림이 되지 않길.

"토끼를 만나게 해…."

겨우 목을 추슬러 소리를 시작했을 때였다. 날카롭고 거친 무엇인가에 난자당한 듯한 통증이 목구멍을 후벼팠다. 채선은 목을 감싸 쥔 채 데굴데굴 굴렀다.

"토끼를!"

그러면서도 소리를 내려고 안간힘을 썼다. 이대로 소리를 멈추어버리면 또다시 세습무의 딸로 돌아갈 것만 같았다.

"토끼를!"

"그만! 그만 그쳐라."

재효의 눈빛에 광채가 번득이더니 북채를 던지고 달려왔다.

"된 거다. 되었어! 드디어 천구성을 얻었어."

재효가 채선을 끌어안았다. 그리곤 울먹거리며 말했다.

"아가, 나는 니가 해낼 줄 알았다. 너는 타고난 목청이었음에도 소리가 조화롭지 못했다. 떡목과 귄은목이 섞여 있어서 그랬다. 오, 관세음보살!"

채선은 행복했다. 천구성을 얻었다는 말 때문이 아니었다. 이렇게 안겨보고 싶었다. 스승의 품이 오롯한 자기 것이 되기를 피를 토하며 기다렸다.

"스승님, 그런데 왜 이렇게 아픈가요?"

목을 감싸쥔 채선을 바라보는 재효의 표정은 감격 그 자체였다.

"목구멍을 헤집는 듯 아플 것이다. 그것은 떡목과 귄은목이 찢겨나갈 때 생기는 통증이다. 이제 되었다. 이제 너는 드디어 득음의 문 앞에 다가선 것이야."

미궁 속으로

나라는 점점 미궁 속으로 빠져들었다. 경복궁 중건에 동원되었던 사람들 중에는 죽어 돌아오지 못한 자가 있는가 하면 뺏기다시피 제공한 재물과 토지를 생각하며 이를 가는 이도 있었다. 방방곡곡에서 불만이 터져나왔다.

홍선은 귀를 막았다. 무릇, 한 나라의 권좌에 앉은 이는 귀를 열면 되지 않는다. 백성들이란 본시 저리 철없는 아이 같아서 말을 들어주면 끝없이 달라고 보채는 존재다. 일단은 눌러놓고 볼 일이다. 밟혔을 때는 죽는다고 소리소리 지르지만 뭔가를 떡 보여주고 먹을 것 한 줌 던져주면 밟혔다는 사실조차 잊어버리는 존재이다. 그러니 아무리 외롭더라도 단단한 생각의 골갱이를 움켜쥐고 그 골갱이에 살을 붙이고 껍질을 입혀 뭔가를 만들어내어야 한다. 그 뭔가가 바로 무너진 경복궁을 다시 복원해내는 일이라고 홍선은 믿어 의심치 않았다.

그러나 그도 인간이었다. 귀 있으니 사방팔방 저주의 말이 들려오고, 눈 있으니 목을 걸고 올린 반박상소를 읽어야 했고, 심장 있으니 이 모든 것에 자신의 욕망이 개입되지 않았다. 부정하지 않을 수 없었다. 그래서 괴로웠다.

괴로움의 뿌리에는 외로움이 있었다. 아내가 있으나 정사를 논할 만큼의 식견이 없고 아들이 있으나 독사 같은 며느리 편만 든다. 자신을 따르는 무리가 있다고 하나 동태눈을 하며 며느리와의 힘겨룸 사이에서 줄타기를 한다. 잠룡시절부터 품어왔던 진주가 아니라면 어디 한 곳 마음 붙일 곳이 없다. 세상 그 누구에게도 마음을 열 수 없는 자리에 앉은 이의 외로움은 피할 수 없는 운명이다.

홍선은 머리가 산란할 때면 기녀 진주를 불러놓고 그녀가 데리고 온 동기의 치맛자락에다 난을 치곤 했다.

"나리. 이번에는 난 잎에 혹이 생겼습니다."

그날도 동기를 불러 속치마 한 끝에다 난을 치고 있는데 난 잎에 뭉텅 먹물이 퍼져버리자 진주가 지청구를 놓았다.

동기가 나갔다가 다시 새 치마를 입고 들어왔다.

"아이고 영감! 또 그리 되었습니다."

하루 종일 경회루 낙성연에 대해 골몰하다 머리가 지끈거려 붓을 들었는데 자꾸만 엉망이 되니 홍선도 마음이 편치만은 않았다.

"나리. 오늘 정말 이상하십니다. 벌써 몇 촉 째 이러시는지 아십니까?"

붓을 놓고 멍하니 앉은 홍선을 진주가 한숨을 쉬며 바라보았다.

"헌데, 그년의 말을 믿을 수가 있었어야지 말이야."

"무슨 말씀입니까, 나리."

"아, 아니다. 난이고 뭐고 치우고 술이나 마시자."

벼루와 먹을 밀어놓고 주안상을 당겨 앉은 홍선은 또 생각에 잠겨 들었다. 아무래도 금파를 그냥 내려보낸 것이 잘못된 판단 아닐까 생각이 되는데 경회루 낙성식이 다가올수록 자꾸만 후회스러움이 더해오는 것이다.

하지만 그때로선 최선의 선택이었다. 아무리 마땅찮아도 며느리는 며느리다. 며느리 생일잔치에 특출한 소리꾼 하나 보내주는 것이면 족하지 않으랴 싶었다. 그래서 온 게 치마 입은 계집이었다. 이 나라 조선에서 왕비 생신연에 설 정도의 여창이 있었다는 것이야 놀라운 일이었으나 그 추색에 또 한번 놀라지 않을 수 없었다. 표정 없이 선 것이 섣달 눈바람 속에 선 허수아비 같기도 하고, 차기 이를 데 없는 눈빛은 석

빙고 속 얼음덩이 같기도 해서 여간 기분이 상하질 않았다. 그래, 이런 것을 보냈어? 싶어서 한 자락 불러보라 했는데 웬걸, 입술이 열린 순간 귀가 잘못됐나 싶었다. 어디서 그런 오장을 녹이는 소리가 올라오는지 믿을 수가 없었다. 평생 소리 한다는 기생들을 끼고 살았으나 단 한번도 들어본 적 없는 애절키 말할 수 없는 음색이었다.

— 이 귀한 난이 제게 어울리겠습니까?

노래가 끝나고 속치마를 펼치라 했더니 대뜸 한 말이 꽤 요망스러웠다. 너의 노래가 내 귀를 호강시켰으니 석파란 한 촉이면 어떨까 했는데 또 이것이 슬그머니 꼬리를 빼는 것이었다.

— 이것을 치마폭에 심고 다닐 아이가 저 말고 또 있을 것으로 압니다, 마마.

생긴 것과 달리 제법 요기를 띠며 말했을 때 호통이라도 쳤어야 했다. 감히 누가 내리는 것인데 거절을 하느냐 혼쭐을 냈어야 했다. 그리고 너는 여기 머물다가 경회루 낙성연에 서라고 했어야 했다. 한데, 너 말고 그곳에 삼삼한 것이 또 있냐 물었을 때 거짓을 어찌 아뢰겠냐 눈알을 똑바로 뜨는 차에 그만 사내로서의 욕심이 생겨 판을 깨고 말았다. 내 난을 심고 다녀도 어울릴 만한 아이가 동리정사 소리청에 또 있다면 보지 않고서야 사내가 아니지.

돌이켜보면 창피하기 짝이 없는 처신이었다. 정말 그렇다면 이미 동리에게 전해졌을 것이고, 당연히 그런 아이 있으니 보내드리겠다 전갈이 올라왔어야 했다. 설사 소리가 아직 설익어 보낼 형편이 안 된다하여도 그러한 저간의 사정을 경저리를 통해 보내도 보내왔을 일이다.

"내가 그년한테 농락을 당했음이야."

진주와 동기를 내보내고 앉았으니 슬금슬금 화가 끓어오르기 시작했다. 아직도 전갈을 보내오지 않는다는 것은 금파라는 계집의 입이 여즉 열리지 않았거나, 저보다 미색이 있다는 말이 거짓말이었거나, 동리가 자신을 비웃고 있거나 셋 중 하나라고 생각했다.

홍선은 당겼던 주안상을 휙 밀어놓고 다시 붓을 잡았다. 그리고 흠뻑 먹물을 묻혀 종이 위로 옮겨갔다.

획획, 몇 번 붓이 오가자 방금이라도 흔들릴 듯 이파리 몇 개가 피어올랐다. 곧 꽃도 피고 나비도 날았다. 그런데 재미가 없었다.

홍선은 붓을 던지듯 놓고 일어나 병풍 뒤에 두었던 북을 꺼내왔다. 푸른 비늘을 번뜩이며 용 두 마리가 날아오를 듯 새겨진 용고를 꺼내 마주 앉고 보니 젊어 한때 재효와 어울려 다니며 멋대로 소리하던 시절이 그리워졌다. 삶과 죽음이 언제든 자신을 받아들일 준비를 하고 있던 격동의 시간들이었다. 재효를 만나지 못했던들 그 회오리치는 심중을 견딜 수 있었을지 모를 일이다. 홍선은 북채를 들어 갓테를 툭 쳤다.

"천하대세가 분열된 지 오래면 반드시 합해지고, 합해진 지 오래면 반드시 분열되느니 주나라 말엽에 진시황이 통일허고."

그 시절과 같은 흥이 생겨날 까닭이 없었다.

"그년을 다시 불러야 하나. 이거 원."

아니, 아니 아니다. 이왕이면 다홍치마라 했다. 인물이 빠져도 너무 빠지는 그 아이보다 미색까지 갖춘 여창이 정말로 있다면 서두를 일이 아니다. 아직 시간이 남아 있으니 그 미색 계집의 소리가 익도록 기다렸다 전갈을 넣을 일이다. 서둘러 금파를 다시 불러올렸다간, 삼베옷 입자 모시옷 도착한 꼴이 될 수도 있기 때문이다. 여자란 것은 어쨌거나 보아서 눈이 즐거워야 한다. 그렇다고 입었던 삼베옷을 훌렁 벗고 모시옷으로 갈아입기에는 체면이 말이 아니니 이러지도 저러지도 못하게 생겼다.

홍선은 이제 끝을 보이는 공사가 어서 마무리되기를 기다리는 수밖에 없다고 생각했다. 그때면 금파가 한 말이 사실인지 아닌지 알 수 있을 것이다.

처녀무대

세상은 세상대로 사람은 사람대로 그렇게 흘러갔다. 채선도 득음을 향해 흘러갔다. 동이 트면 산으로 올라가 폭포 아래 자리를 잡고 앉아 목청을 넓혔고 밤이면 오두막 위 바위 위에 앉아 가라앉은 새벽공기를 흩트리지 않는 소리를 연습했다. 우렁우렁한 폭포수를 뚫으려 창자가 빠지도록 소리를 하면 창자 대신 피가 뿜혀 올라왔고 공기를 흩트리지 않는 새벽 소리 연습 때는 오장이 녹아들고 사지가 오그라졌다.

재효는 온갖 약을 마련하여 먹였다. 그래도 쏟아내는 피를 막을 재간이 없었다.

마지막 방법은 똥물이었다. 아버지 광흡이 살아생전 전수해준 그 방법은 채선에게 해줄 수 있는 마지막 방법이었다. 재효는 칫간으로 가 가장 오래 삭은 인분을 한 옹기 퍼 담아왔다. 그리고 반으로 쪼갠 길다란 대나무를 꽂았다. 시간이 흐르면서 대나무 속껍질을 타고 맑은 액체가 조금씩 젖어 올라와 매달아놓은 기름종이를 타고 떨어져 내렸다.

채선은 약한 비위에도 스승의 정성을 거부하지 않았다. 설익은 득음에 완성도를 더하기 위해서는 똥물 아니라 시쳇물인들 마시지 못할까 보냐 이를 악물었다.

그날도 폭포를 찾아 산 공부를 마치고 돌아오는 길이었다. 오두막에 들어서니 툇마루 앞에 김세종이 앉아 있었다.

"세상은 백 년 만의 가뭄에 목이 타는데 여긴 아주 촉촉하군요."

비아냥과 질투가 묘하게 섞인 말투였다.

"자네가 여긴 어쩐 일인가?"

채선에게로 향하는 세종의 시선을 막으며 재효가 물었다.

"산 공부 하고 오시는 길입니까?"

세종이 일어서며 물었다.

"여긴 어떻게 알고 왔느냐 묻질 않은가?"

그때였다.

"제가 오라 했습니다, 신 거사님."

비구니 예인이 봉당을 돌아나오며 합장했다. 재효도 합장했으나 불편한 마음은 여전했다. 미소 지으며 합장하는 채선의 표정 역시 옅은 불안감이 어렸다.

"우리 보살님은 완전히 달라지셨군요. 예전의 모습이 전혀 보이지 않습니다."

"그래, 집안엔 별일이 없는가?"

예인의 말을 자르며 재효가 세종을 향해 물었다.

"그보다는 영감."

채선에게서 여전히 시선을 거두지 않은 채 세종이 재효를 불렀다.

"영감! 우선 제 말씀을 들으십시오."

"맞습니다. 집안 일보다는 김 거사님이 전할 말씀을 먼저 들으시는 게 맞을 것 같습니다."

불편한 분위기를 읽었는지 예인이 끼어들었다.

"그렇지요, 스님?"

그제야 김세종이 채선에게서 시선을 거두고는 소맷동을 뒤져 뭔가를 꺼냈다. 겉봉에는 '김요협'이라는 이름이 적혀 있었다.

동리 보시게.

우리 집에 경사가 났다네.

자네도 알지? 내 아들 기중이가 장가를 가게 되었어.

며느리 될 아이가 아주 후덕해보여서 내 맘이 흡족하다네.

명당 터에 아버님을 모신 덕택이다 싶으이.

해서 말인데 잔치를 열려하네. 가뭄과 기갈이 심하니 굶주리는 고을민들이 많을 터 내가 준비하는 음식이 그들에게 힘이 되었으면 하이.

하니, 자네도 와서 잔치의 흥을 북돋워주시게나.

굳이 쓰진 않았지만 잔치에 필요한 소리꾼을 준비해달라는 뜻이었다.

"이런 일이라면 굳이 내게 오지 않아도 될 일이 아닌가? 나는 소리청 일을 자네에게 모두 맡겼네."

"그래서 왔지요."

세종의 얼굴이 다시 채선에게로 향했다.

"그래서라니?"

예인이 대신 말을 받았다.

"신 거사님. 이 일은 소리청 문제만은 아니겠기에 제가 김 거사님을 오시라 청을 넣었답니다."

재효는 편지를 접어 소맷동 속으로 넣으며 비켜선 채선을 보았다.

그렇다면 이제 저 아이를 무대에 세울 때가 온 것인가.

짐작이 맞다면 지금이 그때일 수도 있다. 이 산속에다 평생 가둬두듯 데리고 있을 수는 없다. 득음의 경지에 이르면 실전에 내어보내 그간 갈고 닦은 기량을 선보여야 한다고는 생각하고 있었다.

물론, 김요협이 마련한 잔치자리 따위는 아니었다. 채선이 첫 선을 보일 자리는 이 나라 최고 청자들이 모인 자리여야 마땅하다. 그런 자리에서 조선 최고라는 칭송을 들어야 한다. 그래야만 썩어빠진 사회를 마음껏 희롱하며 울고 웃고 통탄하고 후회하게 할 자리로 연결될 절호의 기회가 될 수 있다.

그런 마음 이면에는, 한낱 지방 토호가 벌인 소리판인들 어떠랴. 더 높은 곳으로, 더 넓은 곳으로 나아가기 위해서라면 저잣거리 경험이라고 가릴 일이 아니라는 생각도 들었다.

채선을 그 누구에게도 내놓고 싶지 않은 마음과, 이제는 내어놓아야 할 때가 왔음을 인정하지 않을 수 없는 마음 사이에서 재효는 잠시 갈등했다.

"아가, 너는 들어가 짐을 챙겨라."

느닷없는 말에 채선이 눈을 동그랗게 뜨고 바라보았다.

"오늘로 산 공부를 마친다."

"스승님!"

"내 말 안 들리느냐?"

할 말을 가득 담았으나 꾹 다문 채선의 입술이 가볍게 경련했다.

"어서!"

채선은 세 사람을 번갈아보다 방으로 들어갔다.

"저 아이에게 머리를 올려드릴 결심을 하신 겁니까, 영감?"

채선의 뒷모습이 완전히 방안으로 사라지고 문이 닫힐 때를 기다리던 세종이 물었다. 사뭇 언짢았으나 맞는 물음이었기에 인정치 않을 수 없었다.

"그럴 때가 된 것 같구만."

김요협의 잔치 준비는 실로 거창했다. 말끔하게 닦아놓은 삼천 평 집터 주변엔 백 개가 넘는 덕석이 깔리기 시작했고 집안에 기거하는 솔거노비와 바깥에 사는 외거노비의 손도 모자라 음식을 나를 사람을 모으는 별도의 방까지 나붙었다. 잡은 돼지만도 쉰 마리가 넘고 내린 술만도 백 동이가 넘는다는 소문이 온 고을에 자자했다.

술렁술렁 잔칫날이 다가왔다.

잔칫날 아침, 마을에는 꼭두새벽부터 호롱이 켜졌고 날이 밝자 사람들은 제일 좋은 옷으로 갈아입고 집을 나섰다.

행렬은 길었다. 개미가 줄을 지어 먹이집을 향하듯, 김요협의 집으로 가는 길 위에는 행렬이 끝이 없었다.

차일로 덮인 삼천 평 집터는 누가 봐도 명당이었다. 앞으로는 서해로 흘러드는 강이 가로놓여 있고 뒤로는 소요산이 병풍인 양 받치고 있었다.

요협은 차일마당으로 나가 꾸역꾸역 몰려드는 사람들을 직접 맞았다. 각 고을 현령들과 지체 있는 자들은 굳이 요협이 맞지 않았다. 그들과는 뒤에서 관계 맺을 기회가 많았지만 서민들에게는 이럴 때가 아니면 인심 얻을 기회가 없음을 아는 지혜가 그에게는 있었다.

"공양들 많이 하십시오."

요협은 인자한 미소를 머금고 일일이 앉을 자리를 찾아주는 친절을 베풀었다. 사람들은 한쪽에 차려진 가방(음식방)으로 드나드는 아낙들의 손에 들린 음식접시에 눈을 빠뜨린 채 요협이 안내하는 차일 쪽으로 게걸음을 걸었다.

소리판이 마련된 것은 잔치 사흘째 되는 날이었다. 차일 한 쪽에 자리가 깔렸고 초대되어온 현감과 육방관속, 토착 향리들이 자리를 잡았다. 이어 줄을 선 일반 고을민들이 김요협의 가솔들이 안내하는 대로 둥그렇게 둘러앉았다.

"믿을 만은 한가?"

"판을 벌여봐야 알겄지 뭐."

차일 뒤에서 대기하고 있는 채선의 귀에 좌중 속에서 주고받는 소리가 들려왔다. 채선은 재효를 바라보았다.

"신경쓰지 마라."

그때 요협이 차일을 걷고 대기석으로 들어왔다.

"굳이 여창을 데려왔는가 그래. 모두들 영 미덥지가 못하다고들 하네."

"믿지 못하겠다면 돌아갈까요?"

재효가 흰 차일에다 시선을 박은 채 건조한 투로 되물었다.

"어허, 이 사람 참."

요협이 난감한 듯 재효와 채선을 번갈아 바라보다 헛기침을 하고는 차일을 걷고 나갔다.

"아무런 소리도 듣지 마라. 너는 그저 너 자신을 믿으면 되느니."

채선은 조금 긴장되긴 했지만 불안하지는 않았다. 너 자신을 믿으라는 스승의 말이 아니더라도 자신감이 있었다. 오늘이 지나고 나면 나는 다른 사람이 되어 있을 거라는 자신감으로 마음이 평온했다. 오히려 자기보다 스승 재효가 더 불안해 보였다.

"자, 우리 집 장손 출생을 축하하러오신 많은 분들 감사합니다. 맘껏 드시고 맘껏 즐기기 바랍니다. 그리고 지금부터 소리판이 시작될 것입니다. 기대해주십시오."

빨리 소리를 시작하라 웅성거림이 높아지자 차일 밖에서 요협의 목소리가 들려왔다.

"나가자!"

채선의 등을 두드려주곤 차일을 걷고 나왔을 때 재효는 현기증을 느꼈다. 모여든 인파가 생각보다 많았다. 더욱 놀란 것은 맞은편 현감 옆자리에 황진사가 떡하니 앉아 있는 것이었다. 오르는 김에 물을 뿌린 듯 재효는 맥이 탁 풀렸으나 기운을 냈다.

"저는 고창 홍문거리 동리정사에서 소리창자를 키우는 신재효라 합니다. 오늘 현감 이하 여러 영감들과 대중들이 모인 자리에서 물건 하나 소개할까 합니다."

좌중을 향해 허리를 접었다가 펴자 뒤에 섰던 채선이 걸어나왔다.

"뭐여? 뭔 귀신 씬나락이여?"

"계집이 소리를 헌다고? 나참, 선산에 계신 아버지가 벌떡 일어나실 일이로세."

여기저기서 웅성거리는 소리가 들려왔다.

"쯧쯧, 새파란 애가 어쩌다가."

웅성거림 속에서 재효는 황진사의 혀 차는 소리를 들었다. 분명 들었다. 상투가 삐죽 서는 것 같았다. '어쩌다가'란 말에는 채선 역시 곧 죽어나갈 것이라는 의미가 담겨 있을 터였다. 뒷골이 뻣뻣해지며 등골을 타고 땀이 흘렀다.

재효는 손으로 채선을 저지하고 한 걸음 더 나갔다. 그리고 큰소리로 소개를 했다.

"그렇습니다. 오늘 이 자리를 즐겁게 해줄 소리꾼은 남창이 아니라 여창입니다. 길고 짧은 건 대봐야 알고 달고 쓴 건 맛을 봐야 알 터이지요. 동의하신다면 힘껏 박수로 격려해주시기 바랍니다."

“허, 참. 내 살다 살다 별꼴을 다 보는군. 여기가 어디라고 사당년을 데리고 온 건가? 사당년이면 가만히 세웠다가 자네 침수발이나 들일 일이지. 곧 죽어나갈 사당년 노랑목이나 들으란 말인가?”

황진사의 야유는 곧 김요협에게 불똥으로 튕겨갔다.

“자네도 그렇지. 곧 죽어나갈 사당년을 초대해서 어쩌자는 건가? 조선 천지에 쌔고 쌘 게 소리꾼인데.”

무슨 소린가 싶은지 김요협이 잠시 생각하다가 허허, 너털웃음을 흘리며 되받았다.

“고정하시지요, 영감. 도라지 씨만 보고 백화가 필지 청화가 필지 어찌 알겠습니까.”

“피기나 하면야 천지신명의 돌봄이겠지.”

황진사가 끙, 새된 소리를 내며 모로 돌아앉았다.

재효는 놓인 북 앞으로 가 앉았다. 갈대로 엮어 만든 커다란 도래방석 위에 앉자 치밀어오르던 분기가 조금 누그러졌다. 크게 심호흡을 하고 두루마기 자락을 정돈한 후 북채를 잡았다.

오도카니 섰던 채선이 앞으로 나와 삿자리를 밟고 섰다.

여기저기서 탄성이 터졌다. 채선의 빛나는 매무새 때문이리라.

재효의 눈에도 채선은 그 어느 때보다 어여뻤다. 아주까리기름을 바른 머리채는 한 올 흐트러짐이 없었고, 볼록한 뒤꼭지 아래 꽂힌 옥비녀는 희디흰 목덜미를 더욱 희어보이게 했다. 금가루를 묻혀 화려하게 배색한 저고리는 흑진주색을 바탕으로 해서 격조가 더 했다. 풍성한 치마는 흰 원단을 썼는데 그 역시 금가루를 발랐다. 그 어느 때보다 화려

했으나 천박하지 않았다.

"원껏 뽑아올려라."

소리 죽인 재효의 지시였다.

"옛날 옛적! 황주 땅 도화동에 한 소경이 살았는디! 성은 심가요 이름은 학규라."

채선의 입에서 사설이 아니리로 터졌다.

"곽씨 부인이 품을 팔아 봉사가장을 받드는디."

"허따, 열녀 났네, 열녀 났어."

황진사가 수염을 쓸며 허리를 죽 빼 앉았다.

"삯바느질 관대도복 행의 창의 직령이며 협수쾌자 중추막과 남녀의 복의 잔누비질…."

"허이!"

재효의 추임새에 맞춰 심청가가 이어졌다.

"아차아차 내 잊었소 저 아이 이름일랑 청이라 불러주오 저 주려 지은 굴레 오색비단 금자 박어."

팔짱을 턱 끼고 지켜보던 황진사는 창이 이어지고 아니리가 반복됨에 따라 팔을 풀었고, 상체를 점점 앞으로 당겼다.

주변 공기를 제멋대로 휘젓는 듯 어디 한 군데 걸리거나 갈라짐 없는 채선의 목소리에 재효도 놀라지 않을 수 없었다.

"동네사람들이 모여들어 여보 봉사님 죽은 사람 따라가면 저 어린 것은 어쩌시려 하오."

시간이 갈수록 좌중의 분위기는 하나가 되어갔다. 청이를 낳은 곽부인이 심봉사가 지어온 약도 못 먹고 죽는 장면에서는 에휴, 에휴 안타까운 소리가 터져나오고, 땡그렁 땡그렁 요령 소리를 더늠으로 이어가며 곽씨 부인을 장례 치르는 대목에서는 한숨소리마저 터져나왔다. 죽은 마누라를 따라 울고 불며 가는 심봉사를 떼어말리는 장면에선 제 새끼를 품에 안고 훌쩍이는 젊은 아낙도 있었다.

채선은 그렇게 시원할 수가 없었다.

언제였었나. 무당이 되기 싫어 심청가를 부르며 매달리던 때가. 하늘엔 별이 칼끝처럼 빛나고 그 하늘을 향해 높다랗게 솟은 신대를 잡고 펄쩍펄쩍 뛰었던 날은 진정 언제였었나.

채선은 맞은편에 앉아 눈시울을 닦는 아낙을 보며 무명치마를 휘날리며 뒤를 쫓아오던 어머니 월녀를 떠올렸다. 네년은 누가 뭐라 해도 신님이 점지혔단 말이다. 피한다고 피해지는 거이 아니여. 어머니의 독기 섞인 소리를 들었던 것이 언제였었나. 채선은 문득 아버지가 보고 싶었다.

아버지를 불렀다.

"아이고 아버지이! 아버지는 듣조시오. 자로는 현인으로 백미에 부미하고 순우의 딸 제영이는 낙양옥에 갇힌 아부몸을 팔아 속죄하고 말 못하는 가마귀도 공림 저문 날에 반포은 헐 줄 알고."

— 채선아, 이 아비는 네 속 다 안다. 허지만 어쩌겄냐, 네 엄마 소원이 저러키나 간절허니 죽었다 셈치고 내림굿 한번은 받아나보거라.

"싫소, 싫소. 나는 싫소. 아버지가 아무리 그래도 나는 싫소."

채선이 아버지를 향해 내지르는 통한의 소리는 심청의 것이 되어 좌중 속으로 파고들었다. 훌쩍거리던 아낙들의 울음소리도 채선의 오장이 녹는 소리의 세계 속으로 어느새 잠겨버렸다.

"심청이 거동봐라 부친 앞으로 우루루루루 목을 끌어안고 아이고 아부지! 부르더니 말도 못하고 틱 기절헌다. 어허 이거 웬말이냐 에잉 여봐라 청아 무엇이 어쩌고 어째?"

채선은 무너지며 흐느꼈다.

"돈도 싫고 쌀도 싫고 눈뜨기도 내사 싫다. 가슴 쾅쾅 두드려 목제비질을 덜컥 내리둥굴 치둥굴며 죽기로만 작정을 허는구나."

더 이상 소리가 아니었다. 가늘고 여려보이는 목을 타고 올라 입 밖으로 쏟아지는 것은 창자며 밥통이며 염통이며 심장이었다.

땅바닥을 두드리며 딸을 찾는 심봉사의 통한의 눈물에 소리판은 같이 느껴 울었다. 채선은 털썩 주저앉아 목이 터져라 아버지를 부르다 바닥을 안고 기기 시작했다.

먼 뻘판 위로 해가 떨어지고 있었다. 물이 밀려들고 있었지만 아버지는 보이지 않았다. 허우적거리며 아버지를 찾았다. 아버지는 쓰러진 채 밀려드는 물길에 젖어들고 있었다.

"아버지, 아버지. 아버지의 딸 청이오. 눈을 좀 뜨시오. 눈을 떠 보시오오."

그러나 아버지는 어쩐 일인지 꼼짝하지 않았다. 와락, 두려움이 몰려왔다. 채선은 아버지의 뻣뻣한 몸을 흔들며 소리쳤다.

"아버지 죽을라믄 나도 죽을라요. 이 청이도 죽을라요. 아버지, 눈을 뜨오. 눈을 좀 뜨보오."

그리곤 눈을 감고 죽은 듯이 누웠다.

웅성거리던 좌중이 조용해졌다.

어디선가 아득히 아버지의 음성이 들렸다.

"아가! 아가, 눈을 떠라. 그렇게 자면 안 된다. 눈을 떠야 해."

제6장

운명의 길

다시 검당포

채선은 몇 날 며칠을 앓아누웠다. 뇌수가 빠지고 골수가 마를 만큼 혼을 쏟아낸 첫 무대의 후유증이었다. 몸뿐 아니었다. 마음도 회를 친 듯 쓰렸다. 그토록 간절했던 첫 무대를 성공적으로 치르고 나니 당장 무엇을 해야 할지 갈피가 잡히질 않았다. 할 일이 하나도 없어진 것만 같았다. 노래 속에 보였던 아버지가 자꾸 떠올랐다. 아무리 부정하고 싶어도 뿌리를 자를 옹심이 채선에겐 없었다. 눈만 감으면 노을이 내리는 빛나는 뻘밭과 그 뻘밭 위를 기는 생명들이 보여 견딜 수가 없었다. 그리웠다. 그리워서 눈이 짓물렀다.

역시 나는 돌아가야 한다. 아무리 부정하고 싶어도 부정할 수 없는 나는 진채선이고 세습무당 월녀의 딸이다.

첫 무대의 후유증은 참으로 깊고도 아팠다.

"뭘 좀 먹어야지, 이러고 있으면 쓰느냐?"

망구할멈의 손에 도래소반을 들려 찾아온 재효가 걱정스레 타일렀다. 채선은 고개를 모로 돌렸다.

"일어나서 미음이라도 한 술 떠야지. 이러다 정말로 병나겠다."

"서방님도 참. 의주 파발에도 똥을 눈답디다. 그리 서두르시면 아이가 갑시지요. 임나비 궁둥이에서 쏟아지는 알을 봐도 웃음이 나야 웃는 법이니 천천히 일어나 먹게 두시구랴."

눈치 빠른 망구할멈이 들었던 도래소반을 내려놓으며 재효에게 나가라 눈짓했다. 재효는 꼼짝하지 않았다.

"그렇기나 소리에 한이 맺혔더냐?"

채선은 속을 몰라주는 스승이 서운했다. 내 심장이 너의 심장이라 말했던 스승이었다. 그런데 스승은 내 마음을 헤아리지 못한다. 나의 이 자리보전을 첫 무대의 후유증 정도로만 치부한다. 내 안에 지금 무엇이 들어 있고 무엇 때문에 이토록 번민스러운지 알려 하지 않는다. 역시 나는 집으로 돌아가야 한다. 피로 맺어진 인연과 길 위에서 맺어진 인연은 근본이 다르다.

"숨 쉴 힘은 남겼어야지. 너 죽고 소리 있다더냐. 앞으론 그러지 마라, 아가."

채선은 곁을 떠나지 않는 재효가 처음으로 거추장스러웠다.

"이제 네 앞길은 탄탄대로다. 어서 털고 일어나야지."

"목석간장이 아주 녹는구만요. 찍으려는 황새나 아니 찍히려는 조개나 참 가관도 아닐세."

애가 단 재효와 묵묵부답으로 일관하는 채선을 번갈아보던 망구할멈이 못마땅한 듯 혀를 끌끌 차며 나가버렸다.

"네가 상처를 많이 받은 모양이구나."

망구할멈이 문을 닫는 것을 확인한 재효가 채선의 손목을 잡았다. 스치기만 하여도 오간장이 녹던 스승의 손길이었다. 채선은 재효의 손에서 자신의 손을 빼내고는 속에 두었던 말을 꺼냈다.

"말미를 주서요."

"말미라니?"

"좀 다녀오려구요."

"무슨 소리냐. 이런 몸으로 어딜 간다고?"

"그냥요, 좀 갈 곳이 있어요."

"누구와 함께 말이냐?"

"…."

"혼자 말이야?"

채선이 보일 듯 말 듯 고개를 끄덕였다.

"참으로 모를 일이구나. 집도 절도 모르는 네가 갈 곳이 어디 있다고 하는지 모를 일이다."

하다못해 달거리 날짜까지 숨기지 않던 아이였다. 그런 아이가 저 혼자 어딜 가겠다는 건지 재효는 여간 서운칠 않았다.

그럴 수도 있으련만, 늙으면 이렇게 설움이 많아지는가.

재효는 격앙되는 감정을 찬찬히 눌렀다.

채선은 돌아누워버렸다. 이렇게 말할 때는 차마 말 못할 일이 있으려니 믿고 보내주면 안 되는 건가. 나도 사람이다. 아프고 그립고 쓰리는 것들이 있다. 나는 종년이 아니다. 스스로 판단할 것들이 있다. 소리꾼의 길을 계속 갈지, 다 접고 어머니 월녀의 소원대로 무녀의 길을 갈지 내 스스로 판단하고 싶다. 설사 무녀의 길을 가기로 했다 치더라도 그간의 은혜를 모르지는 않을 것이다. 어떤 삶을 살든 스승이 가르친 대로 부끄럽지 않는 삶을 살면 되지 않는가 말이다. 나라고 꼭 소리꾼만 되어야 한다는 법이 있다던가.

"왜? 내게 말 못할 일이라도 있는 게냐?"

침묵하는 채선이 재효는 속이 탔다.

오만가지 상상이 머릿속을 채웠다. 혹여 내가 모르는 사이 어느 놈과 눈이라도 맞았나 싶기도 했고 소리꾼이 머리를 얹는다고 하는 첫 무대에서 예상 밖의 호응을 얻고 보니 늙은 내가 거추장스러워졌나 싶기도 했다. 나는 저를 밤하늘에 하나뿐인 달이라 여겼는데 저는 그러지 않았던 모양이구나. 온갖 망령된 상상이 머릿속을 어지럽혔다. 그렇다 해도 이제 와서 그간의 노고를 물거품으로 만들 수는 없었다.

"아가, 내가 이야기 하나 해주련?"

채선은 침묵했으나 재효는 말을 이었다.

"한양 살 때 말이다. 내가 개 한 마리를 키웠구나. 이놈이 하도 난해서 목줄로 묶어서 키웠지 뭐냐. 녀석이 갑갑다고 난리 발광을 부리기에 하루는 그래, 너도 맘껏 뛰어보아라 하고 풀어줬지 뭐냐. 어찌되었을 것 같으냐?"

"저는 지금 아무 말도…."

"헌데 그 녀석 말이다. 저녁답이 다 되어서 돌아왔더구나. 몰골이 어쨌는 줄 아느냐? 머리통은 깨져서 피가 철철 흐르고 다리 하나는 부러져서 덜렁거리지 뭐냐. 그날 나는 생각했다. 내가 이놈을 이 지경으로 만들었다. 묶여 있는 게 안쓰러워 풀어준 것인데 오히려 이 녀석을 죽을 지경에 이르게 했구나."

차마 그 개가 너에 비유된단 말을 할 수가 없었다.

여전히 귓밖으로 흘려듣는 채선을 보며 재효는 복장이 미어졌다. 그날 나 몰래 어느 놈과 눈이 맞은 게 틀림없다. 이것이, 이 젊은 것이 오죽 늙은이 손아귀에서 벗어나고 싶었으면 소리판에서 눈 맞은 놈을 따라가려 할까. 놓아주면 안 된다. 이 나라에서 계집이 언덕 없이 소리를 한다는 것이 얼마나 위험한지 이 아인 모른다. 개 같은 사내들의 가랑이나 핥아야 하는 삼패로 떨어질 수도 있다. 그것을 경계하여 나는 얼마나 애를 썼는가. 여기까지 오느라 얼마나 힘이 들었는가. 이제 조금만 더 있으면 너를 일류로 키워줄 힘이 분명히 손짓해올 것이다. 그때는 뼈가 가루 나는 한이 있어도 보내줄 것이다. 왜? 힘만이 너를 키워 이 나라의 기쁨으로 거듭나게 해줄 수 있기 때문이니까.

재효는 채선이 듣든 말든 하고픈 말을 찬찬히 이어갔다.

"아가, 어질병이 지랄병된다 하였다. 지금은 비록 갑갑하더라도 조금만 더 참아라. 곧 좋은 날이 있을 것이다."

진심이었다. 마음 같아서는 평생을 곁에 두고 싶지만 가당찮은 욕심일 뿐이다. 새끼를 키우는 것은 드넓은 곳으로 보내기 위함이다. 그곳은 힘이 있는 곳이다. 휘어졌더라도 제상祭床 앞에 앉아야 곶감쪼가리라도 얻어먹는 법이지 각설이 바가지 앞에 앉아봐야 다 차지하여도 쉬어터진 밥풀뿐인 법이다.

"내 말 알아들었으면 일어나 미음 한 술이라도 뜨거라, 제발 아가."

진심어린 재효의 설득 중에도 채선의 의식은 고향 검당포를 향해 달려가고 있었다. 끝도 없는 넓은 뻘밭 한가운데 판때기를 탄 아버지가 염정을 향해 미끄러져 들어가던 검당포, 그 아득한 곳이었다.

그날 밤, 채선은 아무도 몰래 동리정사를 나왔다.

걷고 또 걸었다. 오직 뿌리를 찾으려는 일념으로 고개를 넘고 물길을 건넜다. 사라진 자신을 찾으러 재효가 백방으로 뛰어다니는 것을 알 리 없었다.

밤을 꼬박 새워 마리재를 넘었을 때야 그토록 그리던 고향마을이 보였다. 검당포 넓은 해안선을 따라 고향 마을이 옅은 해무에 가려 조그맣게 엎드려 있었다.

저기구나 내가 씨앗으로 태어난 곳이 저기구나.

고만고만한 지붕들을 넘어 어머니 아버지가 잠들어 있을 집을 더듬었다.

어느 어름에서 채선의 시선이 멎었다. 지붕과 지붕 사이에 청홍황 색색의 깃발을 단 신대가 보였다. 신대를 보는 순간, 본능적으로 두어 발 뒷걸음이 쳐졌지만 그뿐이었다. 반가움이 머뭇거림을 앞섰다. 내가 태어나고 자란 집을 저기 저렇게 두고 그토록 동동거렸구나.

해가 떠오르기 시작했다. 솟아오르는 해의 빛이 수평선을 따라 길게 이어졌다. 들물 바다가 떠오르는 해를 받아 붉게 물들기 시작했다.

아버지는 지금 무얼 하고 계실까. 물이 들었으니 오늘도 남의 집 터진 그물을 기우러갈 준비를 하고 계실까. 굿당으로 가는 어머니를 도와 무구를 챙기고 계실까. 더 지체하다간 아버지를 만나지 못할지도 모른다는 불안감이 덮쳐왔지만 내달리고 싶은 본능과 주춤거려지는 계산 앞에서 한참을 머물러 있었다.

무령, 삼지창, 월도, 작두….

작두가 그려지자 채선은 얼굴을 찌푸렸다. 이대로 집에 들면 어머니는 나를 또 작두 위에 세우려 들지도 모른다. 네년이 이렇게 돌아온 것은 다 신님의 뜻이니 다시 내림굿을 받으라 다짐을 받으려 들지 모른다. 싫고 두려웠다.

그래도 가야 한다. 가서 이렇게 살아 있다는 것을 알리고 어머니의 딸 채선이가 이제는 무당이 아닌 소리꾼이 되었다고, 머지않아 조선의 만백성들을 울리고 웃기는 최고의 창자가 될 거라고. 아니, 그 길 위에 이미 서 있다고. 내 노래를 들은 자들이 웃었고, 울었고, 같이 춤을 췄다고. 그러니까 다시는 무당 되라는 소리만 하지 않으면 검당포 작은 마을이 내 고향이고 세습무 월녀와 염정수 깃는 염부 진씨가 내 아버지라고 만천하에 알릴 거라 똑똑히 전할 것이다. 그러니 가자, 내 집으로 가자.

마음은 몸을 미는데 발은 여전히 떨어지질 않았다.

붉게 물든 바다를 더듬어 염정이 있던 곳을 가늠했다. 세상에서 가장 낮아야만 도달할 수 있는 곳. 그곳을 향해 기어가는 세상에 가장 낮은 사람 내 아버지. 신이 빼앗아간 아내였건만 그 아내 곁을 평생 떠나지 않았던 사내. 아버지에 대한 그리움이 복장을 후비자 망설이던 발이 덜컥 떨어졌다.

단걸음에 집까지 내달린 채선은 사립 앞에서 뚝 멈추어 섰다.

마당 한 가득 무구들이 어지럽게 널려 있었다. 북은 가죽이 찢어진 채 나뒹굴고 대감모자, 장군모자는 테가 떨어져나가 너덜거렸고 요령과 부채, 바라, 삼지창, 월도 온갖 것들도 마치 광풍을 맞은 듯 어지럽게 널려 있었다.

"어머니, 어머니. 저여요."

떨리는 가슴을 쥐고 채선은 한 발 한 발 안으로 들어섰다.

집안엔 아무도 보이지 않았다. 신당으로 들어갔을 때 채선은 까무러치는 줄만 알았다. 전쟁터였다. 신단 위엔 말라서 비틀어진 돼지머리며, 과일, 층층시루떡, 온갖 휘황한 색깔의 무복이 갈가리 찢겨진 채 신당 위에 걸쳐진 지전들과 뒤섞여 그야말로 난장판이었다.

"아버지!"

마당을 달려 어구를 넣어놓은 헛간으로 갔다. 옹색하기 짝이 없는 아버지의 어구는 의외로 가지런히 제자리를 지키고 있었다. 당신의 몸인 양 애지중지하던 물지게는 허옇게 소금기가 말라붙은 채 헛간 입구에 놓여 있었고 짱뚱어를 잡던 낚싯대 역시 흙벽에 가지런히 걸려 있었다.

채선은 사립을 밀치고 달려나갔다. 바다가 저렇게 만조일 때면 인근 마을 염부들이 모이는 곳은 단 한 군데뿐이었다.

주막집 봉놋방 문을 열어 젖혔을 때 투전패를 돌리던 사내들이 일제히 쳐다보았다.

"누구여?"

채선은 사내들 사이에서 아는 얼굴을 찾았다. 아버지와 가장 친했던 장씨가 보였다. 장씨 앞으로 달려갔다.

"아저씨. 우리 아버지 어디 가셨어요?"

장씨는 들었던 투전패에 여전히 시선을 둔 채 무의미한 표정으로 물었다.

"꼴이 그게 뭐냐?"

"말씀해주세요. 우리 아버지 지금 어디 계세요?"

득달같이 달려드는 채선을 물끄러미 보다가 장씨는 투전패를 내려놓았다. 그리고는 종이담배를 말아 불을 붙였다.

"모른다, 나도. 네 아버지가 어디로 갔는지."

"왜요, 왜 몰라요? 아저씬 우리 아버지와 제일 친했잖아요."

"삶은 호박에 이 아니 들어갈 소리 말어라. 나도 그런 줄 알았더니만 니 애비는 나를 동무 취급도 안 했나 보더라."

장씨는 간다 온다 말없이 마을을 떠나버린 아버지가 도리어 서운하다며 담배를 뻑뻑 빨아댔다. 뒤에서 사내들의 거센 소리가 날아왔다.

"아 씨발. 한참 끗발 오르던 참인데. 이봐 장씨! 어서 패들어."

앞에 수북한 지전을 놓은 사내가 눈을 부릅떴으나 장씨는 도리어 주머니를 뒤적여 생초를 꺼내 한 꽁초를 더 말았다.

"야이, 가시나야. 야시 똥구멍같이 생겨먹은 것이 어디 기어들어서 남의 끗발을 끊고 지랄이야, 지랄이. 언능 안 나가?"

텁석부리 사내가 눈알을 부라렸다.

"가르쳐달라구요!"

채선에게 텁석부리 사내의 거친 입담 따위가 들어올 리 없었다.

"아니, 저것이 그래도?"

텁석부리 사내가 투전패를 집어던지고는 채선을 향해 달려와 뺨을 후려갈겼다. 채선의 작은 몸이 픽, 쓰러졌다. 아프지 않았다. 아버지가 어디 있는지 알기만 하면 뺨 아니라 사지가 뜯겨나가도 상관없을 것 같았다.

"그럴 것까진 없잖아."

텁석부리가 쓰러진 채선의 등을 밟으려 하자 곁에 있던 다른 사내 하나가 말렸다.

"이년 때문에 끗발이 지랄되게 생겼는데 내가 참아? 그동안 저 놈 똥구멍에 밀어넣은 판돈이 얼만데?"

사내는 크고 두툼한 발로 기어이 채선의 몸을 짓뭉갰다. 채이고 밟히고 으깨어지는 동안에도 채선은 악다구니를 그치지 않았다. 입 속에 고이는 비릿하고 뜨듯한 액체를 삼키면서도 아버지를 묻고 또 물었다.

"아이고, 이게 뭔 일이래요?"

주막을 비우고 나갔다 돌아왔는지 주모가 달려들어 텁석부리를 떼어냈다. 그리곤 채선을 알아보고 눈이 휘둥그래졌다.

"이거이 누구여? 진씨 딸 채선이 아녀?"

"아주머니. 우리 어머니 어디 계세요. 네?"

한때 아버지를 맘에 두었던 여인네다. 어디서 흘러왔는지 몰라도 염정수를 길어 연명하는 이곳 사내들의 품이 되어준 주모는 짠물 찌든 돈을 주막집 봉놋방에 다 뺏겼다며 머리끄댕이를 쥐어뜯는 아낙들에게도 품이기에 충분한 여인이었다. 그런 주모가 곁눈도 주지 않는 아버지 때문에 속이 새까맣게 탔었다는 것을 이곳 사람이라면 모르는 이 없었다. 주모라면 집 사정을 알고 있을 것이다. 채선은 피범벅이 된 얼굴을 주모의 치맛자락에 묻고는 애원했다.

"아주머니, 제발 좀 가르쳐주세요. 네?"

땅이 꺼져라 한숨을 뿌린 주모가 채선을 부축해 일으켜 정짓간으로 데리고 들어갔다.

말끔한 부뚜막에 채선을 앉힌 주모는 앞치마를 풀어 얼굴을 닦아주며 자꾸만 한숨을 내쉬었다.

"쩌어기 보이냐?"

막걸리 단지를 휘휘 저어 탁배기 한 잔을 들이킨 주모가 댓살을 친 환기구멍을 가리켰다. 댓살 사이로 낮은 야산이 보였다. 어릴 때 동무들과 쑥 캐고 나물 캐러 가던 곳이었다. 여름이면 가재 잡고, 겨울이면 가마니 타고 눈썰매를 타던 곳이었다.

"니 오매 쩌어기 있다."

채선은 멀뚱히 주모를 바라보았다.

"니 오매가 쩌어기에 묻혀 있단 말이다, 이것아."

바람결 같았다. 주모의 입에서 나온 말은 어느 허공에서 생겨나 골짜기를 타고 흐르다 민낯으로 드러난 뻘밭을 향해 미끄러져 드는 바람결 같았다.

"내 말 무슨 뜻인지 알아나 듣겄냐?"

채선은 고개를 끄덕였다.

"니 오매가 무슨 영력이 있냐, 안 그러냐?"

채선은 또 고개를 끄덕였다.

"아, 지도 그런 줄 알믄 죽은 듯이나 있어야제 워낙에 극성을 부렸어야제. 너 없어지고 나서는 말도 못했다."

채선이 없어지고 난 뒤 월녀는 딴사람 같았다고 했다. 자기가 내림굿을 받아 관우장군을 모셨는데 굿을 맡기면 이루어지지 않는 일이 없다며 호언장담하더니 소원이 있으면 다 이루어줄 이 대신력이 그리 오래 가지 못할 것이니 자기를 불러다 빨리 굿을 하라고 했다. 목마르면 구정물도 먹으려는 법이다. 우환이 든 집안에서는 월녀의 그런 말들을 반신반의하면서도 공짜라는 소리에 슬금슬금 찾아왔다.

때로는 효험이 있긴 했다. 눈만 뜨면 마누라를 두드려 패던 사내가 제 마누라 보기를 옥덩이 보듯 하는 집도 있었고, 죽은 시부모의 숨겨놓은 돈을 찾으려던 어느 며느리는 칫간 두엄더미 속에서 두엄더미보다 더 큰 음전꾸러미를 발견한 집도 있었다. 소문은 소문을 타고 퍼져갔다. 월녀는 마치 자신이 신이라도 된 듯 척척 일을 해결했다. 그러다 결국 사달이 났다. 혼기를 앞둔 처녀가 신랑될 이 아닌 다른 총각에게 눈이 멀어서 시집 가기를 거부한다며 찾아온 사람이 있었다. 여인은 싫다는 월녀의 앞에 제법 묵직한 동전꾸러미까지 놓고서는 어떻게 해서든 총각을 급살맞게 해달라고 부탁했다. 그런데 비책을 마련해준다고 한 것이 잘못되어서 급살을 맞은 건 총각이 아니라 처녀였다.

사달은 그렇게 나버렸다. 그 집에서는 사람을 풀어 신당을 쑥대밭으로 만들었고 월녀는 미친 듯 패악을 치다가 어디론가 사라졌는데 봉분이 있는 야산 언덕에서 시체로 발견되었다고 했다.

채선의 사지를 정작 늘어뜨린 것은 주모의 다음 말이었다.

"마누라 죽었다고 해서 따라가는 서방이 어디 있다더냐."

채선은 믿을 수 없었다. 하나뿐인 딸을 두고 아버지가 어머니를 따라갔다는 사실이 믿을 수 없었다.

"니 어미 참 복 많은 년이여."

주모가 코를 팽, 풀었다.

"나야 믿고 싶들 않고 시체도 찾질 못했으니 알 수야 없다만 다들 그렇게 알고 있두마. 바다로 갔다고. 헌디 네가 이렇게 살아 있는 걸 보니 네 아버지 절대 못 죽었을 것 같다."

채선은 차라리 편했다. 자신의 짧은 삶을 그토록 아프게 했던 아버지가 자신의 죽음처로 선택했던 바다로 갔다는 말이 이상스레 위안이 되었다.

채선은 돌아섰다.

"옛말에도 물에 살던 사람 물에서 죽고 산에 살던 사람 산에서 죽는 법이라고 했다. 썩은 나무에 좀 나겄냐? 저 바다 어딘가에 떠 있겄제. 그나저나 이제 너는 어찌할 테냐?"

돌아서는 등 뒤로 주막아주머니의 탄식이 후렴처럼 따라왔다.

다시 동리정사

백 리 길을 걸어 다시 동리정사로 돌아왔을 때는 새벽 별이 총총했다. 동문은 역시 닫혀 있지 않았다.

"죄송해요, 스승님. 그래도 돌아올 곳이 여기뿐이었어요."

포도송이 주렁주렁 늘어진 시렁을 잡고 터져나는 울음을 참느라 채선은 이를 악물었다. 다시는 울지 않으리라 했었다. 어머니 무덤 앞에서, 아버지를 삼켰을 검당포 바다 앞에서 눈이 짓무르도록 울면서 여기까지만, 딱 여기까지만 울고 안 울겠다 다짐했었다. 그런데도 돌아올 자신을 위해 대문을 열어놓은 스승의 큰 품 앞에서는 울지 않을 수 없었다.

새벽바람에 쓸리는 석가산의 댓잎 소리를 귓전으로 느끼며 채선은 동리당을 향해 걸어갔다. 연지정을 지나 안채를 지나고 열린 중문을 넘어서니 우물이 나타났다.

우물가에는 어느 결에 피었는지 동백이 이파리를 펼치고 있었다. 안간힘으로 감싸 안고 있던 슬픔이 울음으로 터져버린 듯 붉게 만개한 동백을 하염없이 바라보다 채선은 심한 갈증을 느꼈다.

스승이 새벽마다 그랬던 것처럼 우물로 갔다. 두레박을 조용히 내렸다. 허공에 고였던 고요가 풀려나기 시작했다. 아래로, 아래로, 가장 밑바닥으로 빠져들고 있었다. 이제 모두 묻으리라. 그리고 새로워지리라.

우물물이 가득 담긴 두레박은 무거웠다. 봉놋방에서 짓이겨진 몸이, 백 리 길을 오간 몸이 무게를 이기지 못하고 휘청거렸다. 몸이 휘청거리자 정신도 가물거렸다. 안간힘으로 정신을 모으려 애를 썼으나 의식은 어느새 아버지의 몸을 싣고 출렁이는 검당포 바다를 향해 쓸려가 버렸다.

"아가…."

희미한 촛불을 뒤로 하고 재효가 앉아 있었다. 피 묻은 옷가지며 솜, 약통, 물그릇들이 윗목에 어지럽게 놓여 있었다.

"스승님."

일어나려 했으나 몸이 바위를 단 듯 움직이지 않았다.

"아가, 나는 네가 영영 안 올까 겁이 났다."

채선은 늙은 스승의 눈에 가득 고인 눈물을 보았다. 서운했던 감정들은 간 곳 없고 살이 찢어드는 듯한 죄책감이 복장을 짓눌렀다. 무엇이 스승님을 그렇게 눈물짓게 할까요. 저의 무엇이 스승님께 이토록 소중한가요. 저는 가진 것이 없습니다. 하여 드릴 것도 없습니다. 스승님의 이 큰 사랑을 어떻게 갚을까요.

채선은 손을 뻗어 재효의 주름진 눈가에 퍼져나는 눈물을 닦아주었다.

"그리 밉더냐. 내가 그렇게 미웠던 거냐."

채선은 고개를 가로저었다.

"내 안다. 왜 밉지 않았겠느냐. 꽃 같은 너를 늙어빠진 것이 참으로 모질게도 잡아두었는데 왜 밉지 않았겠느냐. 나는 아가. 정말이지 너를 세상 그 누구에게도 주기 싫었다. 바람자락에도 머리카락 한 올 맡기기 싫었다. 바람이 너의 머리카락을 훑고, 햇볕이 너의 몸에 닿는 것조차 견디기 힘들었다."

숨이 가쁜지 재효가 가슴을 움켜쥐었다.

채선은 저승꽃 내려앉은 재효의 손을 꼭 잡았다.

"이제 스승님을 힘들지 않게 해드릴게요. 제 머리카락 한 올, 살덩이 한 점, 바람에게도 햇볕에게도 나눠주지 않을게요. 스승님만, 정말 스승님만 바라볼 테니 이제 그만 아파하세요."

채선의 진심어린 말은 눈물겨웠으나 재효는 고개를 저었다.

"아니다, 이제 내가 너를 보낼 것이다."

재효는 홍선의 편지를 떠올렸다. 편지를 떠올리자 심장이 터지고 창자가 오그라드는 것만 같았다. 그 편질 받았을 땐 차라리 이 아이를 데리고 아무도 모르는 산골로나 들어가서 화전을 일구며 살까 싶었다. 그래도 마음을 다잡았다.

"내 말을 잘 들어라, 아가."

주름골을 따라 흘러내린 눈물이 홀쭉한 볼을 타고 목덜미로 흘러내렸다.

"스승님 저는."

"아무 말 마라."

재효가 채선의 입술을 손가락으로 막았다.

"아니어요. 제 말을 들으셔야 해요."

채선이 재효의 손가락을 떼어냈다.

"저는 스승님, 아가가 아니라… 아가가 아니라…. 그래요. 제 이름은 채선이어요. 진채선."

하얀 눈썹이 떨렸으나 그뿐, 스승은 그 어떤 말도 묻지 않았다.

"스승님."

"어서 몸을 추슬러라. 할 일이 많구나."

고통의 빛이 스쳐 지나는 스승의 얼굴에서 채선은 불안함을 보았으나 애써 밝게 물었다.

"무슨 일인지 말씀해 주세요. 그래야 제가 어서 털고 일어날 것 같아요."

재효는 채선의 손을 더듬어 잡았다. 어차피 알릴 일이라면 지금이 기회일지 모른다고 생각했다.

"어서 털고 일어나란 밖에. 그래야 어서 한양으로 가지."

"한양이요?"

"그래. 너를 한양으로 보내려 한다. 경회루 낙성연이 다가오고 있어. 대원위대감이 너를 초대했다."

채선은 몸이 아픈 것도 모르고 벌떡 일어나 앉았다. 그토록 기다렸던 한양 행을 스승과 함께한다니.

"언제 가나요?"

"네가 털고 일어나면 당장."

채선이 활짝 웃었다.

"스승님과 함께 한양으로 가는 날이 빨리 왔으면 좋겠어요."

재효의 얼굴이 일그러졌다. 심상찮은 분위기를 읽은 채선도 웃음기를 거두었다.

"스승님 말해주세요. 왜 그런 표정이신지."

"잘 들어라, 아가."

재효는 모든 것을 털어놓았다. 이번 한양 행은 자신 대신 세종이 동행을 할 거라는 것. 그 길이 어쩌면 너의 명운을 결정할 수도 있을 거란 것. 어쩌면 너의 명운이 이 나라 조선의 명운이 될 수도 있다는 것. 그리고 어쩌면 다시는 돌아오지 못할 수도 있다는 것.

채선은 스승의 입에서 나오는 말들이 마치 꿈만 같았다. 추락했던 왕실 권위를 세우기 위해 온갖 반대를 무릅쓰고 완공한 경복궁으로 갈 수 있다니 꿈만 같았으나 그 귀한 곳을 스승과 함께 갈 수 없음이 또한 꿈만 같았다. 채선은 알았다. 한양 행이 자신의 명운을 결정한다는 것은 그곳 주인과 결부되어 있는 것이며, 자신의 명운이 이 나라 조선의 명운이 될 수 있다는 말은 그곳 주인이 자신의 소리를 조선의 소리로 키우려 한다는 것을.

참으로 잔인한 일이었다. 그토록 고대했던 꿈이 이루어졌는데 스승과의 이별이 조건이어야 한다는 사실이 잔인했다. 깊이 생각한 끝에 채선은 결정을 내렸다.

"저는 안 갈래요."

"안 돼."

"스승님과 함께가 아니면 싫어요."

"가야 된다니까."

"정말 싫어요"

"말 들어!"

재효가 버럭 소리를 질렀다. 채선도 소리 질렀다.

"왜요? 왜 그런 말을 들어야 하나요? 채선인 스승님과 함께 살고 싶어요. 스승님과 함께 소리하면서 이곳 사람들과 함께 살고 싶어요. 저를 억지로 보내려 하지 마세요, 네?"

이제 정말 스승의 품으로 돌아왔는데 떠나라는 것은 죽으라는 소리와 마찬가지다. 아무리 최고 소리꾼이 되고 싶어도 스승을 떠나 어떻게 살 수 있단 말인지. 그러나 권력이 나를 강제로 원한다면 어찌해야 하나. 방법은 하나뿐이다. 채선은 선언하듯 말했다.

"우리 혼인해요, 스승님."

재효의 주름진 눈이 번쩍 빛났다.

"해요, 난 스승님의 아내가 될 거여요. 스승님의 아내가 되면 설마 절 오라고 하진 않겠지요. 저는요. 아무리 조선 최고 명창이 되고 싶어도 스승님과 함께가 아니면 싫어요."

"말 같은 말을 해야지!"

차라리 울음이었다.

"왜 말이 안 돼요? 스승님께 아내가 있는 것도 아니고 제게 남편이 있는 것도 아니잖아요. 뭐가 안 된다는 말인가요?"

채선은 돌아앉은 재효의 작은 등을 감싸안았다.

"채선이는요, 스승님. 스승님의 다섯 번째 아내가 되고 싶어요. 허락해주세요."

재효의 고개가 가로 흔들렸다.

"나는 널 잃고 싶지 않아."

"잃다니요? 저를 각시로 맞는 게 잃는 건가요?"

어거지라는 것을 모르진 않았다. 당신의 품에 든 여인들의 운명이 어떠한지 누구보다 잘 아는 스승이다. 그 사실을 누구보다 아파하던 스승이다. 하지만 그래도 괜찮다. 단 하루를 살더라도 스승과 함께 소리하며 살고 싶었다.

"아무튼 안 된다. 그렇게만 알아."

취하고 싶으나 취할 수 없는 사내의 울음이 낮은 촛불과 함께 흔들렸다. 채선은 알았다. 스승 역시 자신과의 소박한 삶을 원하고 있다는 것을.

이별

오지 말라는 새벽은 어김없이 찾아왔다. 떠나는 날이었다.

밤새 뜬눈으로 지샌 재효는 다른 날과 변함없이 우물가로 나갔다. 별빛에 비친 동백나무 그림자에 덮인 우물시렁이 그 어느 때보다 시렸다. 재효는 시렁을 잡고 섰다가 동백나무 쪽으로 걸음을 옮겼다. 눈물이 흘렀다. 이 꽃이 떨어지면 너 또한 나를 영영 떠나가는 것 아니냐는 말이 입 안 가득 차올랐다.

"허나 아가."

동백은 지지 않을 것이다. 그립고 외로울 때마다 붉게 터진 입술로 나를 위무할 것이다. 재효는 차마 더는 볼 수 없어 동백나무를 등지고 서 하늘을 올려다보았다. 아직 서천을 건너지 못한 그믐달 주변으로 별들이 총총했다.

나는 과연 견뎌낼 수 있을까? 이 한 그루 동백으로 너에 대한 그리움을 견뎌낼 수 있을까. 별 하나가 길게 꼬리를 남기며 떨어졌다.

"스승님…."

시렁을 잡고 울음을 삼킬 때 뒤에서 채선의 목소리가 들렸다.

깔깔한 소복차림이었다.

"먼 길 갈 터인데 더 자지 않구선."

채선의 까칠한 얼굴을 외면하려 재효는 시선을 비켰다.

"스승님이 보고 싶으면 어떻게 하나요?"

"하늘을 보아라. 별이 참 많구나."

눈물을 보이고 말 것 같아 재효는 짐짓 밝은 어투로 말했다.

"스승님."

"나는 네가 그리울 때 저 별을 볼 것이다. 네가 열두 첩 반상을 물릴 초저녁에 나는 동쪽 하늘에 뜬 샛별이 되어 너를 볼 것이고 네가 곤히 잠든 깊은 밤엔 꼭대기별이 되어 너를 볼 것이고, 이런 새벽녘에는 저 별처럼 제일 늦게까지 남아서 너를 볼 것이다. 우리가 헤어진다고 영영 헤어지는 것이냐. 하늘이 하나인 이상 우리는 같은 하늘 아래 있음이니 어찌 헤어진다 하겠느냐. 산에 가면 산이 되고 물에 가면 물이 되듯 한 하늘 아래 있다 생각하면 함께 있는 것이나 진배가 없질 않겠느냐."

주름진 목덜미를 타고 눈물이 흘렀다.

"제가 가지 않으면 정말 안 되나요?"

"아니, 가야 한다. 이제 너는 더 없이 넓은 세상으로 나가야 한다. 언젠가 내가 말했을 것이다. 나는 너에게 소리꾼으로서의 자질을 가르칠 뿐이니 정작 너를 키울 이는 따로 있다고. 그날이 왔을 뿐이다. 한 가지만 명심하여라. 너는 누가 어떠한 소리를 해서 청중들의 박수를 받아도 흔들리지 말거라. 너에게는 너만의 소리가 있다. 남을 흉내내지 말거라. 남의 소리를 베끼지 말거라. 아무도 따라할 수 없는 너만의 소리를 키워가거라."

참았던 눈물이 기어이 볼을 타고 내렸다.

"그렇다면 한 가지 약조할 게 있습니다."

"듣던 중 반가운 소리로구나. 뭐든 말을 해보아라. 내 너와의 약조라면 저 하늘의 별이라도 따다줄 것이니."

재효는 목줄기에 흥건한 물기를 닦아내고 채선을 보았다.

"약조라기보다는 부탁입니다. 아닙니다. 부탁이 아니라 제가 스승님께 보은할 유일한 길을 말씀드리려 하는 것입니다."

"보은이라…. 네가 내게 무엇을 빚졌기에. 나야말로 너에게 진 빚이 태산이 되고도 남을 것을."

"스승님이 아무리 예인을 키우고 기근 든 고을민에게 구휼미를 풀고 단맛 당기는 아이들에게 익은 포도를 나눠준다 하여도 그것은 이승에서의 덕행일 뿐입니다. 저는 스승님의 그 덕행이 내생까지 이어지기를 소원합니다. 스승님의 이름이 세세만년 남기를 소원합니다."

"무슨 소리냐?"

"해주시겠다 대답하십시오."

"무슨 소리냐고 하지 않느냐?"

"제가 떠나면 스승님은 방방곡곡에 흘러다니는 소리를 채록하여 정리하십시오. 같은 심청가라도 동편 다르고 서편 다르고 또 부르는 사람마다 다 다릅니다. 이래서는 우리 소리가 제 위치를 가지지 못합니다. 스승님은 이 나라 소리를 모두 모아 정리하고 지금에 맞게 사설을 수정하는 작업을 하셔야 합니다. 소리가 아무리 좋다 해도 노랫말이 지금처럼 제멋대로 흩어져서 기준도 없고 원칙도 없는 상태로는 예술이 되기 어려울 것입니다. 사설뿐 아닙니다. 소리를 하는 자들이 갖추어야 할 인성과 소양과 지식 같은 것도 기준을 만들어야 합니다. 그 기준에 미달된 자들은 청중을 상대로 소리를 할 수 없게 해야 합니다. 격을 높이는 것은 남이 해주는 것이 아닙니다. 스스로 노력하여 높이는 것이 격입니다. 내가 스스로 당당하지 못한데, 최고가 아니라 여기는데 어찌 남이 대우를 해줄 것입니까. 소리가 아무리 인간의 본성을 파고든들 소리하는 자의 소양이 부족하고 인성이 천박하다면 소 빠진 송편이 아니겠습니까."

재효는 소름이 돋는 것 같았다. 언제 이 아이가 이토록 성장을 했는가 놀라울 뿐이었다.

"그 일을 스승님께서 하셔야 합니다. 잘 마무리하면 스승님은 이 나라 판소리의 역사가 될 것입니다. 사람의 몸뚱어리는 죽어 썩어져도 역사는 남습니다. 지금 세상이 가고 또 다른 세상이 오고 또 다음 세상으로 이어져도 스승님은 영원히 살아 계실 것입니다. 이름을 남기는 사람, 영혼을 남기는 사람, 그것이 예술가입니다."

"아가!"

재효가 우물시렁을 돌아 채선에게로 다가왔다. 채선은 한 발짝 물러나며 나머지 말을 풀어냈다.

"힘드실 것입니다. 스승님 연세 쉰을 훌쩍 넘으셨습니다. 방방곡곡을 돌아다니며 숨어 있는 소리를 수집하고 모아 정리하는 일이 만만치만은 않을 것입니다. 그러나 역사가 되는 일은 그런 것입니다. 특별한 하루를 살지 않고서 특별한 역사가 될 수는 없는 법입니다. 스승님께서 저를 특별한 사람으로 만들기 위해 모진 희생을 치르고, 저 역시 진저리를 치면서도 따른 것은 오늘 같은 특별한 날이 올 것을 믿고 기다렸기 때문입니다. 저는 스승님께서 특별한 역사가 될 것을 믿습니다. 제 말씀을 이행해주실는지요. 가진 것 없는 못난 제자가 스승님께 은혜 갚을 유일한 부탁입니다."

재효는 참으로 큰사람을 보고 있었다. 이 아이를 진정으로 내가 길러냈는가. 걸음걸이 끝에 가벼움이 묻어나고 내뱉는 말끝에 경망스러움이 졸랑거리고 때로 요기까지 묻어나던 매무새에 저의 뜻과 상관있든 없든 사내들을 미혹하던 아이였다. 그런 아이가 언제 이렇듯 큰생각을 품었단 말이냐. 청출어람이로다. 상전벽해로다.

"오냐, 하마. 내 너의 말을 명심하마. 그렇다면 나에게도 약조할 것이 있다. 해주겠느냐?"

채선이 고개를 끄떡이자 고였던 눈물이 주르르 흘러내렸다.

"오늘 이후로 너의 길은 어떻게 열릴지 모른다. 그것은 오직 너의 판단에 달렸다. 내가 부탁하고 싶은 것은 어떠한 일이 있어도 비굴하지 말라는 것이다. 권력 앞에 마주서면 비굴해지는 것이 인간의 마음이다. 왜? 허공에 떠 있는 권력을 제 것으로 만들고 싶어하는 게 인간이기 때문이다. 그 권력은 꼿꼿한 사람에겐 오지 않는다. 허나, 권력은 힘이 아니다. 권력은 허기다. 권력은 마시면 마실수록 갈증이 나서 종내는 배가 터져 죽어버리게 하는 살인귀다. 그러니 너는 권력의 그늘에서 맘껏 소리의 경지를 높이되 권력을 탐해선 안 된다. 권력을 다만 너의 예술을 고취시키는 방편으로만 삼아야 하느니. 알겠느냐? 시간이 훌쩍 지나 혹시 네가 가야 할 길을 잃거나 어려움에 처하게 되거든 이 늙은이의 말을 떠올려 잘 곱씹어보아라. 길이 될 것이다."

"스승님. 왜 그런 말씀을 하세요. 제가 마치 돌아오지 못할 것처럼. 저 올 거여요. 머지않아 스승님 곁으로 꼭 돌아올 것이니 걱정하지 마세요."

"그래, 내 기다리마."

재효가 쓸쓸하게 웃고는 막 떨어진 동백 꽃잎 하나를 주워들며 중얼거렸다.

"이 녀석이 어디 숨어 있다 이렇게 나타났던고."

채선이 동리정사를 떠나 세종과 함께 한양으로 간 후 얼마지 않아 한양으로부터 바람이 불어왔다. 차고도 매운 바람이었다. 눈 가리고 아옹한다 싶었어도 대책없이 빼앗기기는 싫어서 남복을 시켜 보낸 것이 오히려 역효과를 내었다는 소식을 들고 세종이 돌아온 것이다.

아무리 걸레쪼가리를 걸쳐도 진실을 가릴 수는 없는 법이다. 상투에 망건, 망건 밖에 탕건, 탕건 위에 양태 넓은 갓을 씌웠어도 호리낭창한 몸매에다 눈부신 살결, 고운 얼굴선, 낭창한 몸놀림이 대원군의 눈에 사내로 보일 리 만무였다. 채선이 소리자리에 서는 순간, 조정 신료들과 각국의 사신들은 저런 미소년이 이런 자리에 나설 만큼 소리 실력을 갖추었나 기대를 갖고 기다렸지만 대원군의 눈은 달랐다. 언제나 그랬듯 먹이를 찾는 맹수처럼 번뜩이는 눈빛으로 채선의 몸을 가린 두루마기를 벗겨내고 저고리를 벗겨내고 바지와 대님을 벗겨내어 물오른 동백꽃 한 송이가 광목천을 친친 감은 채 피어 있는 것을 보고 말았다.

그런 사이 채선이 입을 열어 소리를 시작하자 하늘을 날던 새도 멈추고 흐르던 연못물도 멈추고 피어나던 연꽃도 입을 오므렸다. 흐르던 바람도 나뭇가지를 걸타고 앉아 귀를 열었고, 땅 속을 기던 벌레도 움직임을 멈춘 채 지상의 소리를 들었다. 이 웅장하고 장엄한 성을 내 손으로 중건했다는 뿌듯함에 젖어 있던 홍선도 세상이 멈춘 듯 눈을 감았다.

홍선은 그간의 일들을 하나하나 되새겨보았다. 참으로 많은 반대에 부딪혔다. 숱하게 올라온 상소들로 두통이 가실 날 없었고, 며느리에게 붙을까 시아버지에게 붙을까 동태눈을 한 채 제 한몸 안위만 탐색하던 관리들로 심신은 지칠 대로 지쳤다. 심지를 아무리 굳세게 여며도 득달같이 치고드는 외세를 견딜 길 없었다. 빗발 같은 상소에 내심 마음이 흔들리기도 했다. 내가 하고 있는 일이 정말 잘못된 건 아닐까 한순간 회의에 빠지기도 했다. 그럴 때마다 이를 악물었다.

그대들은 훗날 나를 말하라. 지금 나를 말하지 말고 훗날 말하라. 내 진심은 오로지 이 나라 조선의 존립과 번영만을 위한 것이어늘 그대들은 지금 나를 말하지 말라.

그런 홍선에게 채선의 힘차고도 애간장이 녹는 소리는 눈물이요, 통곡이요, 신의 손길이었다. 저 아이를 곁에 두리라. 잠시도 떠나있게 하지 않으리라.

그럴 것이라 짐작은 했지만 행여 변복을 하여 보내면 홍선의 눈을 피할 수 있을지도 모른다는 재효의 옹색한 희망은 도리어 섶불에다 기름을 끼얹은 결과를 가져오고 만 것이었다.

그 시간, 동리정사에서는 먹는 것도, 입는 것도, 자는 것도 전폐한 재효가 방문을 열어둔 채 우물가 동백을 바라보고 있었다.

— 스승님, 어찌 그러고 계십니까? 안색이 말이 아닙니다.

오므린 동백 꽃잎 사이에서 채선의 걱정이 들려왔다.

"내가 너를 빼앗기고 무엇을 하겠느냐. 무슨 홍이 나서 먹고, 입고, 자겠느냐."

재효는 지친 몸을 요 위에 던지고는 또 잠 속으로 빠져들었다.

시간은 그렇게 흘러갔다. 전국에 흩어져 있는 가사를 모아 정리하고 광대들의 소양을 정립하여 강론하라던 채선의 당부를 재효는 그저 스쳐간 바람인 양 잊어버렸다.

집안에서는 걱정들이 이만저만 아니었다. 사촌들과 가솔들, 특히 망구할멈의 걱정은 밤낮으로 중문을 넘나들었다. 채선을 두고 홀로 내려온 세종도 그런 재효를 안타까워했다. 금파만이 아무런 동요 없이 처소와 소리청을 오갈 뿐이었다.

동서남북 네 문마다 치렁치렁하던 포도넌출이 시들시들 말라가던 어느 날 재효는 기어이 자리에 눕고 말았다. 심하게 열이 오르고 기침을 하더니 동백꽃 몽오리 같은 피를 쏟아냈다. 하얀 욧자리 위에 피어난 동백 꽃잎을 물끄러미 내려다보는데 채선의 걱정에 젖은 소리가 들려왔다.

— 잊으셨습니까? 스승님.

"무엇을 말이냐. 너는 운현궁에서 호위호식하고 있으면 되느니, 무엇을 내게 말하고 싶으냐."

— 어찌 그리 못나셨습니까? 하늘을 보십시오. 하늘에 무엇이 떠 있습니까.

"무엇이 있기에."

재효는 시들시들 웃었다.

— 나가십시오. 지금 자리를 박차고 나가 하늘을 보십시오.

재효는 귀찮은 듯 주름 깊은 목고개를 빼 올려 하늘을 보았다.

남쪽 하늘에 커다란 별 하나가 내려다보고 있었다.

— 제가 매일 보고 있었답니다. 지금 같은 초저녁엔 이렇게 동쪽 하늘에서 샛별로, 스승님 잠든 깊은 밤에는 하늘 한가운데서 꼭대기별로, 동이 터오는 새벽에는 마지막 별이 되어 스승님을 보고 있었습니다.

재효는 무거운 몸을 이끌고 방을 나왔다.

찍어놓은 채선의 손톱 같은 달 주변으로 별들이 총총 모여 있었다. 별들은 달 주변 뿐 아니라 검은 하늘에 수를 놓듯 제 자리에서 저만의 빛으로 반짝이고 있었다. 제자리에서 저만큼의 빛을 내고 있는 별들 속에서 채선의 별이 밤마다 자기를 내려다보고 있었다는 생각에 이르자 부끄러워졌다. 내가 좌절하고 절망하여 모든 것을 전폐한 채 죽기만을 바라고 누워 있는 동안에 그 아인 나를 보며 애타했겠구나. 그래. 너를 두고 내가 서둘러 죽을 수는 없는 일이지.

재효는 고개를 돌려 별자리들을 찾았다.

북극성, 물병자리, 흑곰자리, 전갈자리….

이름 가진 것들이 하나하나 들어왔다.

— 호랑이는 죽어 가죽을 남기고 사람은 죽어 이름을 남긴다 하였습

니다. 스승님은 이 나라 판소리를 정립한 동리 신재효라는 이름 석 자를 남기시어 역사가 되라는 제 부탁을 잊으신 건지요.

"오냐, 하마. 내일 당장 집을 떠나마. 이 나라 방방곡곡에 흩어져 있는 판소리 가사를 모아 정리하겠다는 약조를 지키마. 그리하여 이 나라 판소리를 예술의 반열에, 천대받는 소리꾼을 예인의 반열에 올려주겠다는 약조를 꼭 지키마."

— 참으로 장하십니다. 참으로 장하십니다, 스승님.

그리하여 재효는 바랑 하나에 짚신 몇 짝을 걸고 동리정사를 떠났다. 욧자리에다 피를 토한 날 밤, 채선이 기어이 홍선의 여자가 된 것을 알 리 없었다.

이별, 그 후….

권력은 그런 것이었다. 채선은 홍선의 품을 벗어날 수 없었다. 무너지고 또 무너졌다. 그러나 끝내 마음을 열진 않았다.

홍선도 알았다. 자신이 품은 것은 채선의 영혼이 아니라 껍데기였다는 것을. 그래서 더 서글펐고 더욱 집착했다. 믿는 구석은 있었다. 그래봐야 제가 계집 아니랴. 권력과 돈의 맛을 혀끝에 묻힌 계집은 결코 그 맛을 잊지 못하는 법이다.

홍선은 채선을 데리고 가장 좋은 음식, 가장 높은 사람들, 가장 좋은 풍광을 두루 맛보고, 만나고, 구경 다녔다. 그녀를 자신에게 묶어둘 수 있는 최상의 방법이었다.

말들이 많았다. 특히 부대부인 민씨의 불만은 하늘을 찔렀다. 천하디천한 소리꾼을, 그것도 근본도 모르는 사당년을 운현궁 내실에 들이다니, 당신이 정사에 머리가 어지럽더니 이제 정신줄까지 놓았느냐, 비아냥거렸다.

모든 이들이 대원군의 파행을 비난했으나 내심 반긴 사람이 있었으니 다름 아닌 며느리 명성이었다. 명성에게 홍선의 그런 행위는 참으로 기막힌 호재가 아닐 수 없었다.

그렇거나 말거나 채선에 대한 홍선의 애착은 깊어만 갔다.

그대들이 예술을 알기나 하는가? 이 나라는 반만 년을 노래로 이어왔소이다. 공무도하가부터 구지가, 황조가, 신라 향가가 다 노래이외다. 그뿐이겠소? 고려가요에서 경기체가로 이어진 노래는 오늘에 이르러 판소리로 이어지고 있소. 모든 노래가 그러하지만 판소리에는 우리 민족의 애환과 삶과 정서와 역사가 고스란히 담겨 있단 말이오. 그런 노래를 부르는 이가 없다면 어찌 되겠소. 우리의 것이 무엇으로 남아 후대로 이어지겠소. 헌데, 우리는 그러한 예인들을 두고 천인이라 괄시했었소. 그대들은 이 아이의 노래를 듣고 왜 울었소. 왜 웃었소. 할 말이 없다면 다시는 이 아이에 대해 왈가왈부하지 마시오.

채선의 처소에는 자지갑사 속저고리에 남갑자 은조사 치마저고리, 산호잠, 밀화잠에 청각석 뒤꽂이, 온갖 패물과 가락지가 쌓여갔다. 그뿐이랴. 들이는 음식은 교태전을 방불케 하였고, 수발 드는 시녀가 셋이나 되었다.

그러한 홍선과는 달리 최고의 잠자리와 최고의 음식과 최고의 옷을 걸치고 누려도 채선의 마음은 채워지지 않았다. 틈만 나면 동리정사 생각에 잠을 이루지 못했다. 되고 싶지 않음과 되어야 하는 현실은 엄연했다. 지존의 여자가 되었다는 것은 다시는 다른 사내의 여자가 될 수 없음이었다. 채선은 기도했다.

하늘이 무너져 동리정사로 돌아갈 구멍이 생기기를.

스승의 노구를 수발할 수 있기를.

스승의 마지막을 자신이 함께 할 수 있기를.

그즈음, 홍선에게 한 통의 편지가 도달했다. 가사 한 편이 적힌 편지였다. 편지에는 다른 전언은 한마디도 첨해 있지 않았다.

스물네 번 바람 불어 만화방창 봄이 되니

구경가세 구경가세 도리화 구경가세

꽃 가운데 꽃이 피니 그 꽃이 무슨 꽃고

웃음 웃고 말을 하니 수렴궁의 해어화인가

해어화 거동 보소 아리땁고 고울시고

나와드니 빈 방안에 햇빛 가고 밤이 온다

일점 잔등 밝았는데 고암으로 벗을 삼아

잠 못 들어 근심이요 꿈 못 이뤄 전전한다…

"도리화라, 도리화."

구구절절 채선을 그리는 동리의 마음이었다. 질투심에 피가 끓었으나 누를 수밖에 없었다. 사내가 사내의 마음을 어찌 모르리. 내 눈에도 복사꽃 같고 오얏꽃 같은 아이이다. 그간 동리의 속이 얼마나 탔을까.

홍선은 망설임 끝에 채선을 불렀다.

〈도리화가〉를 읽은 채선의 눈에 그렁그렁 눈물이 고였다. 치오르는 질투심을 재울 길 없었으나 홍선은 안간힘을 다해 큰 모습을 보이려 애를 썼다.

"너의 스승이란 자가 원래 그런 위인이다. 고작 노래 가사나 지어서 보낼 수밖에 없지."

그러니 너는 딴 생각 말고 내 품에서 평생을 늙어가라, 무언의 압력을 채선은 무겁게 느꼈다.

권력이란 소금물과 같았다. 마시면 마실수록 갈증이 났다. 그러나 아들 고종은 성장하였고 무소불위 권력을 가진 아버지를 인정하지 않으려 했다. 아버지의 권력을 자신의 손으로 옮겨가려는 속을 숨기지 않았다. 주어야 하는 것은 마땅했다. 때가 되었으니 응당 그래야 했다. 하지만 살쾡이 같은 며느리의 손에 권력을 쥐어주고 난 뒤의 나라를 생각하면 그럴 수 없었다. 하루가 다르게 조여오는 서양 열국들의 간섭과, 그들의 귀신을 섬기려는 천주쟁이들, 권력을 손에 쥐고 희희낙락할 며느리를 생각하면 내어놓을 수가 없었다.

과하면 멸하는 법이고 물은 아래로 흐르는 법이다. 전국 각지에서 올라오는 탄핵 상소들을 홍선으로서는 막아낼 방도가 없었다. 그리하여 명의 의종과 신종을 제사지내기 위해 만든 만동묘를 훼철한 점, 지방

유림들의 학문의 전당인 서원을 혁파한 점, 양반에게도 호포를 내게 한 점, 청나라 화폐를 사용하여 나라 경제를 파국으로 몰아간 점을 비판한 최익현의 상소에 백기를 들 수밖에 없었다. 최익현의 상소를 조종한 것이 며느리 명성이었다는 것을 모르지 않았으나 홍선은 이미 자신의 손으로부터 떠나가는 권력을 잡을 힘이 없었다.

임오년에 일어난 군인들의 반란에 대한 책임을 지고 홍선은 조선에서 사라졌다. 조선 팔도에는 변화의 물결이 거세었다. 홍선이 그토록 지키고자 했던 이하응식 조선 민족주의는 우정국 개국을 기화로 한 친일파들의 개혁정변에 생채기가 났고, 권력을 되찾은 명성의 청군 개입 요청으로 기어이 피가 흘렀다. 남쪽의 일본과 북쪽의 청 사이에서 조선은 떡매 아래서 짓이겨지는 떡밥이 되어갔다.

백성들의 곤궁한 삶은 말로 다할 수 없었다. 곳곳에 도적떼가 창궐하고 굶어죽은 시체가 뒹굴었으며 마을마다 악취가 등천을 했다. 굶주린 자는 숨어서 죽은 자의 살을 베어먹었으며 급기야는 아비가 자식을 잡아먹기에 이르렀다. 와중에도 지주들은 소작농들의 위액까지 쥐어짰고 관리들은 눈 먼 돈을 찾아 충혈된 눈알을 희번덕거렸다. 백성이 죽어나든, 나라가 침몰되든 그들의 안중에는 오직 내 이익뿐이었다. 내 편이 아니면 무조건 적이었다. 들으려고도 보려고도 하지 않았다. 절대적으로 바람직한 가치 따위는 애초에 존재하지도 않는 세상이 된 것이다. 금이든, 똥이든 많이 가지는 것이 절대 가치였다.

버들치 노닐고 알 밴 가재들이 숨바꼭질하던 실개천마다 똥물이 흘렀다. 그 똥물이 어디에서 흘러나왔는지 시발지를 찾을 길은 모호했다.

호박이 썩는 것은 밖에서 난 상처 때문이 아니다. 똥파리 한 마리가 슬어놓고 간 알 때문이다. 그리하여 겉은 멀쩡하니 누렇게 먹음직스러우나 속은 수천 마리 구더기의 온상이 되었다가 어느 순간 허물어져 내린다. 오백 년 사직을 이어오던 조선은 기어이 악취 풍기는 한덩이 썩은 호박이 되어가고 있었다.

그런 조선 땅에 기이한 소리꾼 하나가 나타났다는 소문이 돌았다. 소리꾼은 짚신에 바랑 하나 어깨에 메고 낡은 북 하나를 차고서 사람들이 모이는 곳마다 멈춰 서서 때로는 격조 있게, 때로는 구성지게, 때로는 각설이 난장판으로 한바탕 소리를 뽑아올린다는 소문이 파다했다.

소리꾼은 굶어 죽은 시체 뒹구는 개천가에 닿으면 오장이 녹는 통한의 장송곡을 부르고선 흔적도 없이 사라졌다. 어찌나 사람의 오장을 후벼파는지 처음에는 미쳤다고 여기던 사람들도 그가 나타나길 기다려 함께 춤추고 노래했다. 미친 것이 어찌 그대뿐이랴. 안 미치고 사는 내가 오히려 미칠 지경이라 입을 모았다.

그해 첫눈이 내리던 겨울날, 금방이라도 무너질 듯한 어느 초가 마루 끝에 소복하게 쌓인 동전이 발견되었다. 나오지 않는 젖을 먹이다 자지러지는 아이를 위해 젖동냥을 나서던 젊은 아낙이 서방을 불렀다. 이게 웬 돈이냐는 말에 사내가 배를 밀고 나왔다. 하늘을 향해 들려 있는 엉덩짝엔 덕지덕지 피딱지가 앉아 있었다. 소작논의 세곡을 갚지 못해 불려가 볼기를 맞은 것이었다.

그 시간, 전주 어름의 으리으리한 솟을대문으로 사람들이 몰려들고 있었다. 행여나 늦을새라 가랑이에 비파 소리가 나도록 사람들이 달려가는 곳은 젊어 감찰관을 지내고 낙향한 박씨 성을 가진 집이었다. 낙향한 후에도, 하던 버릇 남 못준다고 누구네 집 숟가락이 몇 개이며 그중 은수저가 몇 벌인 것까지 뒷조사를 해서는 구린내가 나기라도 할라치면 조정에 발고하기 전에 알아서 하라 겁박하는 일도 서슴지 않았던 사람이었다. 그런 박부자가 죽기 전에 좋은 일 한번 한다는 소리에 긴가민가했지만 소리판이 벌어진다는 소문에는 어찌할 수 없었다. 사람들은 벌건 기름이 둥둥 뜨는 고기국밥 한 그릇 얻어먹고는 사랑채 마당으로 꾸역꾸역 모여들었다.

높다란 대청 위에 떡 벌어진 잔치상이 차려졌고, 그 아래 둘다란 멍석이 깔렸다. 소리자리에 나선 꾼들의 사설이 풀릴 때마다 손가락으로 귀를 후벼파던 박부자가 붙어 앉은 기생들이 따라주는 술을 냅다 들이켜고는 쯧쯧 혀를 찼다.

“에잉, 치워라. 귀버리겠다.”

사설을 몇 토막 풀어놓으면 자리를 박차고 일어나 가버리니 어떻게든 소리채를 받아가야 하는 소리꾼으로서는 기가 막힐 노릇이었다. 바로 그때였다.

“이보시오, 영감. 제 노래를 듣고 귀가 호강을 한다면 저들에게 소리채를 주시겠소?”

테가 터져나간 갓에다 찢어져 너덜거리는 홑두루마기에 낡은 북 하나를 멘 젊은 소리꾼을 본 박부자가 고개를 갸웃했다.

“거 기생오라비처럼 생겨가지고 기백 한번 거세다. 그래, 내가 또 귀를 후비면 너는 무엇을 주려느냐."

"영감이 하라는 대로 하지요."

그때 좌중 속에서 수군거리는 소리가 들려오더니 박부자에게 다가가, 운현궁에 있던 대원군의 대령기생인 것 같다 말했다. 박부자가 푸핫, 하고는 웃음을 터뜨렸다.

"뭐라? 저 자가 이하응의 첩실이라면 나는 명성의 기둥서방이다, 이 사람아."

왁자, 한바탕 웃음이 터졌고 소리꾼이 멍석 위로 나아왔다.

그는 머리 꼬리 다 떼고 한 판 소리를 시작했다.

"홍보댁이 할 수 없어 죽기로 자처하고 어찌하면 잘 사는지 세상에 난 연후에…."

순간, 좌중은 물을 끼얹은 듯 조용해졌다. 귓구멍에 기어들어가 있던 박부자의 손가락도 슬며시 빠져나왔다.

"밤낮으로 벌어도 삼순구식 헐 수 없고, 인년 사철 헌 옷이라. 내 몸은 고사하고 가장은 부황나고 자식은 아사지경, 사람 차마 못 보겠네. 차라리 저결하여 이런 꼴 안 보고저 치마끈으로 목을 매니 홍보가 울며 말려 여보소 아기 어멈, 이것이 웬일인가. 자네가 살았어도 내 신세 이러할제 자네가 죽으면 내 신세 어떠하고 자식들이 어찌 될까."

형님에게 부모재산 빼앗기고 줄줄이 누운 자식들 입에 밥 한 술 못 넣어주는 홍보 부부의 대화 장면에 이르자 박부자의 목고개가 황진이 본 논다니 왈패마냥 축 빠졌다.

"젓멋진 도령님이 육담 장난으로 옥 같은 저 미인을 벌거벗겨 안고 앉아 짜긋짜긋 내 사랑, 자질자질 내 사랑, 입을 쪽쪽 맞추면서 애겨, 내 굴항아리, 하문을 따독따독, 애겨 내 반찬찬합, 무슨 양념 그리하여 온갖 맛이 달 들었노. 사랑에 못견디어 아기같이 어르것다."

박타령이 끝났나 했는데 영 딴 판인 이도령과 춘향이가 낯살스런 애정을 나누는 장면으로 이어지자 박부자가 민어부레풀에 붙어버린 똥파리 마냥 발딱 일어났다.

"이보게나, 소리 양반. 자네 보아하니 갈 곳도 마땅찮아 보이는데 이참에 내 집에 머무는 게 어떻겠나. 내 자네를 그리 서운치는 않게 해줄 걸세"

자리에서 벌벌 기어내려온 꼴이 소리꾼의 얼굴을 알아본 모양이었다.

소리꾼이 박부자를 빤히 바라보며 웃었다.

"영감께서는 돈이 아주 많으신가 봅니다. 길 가는 나그네를 불러들여 그렇게 은혜를 베푸시려 하시다니요."

"돈? 그럼, 돈 많지. 내 가진 것이 돈뿐인 걸. 보다시피 내 집 터만 해도 일천 평이요, 걷어들이는 세곡이 오천 석이라, 자네만 원한다면 저 별채를 그대로 내어주리."

박부자의 말에 소리꾼이 한 발 앞으로 다가갔다. 그러자 박부자가 한 발짝 물러섰다. 소리꾼이 또 한 발을 나아갔다. 그러기를 몇 발짝, 박부자가 더 물러날 곳이 없었을 때 박부자의 낯에 바싹 얼굴을 마주대고 소리꾼이 물었다.

"영감께서는 다시茶時라는 말을 아시는지요?"

"다, 다시?"

"예, 다시요. 사헌부 감찰들이 날마다 한 차례씩 차를 마시며 업무를 논하던 자리, 다시 말입니다."

"아, 알지 그럼."

"그렇다면 묻지요. 감찰관은 무엇을 하는 사람입니까."

"부, 부패한 과, 관리들을 단속하지, 뭘 하겠나."

"잘 아시는군요. 그렇다면 전직 감찰관의 처신이 어떠해야 한다는 것도 알고 계시겠군요."

소리꾼의 음성이 높아졌다.

"거친 베로 지은 누추한 옷에다 말 잔등에는 낡은 안장을 얹어야 하지 않겠습니까? 아니 그렇습니까, 영감?"

벽력같은 소리에 박부자는 가슴을 오다쥐었다.

"그, 그렇지."

"헌데 영감은 금으로 떡칠한 안장에다 별감들이나 입을 만한 화려한 옷을 입고 계시군요. 이러한 돈은 어디서 나왔습니까!"

박부자의 얼굴이 급기야 하얗게 질렸다. 낙향한 관리들을 감찰하러 온 어사라고 제 풀에 생각한 모양이었다.

"어사또 영감. 어, 얼마믄 되겠습니까요?"

박부자가 엉금엉금 기며 속삭였다.

"얼마면 되겠느냐 물었습니까?"

"예, 원하시는 대로 드릴 테니 제발 목숨만은."

박부자가 고개를 빼서 눈짓을 하자 모여 앉은 졸부들이 실실 흩어지고 산더미만한 덩치 사내가 나타나 커다란 자루 하나를 내려놓고는 납작 엎드렸다.

"이보시오들! 이것은 당신들 것이니 이 자에게 뜯긴 만큼 가져가시오."

소리꾼은 모여든 사람에게 큰소리로 이르곤 껄껄 웃으며 돌아나가 버렸다.

눈 속에서 피는 꽃

홑두루마기 자락으로 치고드는 눈바람은 매서웠다.

고창 땅이 가까워 올수록 채선의 곱던 얼굴은 칼바람에 트고 갈라져 알아볼 수 없을 지경이 되었다.

바랑에 들었던 마지막 동전이 바닥난 지는 오래였다. 얻을 돈이 없음을 눈치챈 사람들은 비를 피해 처마 밑에 든 채선을 재수 없이 거지가 들었다고 패대기를 쳤고, 허기진 배를 채우려 찬밥덩이라도 얻으러 대문을 두드리면 찬물 세례를 놓기 일쑤였다.

소리 할 기력은 이미 쇠진한 상태였다. 그래도 정신만은 놓지 않았다. 비록 낭군으로 모시진 못할지라도 세상에 태어나 마음준 단 한 사람을 만나야 한다는 일념으로 한 발 한 발 나아갈 뿐이었다.

헤아릴 수 없는 고개를 넘고, 건너지 못할 물길을 건너, 끝도 없는 벌판을 지나서 고창 땅에 당도했을 때는 온통 눈세상이었다.

세상의 모든 흰 빛이 고창 땅에 모여 내려앉은 것 같았다.

아득히 모양산 마루가 보일 즈음에서 채선은 기어이 쓰러지고 말았다.

눈발은 생떼같이 내리고 언 몸은 조금씩 굳어갔다.

채선은 자꾸만 내려 감기려는 눈을 감지 않으려 눈을 부릅떴다.

어렷한 의식 속에서 꾸물꾸물 아버지의 뻘밭 길을 닮은 동리정사 담벼락이 보였다. 동서남북 네 문마다 주렁주렁 익어가는 포도송이가 보였다. 댓잎소리 싱그러운 석가산이 보였고, 단정히 차려입은 스승이 소리 없는 걸음으로 가던 우물이 보였고, 우물가 아름드리 동백나무, 그 붉은 꽃잎도 보였다.

채선의 의식은 어느새 동리정사 동문 앞에 서 있었다. 눈이 수북이 쌓인 포도시렁 위에 까치 한 마리가 앉아 있었다.

— 오늘은 우리 집에 반가운 손님이 오시겠구나.

스승이 까치를 향해 손바닥을 펼쳤다. 터질 듯이 발간 홍시 하나가 들려 있었다. 주억거리며 쳐다보던 까치가 호르륵 날아와 홍시를 쪼았다.

— 홍시가 참말로 붉어요, 스승님. 동백꽃 같아요.

— 그러냐?

— 예, 스승님. 한데 동백꽃이 눈 속에서도 필까요?

— 그럼. 피지. 피고 말고. 가슴속 그리움이 쌓이고 쌓이면 눈 속에서도 동백은 핀단다.

— 스승님, 제가 노래 한 곡 불러드릴까요?

— 허허. 그리하겠느냐? 어디 이 나라 조선의 꽃이 불러주는 노래 한 소절 들어볼까나?

꺼져가는 의식 속에서 채선의 입술이 열렸다.

"도화동아 잘 있거라 무릉촌도 잘 있거라."

핏덩이 같은 소리가 빽빽하고 찐찐하게 흘러나왔다.

"내가 이제 떠나가면… 어느 년 어느 때에 오려느냐 어이가리 너 어이…."

그러나 소리는 점점 졸아들고 몸의 기운도 스러져갔다.

스러지던 소리가 그친 것과 동시에 채선의 얼굴이 눈 속으로 풀썩 처박혔다. 의식이 아득해졌다. 아득한 의식 속으로 귀에 익은 음성이 들려왔다.

— 어서 오너라. 이 몸으로 여기까지 오느라 얼마나 노고가 컸느냐. 어디 보자, 내 새끼.

목소리를 들으며 채선은 깊고 깊은 곳으로 자꾸만 내려앉았다.

뻘밭이 보였다. 뻘밭 위로 노을이 뭉텅뭉텅 쏟아지고 있었다. 한 짝 판때기에 몸을 얹은 아버지가 붉게 물든 뻘밭을 기어가고 있었다. 세상에서 가장 낮은 자세로, 가장 낮은 곳을, 끝도 없이 기어가고 있었다. 등에는 몸뚱어리보다 큰 물지게가 지어졌고 입에서는 끝도 없이 피가 흘러내리고 있었다.

아버지!

채선은 마지막 남은 한 줌 힘으로 아버지를 향해 기어갔다.

먼 곳에서 누군가가 걸어오고 있었다.

재효였다. 노구를 이끌고 전국 팔도를 걸어 조선의 명운인 양 흩어져 있던 판소리들을 채록하여 돌아오는 길이었다.

작은 노구는 금방이라도 쓰러질 듯 비척거렸고 입에서는 기침이 끝도 없이 튀어나왔다. 뭉텅뭉텅 동백꽃이 기침과 함께 피어나 희디흰 눈밭 위로 떨어져 내렸다.

비척거리던 재효가 저만치 쓰러진 채선을 발견했다.

"이, 이보시오…."

다음 순간, 재효의 노구 역시 풀썩 쓰러지고 말았다.

그런 재효를 채선은 보고 있었다. 움직일 수 없었고, 말할 기력조차 없었지만 그토록 그리던 스승이란 걸 알았다. 채선은 미소 지었다.

— 스승님, 어찌하여 이렇게 쇠잔해지셨습니까?

채선의 물음을 재효도 들었다. 움직일 수 없고, 대답할 기력은 없었지만 그토록 그리던 사랑이란 걸 알았다. 재효도 미소 지었다.

— 늙은 몸뚱어리 하나 말라비틀어진 게 무슨 소용이겠느냐. 채선아, 이 늙은이가 너와의 약속을 지키려고 얼마나 애를 썼는지 알고 있느냐?

— 그럼요. 알고 말고요. 그런데 알고 계세요? 이 채선이도 스승님과의 약속을 지키려고 얼마나 애를 썼는지요.

— 알지. 알고 말고. 네가 누구냐? 너는…. 너는….

마지막 숨을 몰아쉬던 재효의 입에서 기침이 터졌다. 붉디붉은 핏덩이가 습벅습벅 흘러나왔다.

— 스승님! 동백꽃이 피어나요. 눈속에서 피어나요.

— 그래. 그렇구나. 어여쁘구나. 우리 아가.

두 사람은 있는 힘을 다해 팔을 뻗었다. 닿을 듯 닿을 듯 닿지 않는 간격 사이로 송이눈이 내렸다. 끝도 없이 내렸다.

에필로그

쓴다는 것, 소설을 쓴다는 것은 짜디짠 바닷물을 채운 물지게를 지고 뻘밭을 기는 행위였다.

끝없이 기고 또 기어도 물지게는 채워지지 않았다.

목이 말랐다. 그래서 마셨다.

마실수록 갈증은 심해갔다. 그래서 마시고 마시고 또 마셨다.

그렇게 마셔서 채운 위장 속에서 150여 년을 잠자고 있던 진채선과 신재효가 눈을 떴다. 월녀가 태어났고, 아버지 진씨가 태어났고, 금파가 태어났다. 우수수 수많은 사람들이 눈을 뜨거나 태어났다.

사랑했다. 너무 사랑한 사람들이었다. 따스한 잠자리, 달콤한 혀, 부른 배를 위해 제공되는 모든 것을 반납하고 스스로를 백척간두에 세운 채 외다리로 서서 만 시간을 버틴 끝에 내게로 와준 그들은 내가 길을 걸을 때도, 책을 읽을 때도, 잠을 잘 때도 언제나 함께였다.

그러나 그들은 내게 머물러 있어서는 안 되는 사람들이었다. 그대들에게 가야 할 인물이었다.

허나, 그들은 나를 떠나갈 수가 없었다. 그 누구도 내 사랑하는 이들을 그대들에게 보내주겠다는 출판사가 없었다.

그 무렵 나는 시절인연이라는 단어를 알았다. 모든 건 때가 있다는 것.

하므로 아직은 내 사랑하는 이들이 그대들에게 모습을 드러낼 때가 아니라는 것을 알았다.

그래서 내가 떠났다.

*

어느 날 밤이었다.

나는 몹시 지쳐 있었고, 몹시 슬펐고, 몹시 두려웠다.

내 곁에는 아무도 없었다. 컴퓨터 파일 속에 내 사랑하는 채선과 재효와 월녀와 금파가 숨죽이고 있다는 것도 까마득히 잊고 있었다.

꿈속에서 나는 안개 자욱한 산사의 승방에 앉아 있었다. 밖에서는 부엉이가 울었다.

나는 경책을 읽고 있었다.

과거심불가득過去心不可得이요

현재심불가득現在心不可得이요

미래심불가득未來心不可得이라.

이러하니 일체유위법一切有爲法이 여몽환포영如夢幻泡影이요 여로역여전如露亦如電이니 응작여시관應作如是觀하라.

지난 날 언약했던 말은 정녕 진심이었으나 지금까지 유효하지 않고,

지금 하는 이 생각 또한 정녕 진심이나 미래를 약속할 수 없고,

미래에는 이러하리라 예상해보나 정녕 담보할 수 없는 것이 인간의 마음일 터, 우주 만법은 꿈 같고, 환상 같고, 물거품 같고, 그림자 같으

며 이슬과 같고 번개와 같으니 이를 응당 바르게 관하라.

그렇구나. 그렇구나. 이제야 뭘 좀 알겠구나.

작은 깨달음에 환희로워 합장을 하는데 밖에서 부르는 소리가 들렸다.

— 스님!

대여섯 살이나 되었을까. 격자문을 여니 바지 적삼 곱게 다려 입은 동자승이 개다리소반을 받쳐 들고 서 있었다. 소반 위엔 하얀 백자 그릇이 올려져 있었는데 그 속에 맑은 청수가 담겨서 찰랑거리고 있었다.

— 목마를 것 같아서요.

— 고맙구나, 아가!

청수를 받아 마신 순간, 나는 잠에서 깨어났다.

이윽고 시절인연이 도래했을까?

백척간두에 스스로를 세운 채 시지프스처럼 쓰고 또 쓴 끝에 환생시킨 채선과 재효를 두고 나는 다음 날, 거짓말처럼 출가의 길에 올랐다.

새벽에 길 떠나는 나그네 되어 달릴 때는 너무 두려웠다. 내가 갈 곳은 어떤 곳인지, 어떤 사람들이 살고 있는지 두렵기 짝이 없었다.

더 이상 울 기력도, 더 이상 참을 인내심도 없는데 하늘은 왜 나를 이

길 위에 홀로 세우셨는지 통곡하고 또 통곡했다.

뒤돌아보았다. 익숙한 모든 것이 멀어지고 있었다.

누군가 제발 좀 잡아주길 바랐다.

아무도 잡아줄 사람이 없었다.

'그'에게 전화를 했다.

— 절 이대로 가게 둘 건가요?

돌아온 대답은 작둣날보다 시퍼렜다.

— 내가 알 바 아니잖은가?

북으로 북으로 내달리는 시야 앞으로 시커먼 분진이 가렸다. 흐득흐득 가슴에선 뭉치울음이 터져도 되돌아올 자신이 없었다. 내 살과 뼈와 피가 길길이 널브러져 있는 저 곳으로 다시 돌아갈 엄두가 나지 않았다.

맨발로 작두를 타듯 시퍼렇게 살아 움직이던 내 사랑하는 이들이, 그렇게 멀어져갔다.

*

삭발을 하던 날,

"옴 살바 못자 못지 사다야 사바하."

'참회진언'을 외우는 동안 머리칼은 싸그락 싸그락 깎여나갔고, 터지는 울음 사이로 멀고 먼 전생의 뒤안길이 보였다.

"사람 몸 받아온 것이 어디 쉽답디까? 맹구우목盲龜遇木이라 했습니다."

체발 은사의 음성도 떨리고 있었다.

"하물며 부처님 법 만나기는 또 어떻고요. 백천만겁난조우百千萬劫難遭遇라 하였습니다."

그래, 내가 전생에 무슨 선업을 그리 지어 태평양 바다를 기던 거북이가 백 년 만에 숨을 쉬러 수면 위로 올라왔는데, 마침 떠돌던 판자의 뚫린 구멍에 목이 끼는 확률로 인간의 몸을 받았을까. 그것도 모자라 백천만 겁을 살아도 뵙기 어렵다는 부처님의 법을 만났을까.

그러나 중[僧] 되어가는 과정은 맹구우목 말고 백천만겁난조우 말고 차라리 축생으로나 태어나 평생 기는 것이 낫겠다 싶을 정도로 고통스러운 과정이었다.

도망치고 싶었다. 그곳이야 말로 정녕 백척간두였다.

더 이상 물러날 곳이 없었다. 한 발만 뒤로 빼면 만길 낭떠러지였다.

이를 악물고 견디던 어느 날이었다.

시커멓게 길어 나온 머리칼을 본 은사께서 세숫대야와 비누와 삭발기를 가져오라 했다. 당시 많이 불편했던 은사였는지라 스스로 할 수 있다고 조그맣게 말했다가 불호령을 맞았다.

"자네가 할 수 있는 말은 '네'뿐이야."

읍소하고선 시키는 대로 가져왔다.

보호기도 없는 면도날이 두피를 지날 때마다 부풀어오른 열꽃이 깎여나갔다. 붉디붉은 피가 솟구쳐 오르자 은사께서 중얼거리듯 말했다.

"뭐헌다고 이리 열꽃이 피었다냐?"

음성에 죽인 울음이 섞여 있었다. 그러자 내 입에서도 울음이 터졌다. 피와 함께 철철 눈물이 목덜미를 타고 흘렀다. 무엇이 그리도 서러웠는지 모른다.

더 이상 중노릇 못하겠단 소리가 나오려던 찰나였다. 은사가 묵직한 말로 나를 달랬다.

"인간은 근기라는 게 있다네. 우리 중들에게도 있지. 우리 중은 두피 색으로 근기를 따진다네. 문학을 했으니 '파르라니 깎은 머리'라는 말을 알 걸세. 그걸 청골이라 하네. 청골이라 하니 그것이 상근기인 것 같제. 아니네. 청골은 중근기라. 나처럼 이런 누르팅팅한 건 황골이라 하는데 제일 하근기지. 진짜 상근기는 머리밑이 하얀 백골이라네."

그리고 잠시 멈췄다 말했다.

"자네는… 자네는… 백골이야."

아, 나는 그때 결심하고 말았다, 산을 내려가야겠다고.

깊이깊이 잊어버렸던 채선이 떠올랐기 때문이었다. 소리꾼으로서 상근기 중에서도 최상근기인 채선을 어서 빨리 그대들 곁으로 보내주어야겠다는 생각이 들었다.

그곳에서는 글을 쓸 수가 없었다. 컴퓨터는 물론 일기장도 소지할 수가 없었다. 사방팔방 뻗어나가던 생각의 갈래를 거두고 거두어 안으로 안으로 한 점이 되게 하는 것이 불가의 수행법인데 소설은 정반대였다. 바늘 끝 같은 한 점에서 생겨난 생각을 펼치고 펼쳐서 하나의 소우주를 만들어 내는 대역사이다.

어떻게 접점을 찾을 수 있을 것인가? 내 수행의 화두다.

*

나는 또다시 혼자가 되었다. 시지프스로 돌아온 것이다.

그리고 오늘도 굴린다, 소설이라는 운명의 바위.

고맙다.

시절이 도래할 때마다 인연이 되어 날 울게 했던 사람들.

웃게 했던 사람들.

울고 웃는 나를 말없이 지켜보며 도와준 우주만물들….

그 중에서 특히 두 분께 감사함을 전한다.

이 작품 속 신재효의 역할을 기꺼이 감내하신 나의 스승 표성흠님께 삼 배를 올린다.

또 한 분, 초고를 읽고 조언주신 것도 모자라 구중궁궐 지어놓고 초가집 문패를 달 거냐고 멋진 제목 만들기에 온 힘을 실어주신 조문주 선생님을 내 스승의 반열에 올려드리고자 한다.

하늘이 어떤 인물에게 큰 소임을 내리려 할 때는

반드시 먼저
그 심지心志를 괴롭게 하며
그 뼈와 살을 수고롭게 하며
그 몸을 굶주리게 하며
어떤 일을 하려 할 때 그 하는 바를 어렵게 하나니
이는
마음을 흔들어 참을성을 기르게 하여
지금까지 할 수 없었던 일을 하게 하려함이라.

지난했던 삶을 지탱케 해주었던 이 문구를 선물하신 무명씨께도 깊은 감사를 드린다.

아! 이제 작별을 고할 시간이다.
Goodbye 채선!
Goodbye 소릿苦!
Goodbye 소릿鼓!

최혜인 장편소설
소릿고

지은이_ 최혜인
펴낸이_ 조현석
펴낸곳_ 북인
디자인_ 푸른영토

1판 1쇄_ 2020년 07월 27일
1판 2쇄_ 2020년 12월 30일

출판등록번호_ 313 - 2004 - 000111
주소_ 121 - 842 서울 마포구 서교동 467 - 4, 301호
전화_ 02 - 323 - 7767
팩스_ 02 - 323 - 7845

ISBN 979-11-6512-009-2 03810

이 도서의 국립중앙도서관 출판예정도서목록(CIP)은 서지정보유통지원시스템 홈페이지(http://seoji.nl.go.kr)와 국가자료종합목록시스템(http://www.nl.go.kr/kolisnet)에서 이용하실 수 있습니다. (CIP제어번호 : CIP2020029385)

이 책은 한국문화예술위원회와 경상남도, 경남문화예술진흥원으로부터 제작비의 일부를 지원받았습니다.